结伴之家

何旭　著

CFP 中国电影出版社

图书在版编目（CIP）数据

结伴之家 / 何旭著. －－ 北京：中国电影出版社，2015. 12

ISBN 978－7－106－04358－2

Ⅰ. ①结… Ⅱ. ①何… Ⅲ. ①长篇小说－中国－当代 Ⅳ. ①I247. 5

中国版本图书馆 CIP 数据核字（2016）第 013541 号

责任编辑： 贾　伟
出版策划： 李　森
封面设计： 静　静
责任校对： 刘　炎
责任印刷： 庞敬峰

结伴之家
何　旭　著

出版发行　中国电影出版社（北京北三环东路 22 号）邮编 100029
电话：64296664（总编室）　64216278（发行部）
Email：cfpygb@ 126. com
经　　销　新华书店
印　　刷　北京精致印务有限公司
版　　次　2016 年 2 月第 1 版　2016 年 2 月第 1 次印刷
规　　格　开本/850×1168 毫米　1/32
印张/8. 5　字数/200 千字

书　　号　ISBN 978－7－106－04358－2/I·1065
定　　价　32. 00 元

序言：三个女人和一本书

一年零八个月，是我完成这部小说的全部时间。其中一年用来构思和酝酿，八个月来敲键盘。在酝酿好的那一刻，我立即决定从公司辞职走人，放弃了一个看似高大上的工作，动作果断而迅速，有草率之嫌，转而用全身心的精力去完成这部作品。

事实上，这本书不是我一个人所能完成的，几个女孩以她们各自的方式参与其中，每个人都不可替代。但跟我一起完成的这几个人，有一位一直不曾谋面，在上海生活，远在一千公里以外；有一位因为一些原因已经离我而去，缘分已断；还有一位虽然在同一个城市，可能也不会有合适的理由见面。

前女友，一个曾经爱我至深的女孩，看着我的时候，她的眼里都是火，火里面只有我。但现实就像身体里的恶性肿瘤，突然间肿胀得太厉害了，年轻的我们还没有面对它的准备，它吸收爱情的营养，在不经意间几次缠绵恶化。后来两人失去联系。

女友在走之前，带给了我一个故事，一个我听后心神剧震的故事。从此知道，在另外一个城市，还有那么一个女孩，她那么与众不同。虽然从未见过，但一半真实的我和所有不在生活里的部分，对她深深迷恋。动笔之前，我曾经想要去见她一面，后来了解到她在医院参与一个项目，接受治疗，随即放弃了这个念头。还是不见了。不见，以便保持文字灼热，又不至于烫伤他人。

有一种女人，你不想跟她说话，不想跟她上床，就是对她有好感。这种女人，你不想知道她的过去，也不想未来，只是在远处看一眼，就能得到想要的全部。简单，美好！一次不经意的聊天，她说男人和女人为什么非要在一起，在一起为什么非要结婚，女人和女人不行吗？男人和男人不行吗？她说，她要写一本书，就写两个人彼此陪伴，度过一生。

这句话像是帮我找回了一把钥匙！使我得以打开一扇大门。想起以前跟好友也谈论过这样的可能，也做过类似的尝试，同性或者异性的两个人在一起，不发生情爱关系，结为生活伴侣彼此陪伴，一起生活。过上五年，十年，或者一辈子。就像两个独立的花园，任四季变换，一个总会有另一个所钟情的植物，在每一个黎明迟到的夜晚，默默地守望相助。

如果说从小学到高中，整天上学、吃饭和睡觉，身为一个差别化个体的自我意识尚未完全觉醒。那么从大学以来，也勉强算一个人了。见到姑娘，不但脸红心跳，还要跟她睡觉。经过一些人和事，有过几份工作，谈过几场恋爱。对感情，会有逻辑性的理解，也有非逻辑性的认知。绝大部分感情，只坚固那么一阵子，就变得脆弱不堪。

但在感情之外，我相信会存在着另外的一些东西。不易察觉，但经久耐用，不温不火，冷却坚固。这就好像一个人走了，他无法完全离去，总会留下几句不经意的话，或者带走几句，缠绵不绝。

偶尔天气晴好，或者雨雪霏霏，喝上一杯咖啡，吃碗面就会想起。所以我愿意相信，爱情若死，故事长在！

当然，如果你不是热爱生活又觉得真够无聊，如果不是坚持原则又迫切想要得到，如果不是足够地尊重自己又想跳进马桶被冲走，那么奉劝你不要浪费时间看我的文字。

有的文字沾了硫酸，湿哒哒的，渗进皮肤里面出不来，腐烂起来就是一片；有的沾了白磷，温度稍高就会无风自燃，有人会说是无意义的燃烧，缺乏耐心；有的被生活敲打了很多遍依旧棱角分明，不小心容易刮伤手脚，而且重量很大，紧紧贴在地上你没法带走。

它们等着特定的那个人从远方赶来，只取走属于他的那句话，冷的、热的、多余的、都不贪求……

何 旭

hexuemail@163. com

目　录

本书只完成一半

另一半交给读者

第一章 理想、责任与性爱

在这个社会里，男人和女人之间存在很多种关系，非血缘关系当中，他们是夫妻、情人、恋人、师生、同学、同事、朋友。男人和男人之间，女人和女人之间同样存在多种可能，在这些可能中最受人诟病的要属同性之间的爱情，然而，同性恋作为一种社会现象越来越普遍。当一种趋势流行起来的时候，就会像埃博拉病毒传播一样，难以阻挡。现在，一种新型的社会关系初露峥嵘，提供给社会生活更多的空间，人们称它为“结伴之家”。

具体说来，他们可以是两个男人，可以是两个女人，也可以换作一男一女，两个人结伴儿生活在一起，不恋爱、不结婚，永远作为伴侣存在。可以说，这是一个无性的家庭，情爱相约被取缔，不构成彼此的连接，也不再成为羁绊，每个人的身体是一座独立的花园。在不同的季节，一个花园里一直会有另一个所钟情的植物，在每一个黎明迟到的夜晚，默默地守望相助。

北京这个城市，充满活力却又让人窒息，文化繁荣却又物欲横流，乱象横生却又秩序井然，人口最稠密人们却又最孤独。这是个充满矛盾的城市，存在着多个对立面，就像每个人一样。然而，也正是北京，以它宽容的胸怀，容纳了来自天南地北、形形色色的人，给他们一个或大或小的生存空间，让他们有一个栖身之处，哪怕是个温柔的陷阱也好。从2013年开始，结伴之家的概念在北京悄然兴起，令越来越多的年轻人趋之若鹜。它的兴起几乎是碾压一般的，像是几十吨的压路机快速地在沥青马路上推进。

结伴的理念，影响将远远超乎人们的预料。犯罪率降低：结伴作为一种新型的社会关系得到承认，单身汉和剩女们纷纷脱单，不必再承受被父母逼婚的压力，不良情绪可以在和伴侣相处过程中得到疏解。人口增长率降低：伴侣们两两结合在一起，不必再背负繁殖下一代这个艰巨的任务，从而节约了对社会有限资源的消耗。同性恋隐蔽化：两个男人或者两个女人生活在一起，周围人无法确定他们究竟是结伴还是同性恋，相应地对同性恋起到一定的掩护作用。幸福指数提升：时下社会，男女之间的爱情不断发生病变，变得自私自利、暴躁易怒、目中无人；在男女情爱之中，厌倦的人、受伤的人、绝望的人，无论因为何种缘由来到结伴之家，在天黑以后，他们都能顺利地找到回家的路。

海淀区，万寿路北段，坐落着一家装修风格独特的公寓，共有24层，占地面积约有6个篮球场般大小，四个洋红色的大字在夜晚格外醒目——结伴之家。说它装修风格独特，是因为楼体的表面有副巨大的彩绘，彩绘内容是两棵苍翠的风滚草，几乎占据整个表面。据老板说，画面内容是他们公司的经营理念，代表着两棵独立行走的植物。

结伴之家有着自己的运营规则，想要入住，必须要经过一番严格的审核程序。首先，看看悬在头上的“九条铁律”：

1. **资质审查：**提供身份证、毕业证书、工作证明，验原件、收取复印件；审核通过后，结伴之家每两个月组织入驻一次，每次不超过20对。

2. **年龄限制：**不得小于18周岁，不得大于50周岁；初期运营，年龄限制请意欲入驻者自觉遵守。

3. **收费标准：**两室一厅，配备厨房、卫生间；一个月收费1000元，另收取运营费200元；入住前需要预先缴纳一年费用，另缴纳1万元押金。

4. **经济限制：**月收入达到3000元以上，需要单位开具员工收入证明，或者存款证明达到10万元以上。

5. **佩戴手环：**为每一对伴侣特制，有出入证功能，进入公寓需要感应门禁；统计伴侣相关数据，伴侣之间每天皮肤接触10秒钟以上报警。

6. **优先情况：**由于申请人众多，在同等情况下，音乐人、设计师、作家、画家、教师、医生等，有优先进驻权利。

7. **入驻仪式：**通过审核者有资格入驻，每人佩戴结伴手环，宣读入驻宣言；改口，称呼自己的伴侣为老伴儿。

8. **违规处罚：**结伴之家的基本规则人人需要遵守，轻微违规者警告，失去福利待遇；一般违规者罚款，不得参加每月相应活动；严重违规者逐出结伴之家，预先支付押金不退还。未尽事宜参照惩罚细则。

9. **幸福退出：**如果有成员在这里重新认识自己，幡然醒悟走入婚姻殿堂，全体成员祝福退出者；退出者本人缴纳幸福违约金，作为运营费用。

说明：结伴之家运营宗旨是“自由”“幸福”。以上限制的目的不是为了限制，而是为了成就彼此。希望大家在结伴的过程中认识自己，认识爱情。不婚主义者，恐婚族群，自由主义泛滥人士等，欢迎前来。

除了以上九条铁律之外，结伴之家对所有伴侣之间的行为还有专门制定的“伴侣规则”：

1. **结伴入驻：**提倡结伴前来，两人除了提供“结伴规则”中提供的材料外，还需填写伴侣关系表，跟其他材料统一提交。

2. **伴侣配对：**独身前来者填写个人申报表，由结伴之家工作人员根据星座、性格特点、个人爱好等组织配对 Party，自由配对。

3. **彼此独立：**伴侣之间不得干涉彼此私人生活，保持一定的独立性，每个人可以各自恋爱；外来人员不得留宿，逗留时间不得超过 4 小时。

4. **互帮互助：**伴侣之间互相扶持，一个人有困难，另一个须尽全力帮助，如果不能解决，请上报组织。

5. **江湖令牌：**如果某家庭成员有疑难杂症需要求助，可以把消息公开发布，其他家庭成员可帮忙解决赚取积分；每年按照积分排名各有相应奖励。

6. **伴侣任务：**伴侣每两个月完成一次公寓下派的任务，赚取积分。

蓝幼青和林森是结伴之家 10 层 1007 房间的一对伴侣，两个人各自受到结伴概念的吸引前来，之前并不认识对方。要说他们能走到一起，也算巧合，两个人都没有结伴的人，上交申请材料后应邀参加由公寓组织的结伴约谈会。约谈会上人人佩戴面具，幼青戴上面具之后兴奋得有点出奇，满嘴的电影台词跑火车一般，被众人一致嫌弃。林森参加活动从不迟到，唯独这次因为路上碰到意外迟到了一个小时，所以等他满头大汗赶到的时候，只剩下幼青这一位在沙发上翘着二郎腿，一个人自顾自地吃着青枣，枣核码了一小堆。

放眼瞧去，其他人两两一对聊得火热。毕竟不是泡妞，聊得起劲儿也没用，来之前林森就想好了，可能的话，找最不顺眼的一个结伴，各过各的，互不干扰。走过去坐到对方旁边，仔细打量这位，身材还不错，只是脸蛋被面具遮着看不清。两个人聊几句，只有一点达成共识，那就是感觉对方不靠谱。但他们都不想再等两个月，公寓的居住条件实在不错，房租又低，没理由久拖不决。这样，互相看不上眼的两个人一拍即合，向对方及时投递出伪装的友好，背地里却恨不得踹上对方一脚。

蓝幼青，大学毕业两年，在一家外企工作。幼青有一些特殊，跟正常的女孩儿不一样。在小学一年级的时候，她发过一场高烧，本以为这是任何人都会发的那种高烧，不料这次生病改变了她的一生。同班的女生课间会讨论女孩儿间的小秘密，有同学管它叫大姨妈，有的叫它月经，有的还说是来事儿，不管是什么样的事儿，幼青压根儿都没有这件事儿，总感觉自己跟它一点关系都没有。每次被问起，她只是支支吾吾说不知道，别人还以为她面子薄不好意思。直到上了初中，家长才意识到问题的严重，带着她前前后后跑了多家医院检查，最后得到的结论基本相同——幼青的生殖系统早已停止发育，永远停留在小学一年级。这等于说幼青没有女性的能力，她不能像正常的女人那样结婚生子，甚至，完全不能有性生活。

跟最好最好的朋友，她会自嘲地说，女人是水作的骨肉，男人是泥巴捏的，至于自己，上天一不小心做成了水泥。水，按照一定比例倒进生石灰里，冒泡、搅拌、放热、融合，一会儿的功夫变冷变硬。水泥就水泥，毕竟曾经也柔软过，现在呢，化不开、摔不烂，胜在足够坚硬。所以啊，她也会这么想，为表示歉意，上天赐予了她另外一些礼物。

幼青长得漂亮，虽然既没有前凸，也不见得后翘，但是身材苗条，一米六七的个子，五十公斤，不胖不瘦刚刚好。很多人说她长得清丽，她自己对这一点也并不质疑，一张脸蛋长得干干净净，至于什么样是干干净净，就像是雨后的天空，周围飘着淡淡的青草香。幼青心地善良，善良到哪种程度，举一个简单的例子，如果她买东西的时候被老板找了假钱，一定选择默默把假钱撕掉，而不去找老板理论要求退钱，她会认为对方也是受害者，如果一定要有人去承受损失，那么她宁可是自己。

算起来她的优点还真有不少，可是，优点虽然很多，却也弥补不了一个缺陷，那样一个缺陷的存在，会令她所有的光彩黯然失色。在大家看来，女性不能结婚生子，人生就算废了。还想怎么样，还能怎么样？一点商量余地都没有！蚂蚁能跟大象比力气吗，能，但是一定会输。蚂蚁不服气，可是大象却只跟它比力气，那又能有什么办法呢，周围就是这个蛮横的样子。

在逻辑上，她认为自己应该这么想，这么想才是她作为一个女性应该持有的得失观念。如果非要把痛苦硬塞给她，也不是不能接受。好像有一个声音高高在上地说——蓝幼青，你应该痛苦！好吧，那就索性痛苦。痛苦，这两个字她不是很了解，不开心过、气恼过、也失落过。痛苦？她还不够清楚，需要时间去弄清楚来龙去脉，就算给自己一个交代。虽然她不清楚为什么要给自己一个这样莫名其妙的交代，但是她知道自己跟别人不同，莫名其妙，也许就对了。

在小学时代，她有一个梦想，就是找到自己的爱情，即使那时候她还不知道什么是爱情，也不知道爱情的代价。直到初中二年级，得知自己的身体情况后，她感觉那棵刚刚在春天萌发出来的幼苗被命运移植到寒冬，退化成了一粒种子，紧紧地蜷缩着身体。从此，她再也没有跟任何人说起过，也不知道怎么办，身边都是正常得不能再正常的人，没有任何成例可以参考。

后来，读到莫里斯·梅特林克的《昆虫物语》，她连续哭了三个晚上，觉得自己跟白蚁的遭遇太像了。白蚁生存的环境需要湿气，却生活在赤道地区这样干燥的地域，有时候七八个月里面，甚至连一滴雨都不会下。更矛盾的却是，白蚁对生活在赤道这种阳光异常充足的地域有着不可救药的偏执，事实上，一旦暴露在太阳光之下，它们就会立刻死亡。

她自己呢，梦想着得到自己的爱情？可是她知道，一旦爱情降临，必然会在瞬间死去。虽然她曾拒绝过很多追求她的男人，让他们知难而退，或者当众难堪，但幼青知道，没有人能够真正接受她这样的女人，换做自己变成男人，恐怕也无法接受那样的自己。在命运面前，她产生了一种无力感，连续三天不吃饭，都不曾产生过的无力感。一直以来，她生活在矛盾之中，这一矛盾下来，已经二十七岁了。为了逃避周围的压力，她不得不把自己装扮成一个来去自由的独身主义者，在结伴之家，可以堂而皇之地不恋爱、不结婚，不受到非议，简直可以说是为她量身打造的。所以，幼青来到这里，是心安理得的。

林森来到结伴之家，却是内心忐忑。他刚刚从公司辞职出来，经济状况堪忧，提供的十万元存款证明是从朋友那里临时借的钱，放在卡里周转几个月后就得给人家还回去。仅有的一点存款交了一年房租和押金，卡里还剩下不到2000元，混得也算够惨的。新找的工作是一家基金投资公司，地址在国贸附近，还有一个月才正式上班。这段时间，节衣缩食上升为主旋律。

走出大学校园的时候，没想到自己会沦落到今天，从澳洲留学回来的同学中，自己可能算最不上进的。这帮家伙大部分都去了外企，拿着两万元左右的月薪，春风得意马蹄疾，妞泡了一个又一个，桃花朵朵开。进了国企的人，凭着家里的关系和自己的努力，也做得风生水起，有车有房。该结婚的结婚，该生娃的生娃，有的小两口正在商量是不是换套房子，为装修成什么样的风格在朋友圈里掐架，各自拉选票支持自己。人和人这时候不能比，会憋成内伤！

上一个公司是一家国企，工作稳定，待遇不错，但是薪水较低。国企和私企相互比较起来就像手动挡的车和自动挡的车：手动挡的，每变换一个节奏都需要踩离合器变换档位，这中间每个程序都不能少，有人掌握离合器，有人掌握档位，有人掌握方向盘，有人掌握刹车，而一个小职员能做的就是用力，榨干自己去给油箱加点油；自动挡的车没有档位，开车的人只要学会如何运用油门和踩刹车，限制少了一些，但是一个新手可能把握不好油门的深浅，一脚下去直接飙到事故发生，或者在不该停的时候猛然刹车，虚惊一场。

毕业以后，身边好像有这样一种趋势，很多女孩儿都想找比自己大上五六岁的男人做老公，她们觉得这样的男人社会基础好，成熟稳重，在组建家庭后能疼老婆。如此一来，好像哪里不对劲儿，同龄适婚男人怎么办，难道也去找比自己小上一些的女人做老婆？这样的女人应该还在读本科，或者是高中，不具备组建家庭的条件。换一个方向呢，也可以找比自己大上一些的女人，三十多岁的女人比比皆是，她们有着大龄男人的一切优点，外带着善解人意，个别的也许还善做人妻——弟弟呀，找不到地方姐姐可以扶你一把啊！虽然有这么多的好处，但是女人衰老得快，血气方刚的兄弟们是不甘心的。往上看往下看，男人们陷入两难。所以，刚刚毕业的男人很多都在单身，阳光明媚的周末，他们少有机会去陪女人逛街或者看电影，睡到中午起来出去吃饭，回来对着电脑手淫，然后纠结于自己一周手淫的次数，三次会不会太多？悲剧！

在三界里混，发现钱越来越重要。烧香拜佛需要香油钱，请神送鬼呢需要买路钱，活在当下，什么都需要钱，欲望和需求就是个无底洞。而这个社会，实际上处于一种病态，被金钱狠狠地阉割了。男人宁可没脑子，也不能没有人民币，在很多女人那里，没有钱的话就没得商量。所以啊，现在很多爱情像是电话亭里的爱情，硬币投进去，才能顺利通话。林森在北京，花了一年半的时间认识到这一点，认识到这一点的时候，他毫不犹豫地选择了辞职。领导的照顾有加，同事的相亲相爱，别了，他要选择极具功利性的职业生涯，只是为了钱而工作，不谈理想，也不谈追求。因为想要追求更高质量的生活，必须先过了世俗这关，这样，一个人的价值观和家庭才不会受到一些因素的考验，陷入尴尬境地。

林森的生活用品不多，住在单位公寓一年半，除了烧水壶和吹风机之外没有置办任何家用电器，麻烦的是一样东西。网上购物他也只买过一样东西，那就是大量的书，里尔克、波德莱尔、艾略特、斯奈德、庞德等，还有很多不甚出名的诗集，小说就更多了，国内外的一些优秀作品，这些书堆满了三个书架，窗台、书桌也凌乱放了一些。现在搬家成了老大的负担，送人舍不得，扔了更舍不得，每一本书的每一页都有感情寄托。穷得都快吃不上饭了，到头来还是这点出息，无奈之下，买了几个大纸壳箱子，用气泡垫把书包好塞进去。

对每个成员，结伴之家提供一次免费搬家的服务。司机师傅是个谢顶的中年大哥，来自河北，说话慢声细语。询问名字，大哥回答说是马上的马，占有别人财产的占，良家妇女的良，马占良。林森差点忍不住笑场，大哥！既要人家财产又要人家老婆，而且还要马上做到，人生理想能不能不要说得这么直接！另外，这明显是个需要耐心和技术的活儿，好好锻炼身体多蹦跶几年还是能有机会的。玩笑归玩笑，马大哥很有一把力气，能扛着最大的书箱奔走如飞。照这样看来，马大哥成功的可能多上几分。

十层是公寓新成员的楼层，十层以上暂时还没有开放。这次有20对伴侣，也就是40个人搬进来。40个人纷纷入驻，行李大包小包的运来，楼道里面显得有些凌乱。而看到幼青的行李，林森就更凌乱了。3个行李箱，外加10个大大的收纳箱，其中2个装鞋，2个装包，4个装衣服，2个装生活用品。本着伴侣间互帮互助的原则，他也不好意思袖手旁观，心里想这个女人真是疯了，以后谁娶了这位可是够费钱，哥们儿自求多福吧。

幼青自然没有疯，但她是个不折不扣的购物狂，在商品方面，有着很多不可控制的欲望。要是林森知道送人的东西比留下的还要多，不知道会怎么想。人在江湖，幼青识货的本事绝对是一流，皮具三六九等、面料高低之分、做工的精细与否，搭手就能一清二楚。只要遇到好东西就想买，买了之后能兴奋上一阵子，也不管自己是不是需要。当然，很多东西是用不上的，只好转手送人。由于花钱完全没有计划，来北京的第一个冬天，信用卡透支达到上限，给自己买围巾的钱都凑不出来，足足挨了一个月，等到发工资才完成颈部保暖。

住在1007房间的两个人，彼此是瞧不上眼的。这在于两个人去卫生间后，一个人把马桶圈立起来，另一个把马桶圈放下去；在于一个人喜欢早起，另一个习惯折腾到很晚；在于一个人喜欢呆在客厅看电视，另一个习惯把自己或者跟带回来的女孩儿一起关在房间里做些事；也在于一个有个性的人对另一个辨识度不清晰的同类尚未觉察的欣赏，这欣赏达到高级的程度，演变成对抗。

幼青瞧林森的样子，恨不得想用铁尺抽他个血肉模糊，看起来坏坏的，笑起来贱贱的。说他犯贱吧，姿态还拿得高高的。说他道貌岸然吧，说起话还算比较直接，三句话离不开男女那点事儿。可说猥琐呢，又算不上，这家伙尺度把握得非常好，从来不越界，甚至一个脏字儿都不吐，让人恨得牙根直痒痒，又不能真拿他怎么样。

林森对幼青的态度是不怎么在乎的，看得出对方讨厌他，同时不得不伪装出一副礼貌有加的样子，憋得是够累的。对于身边的女孩儿，他希望把她们区分成两种类型，一种是喜欢他的，一种是讨厌他的，不喜欢也不讨厌的话就太无聊了，平淡到极致会泛起酸味儿，最令人难以忍受。在这种讨厌的目光当中，对方碍于面子的原因无法名正言顺地公开叫板，但又憋着一股劲儿，想在恰当的时刻出手痛击，如此一来需要他时时刻刻悬着一丝警惕心理。保持这样提防的准备，还是有些意思的。生命不息，斗争不止！

公寓的一层，办公区域。大门对着服务台，有三个工作人员值班。往里走，依次是行政部，负责申请人员的资质审查；卫生部，负责公寓内所有的清洁工作；后勤部，负责公寓运营的后勤保障等；纪律部，有权对成员日常行为监督和违规行为进行处罚；宣传部，负责日常活动等重要信息发布和公众活动的组织和策划；安保部，负责公寓内所有人员人身安全和日常纠纷调节；总体部，协调各部门之间工作的正常运行；事业部，对外招商与合作是这个部门的核心内容；最里面的一间是经理办公室，经理本人倒是很少露面，平时有经理助理在内办公。九个部门的存在，保障着结伴之家的正常运转。

二层分为两个区域，A 区设有超市、健身房、游泳馆、棋牌室、洗衣间、观影厅、咖啡厅、图书馆、医务室、报告厅等辅助性功能配备。B 区共计有 20 个“心情小屋”，每个房间都是上锁的，只有在周末两天开放，想使用需要提前向公共系统申请。心情小屋都被冠以一种心情的名称，如沮丧、忧郁、兴奋、迷茫、紧张、压抑、愤怒、憎恨、厌倦等。根据每一个心情，内部有不同的主题布置。房间无窗，有两道门，均采用隔音材料，墙壁按照国际化静室标准建造。

餐厅在 24 层，名字叫“时间之屋”。整个内饰呈椭圆形，墙壁上的图案内容为四季的交替变换，春种、夏耘、秋收、冬藏。餐厅设计为旋转模式，厨房在中央固定不动，外围是缓慢转动的服务区，厨房和服务区中间有三条通道，分别代表时针、分针和秒针。服务区旋转一周，正好耗时一个钟头，在顾客用餐的同时，加进一剂时间流逝的味道。

厨房提供四种可选套餐，D 级：15 元，一道素菜、一碗清汤；C 级：35 元，一荤一素两道菜、一碗清汤；B 级：100 元，一道开胃汤、一道特色主菜、一道辅菜、一碗清汤，配饭后甜点；A 级：200 元，一道开胃汤、一道高级特色主菜、一道辅菜、一个瓦罐汤、一杯红酒，配饭后甜点。每个级别的配餐内容一周更换两次，以达到营养均衡。餐厅这样的菜式安排有着自己的考虑，一来菜式固定的话能够节约原材料，降低成本和售卖价格；二来方便厨房工作人员备餐，节约了大量时间成本，同时方便顾客；至于四个级别的套餐区分，当能满足不同经济水平和不同饮食观念顾客的需求。

至于林森嘛，鉴于卡里那十分可怜的数字，就只能天天吃 D 餐了。转眼到星期日晚上，清汤寡水的一周就这样过去了，肚子已经在叫，这会儿他正窝在房间里犹豫着要不要去餐厅，但又有些懒得动弹。饿着肚子，情绪糟透了，负面信息成群结队地从暗地里爬出来张牙舞爪，整个人变得自怨自艾。对家人不满意、对恋人不满意、对自己不满意，尤其感觉自己是个废物，看不到希望……

强打起精神，穿上外衣，对着镜子简单看几眼，没洗脸，没刮胡子，头发还不算太乱。觅食的意念强拖着身体走到电梯、上楼、点餐、打卡。十分钟，一顿风卷残云之后，肚子被塞得满满登登，坐在那儿打几个饱嗝，扯着一块餐巾纸叠一只小船，感觉自己又活过来了，人生也不过如此。老子身体健康，自食其力，多少还有个女人，至于明天，明天？妈的明天开房去。

饥饿的时候，一顿饱饭比什么都有用，肚子空了，就是请来全世界的人都来鼓励和安慰也无济于事，食物对一个人真是太重要了。说到这儿，银子也很重要，没银子就吃不上饭。银子，银子！没银子当然也不能开房，眼看着混不下去了，腰包瘪了处处被动。在公寓凑合凑合得了，虽然他不想这么做，这几天幼青看他的眼神越来越不善意，这个女人有疯狂基因，不能惹过火，半夜撬门进来把他阉了并非没有可能。

林森现在的女友叫鱼夭夭，在一家广告公司做策划。夭夭属于略带流氓气质的文艺女青年，喜欢严歌苓和张爱玲，喜欢拼下限。妹子言辞犀利，敢做敢为，随时准备扯下卫生巾甩你脸上的节奏。要说夭夭最具特点的品质，就是说起话来没完没了，夭夭晚上拉着林森话聊，就连晚安都要道别很多次才能够真正实现，让人很是头大。这会儿，两个人正你来我往地聊着。

“给我讲讲吧，你有过几个女朋友，她们都什么性格？”

“忘了，您老人家好奇心太旺盛了吧，都什么年代的事儿了！”

“肯定没忘，不能忘，快给我讲讲！等着呢！”

“真的忘了，就算没忘也都不值一提，过去的就过去了，不善于去翻旧账，您还是高抬贵手吧。”

“讲讲吧，给我讲讲吧！你要不讲的话，是不是说明有一天你也会把我这样忘掉呢？”

“这个……让我怎么接呢，够呛啊！”

“讲讲吧，讲讲吧，求你！”

“嗯……”面对胡搅蛮缠，林森在电话这头只能沉默以对。“要不睡觉吧！”

“嗯，就睡，不过我今天很不高兴！”

“怎么呢，您说说，说不准小的能为您解忧。”

“算了吧，唉！晚安！”一声叹息酸得要死，酸奶加了白醋调味的效果。

“别别！这样多不好，憋着难受，赶紧说出来！”

“好吧，其实也没什么，感觉你的前任们没有把你教育好。”

“呃！这个……那你加油，我预祝你成功！晚安！睡觉！”

“你大爷的，滚吧！不行，以后聊天不能跟你通话，咱们还是打字吧！”

“怎么呢，打字多不方便，还是电话信息量大。”

“我经常说着说着就 high 了，而且有越说越 high 的毛病，自己都控制不住，咱这话费一个月 300 多，多浪费。”

“为什么要控制，物尽其用，人尽其才不是挺好的吗?”

“讨厌！说真的，我太喜欢说话了，如果一天不说话我感觉能憋死。”

“嗯，没人不让您说，继续发光发热！晚安！”看来这位也不是不知道自己啰嗦，林森的无奈溢于言表。

“咱们分手吧！”

“又来了！您一天天的能不能消停点！求你了哥哥！没事儿睡觉！晚安！”

“不，坚决不能，你到底看上我哪儿了?”

“懒得说，不就是让我把您优点再总结一遍吗，啰嗦不下一百遍，实在没那个心情再叨叨，晚安。”

“这才认识多久就厌烦了，结婚以后怎么办，你肯定会嫌弃我，趁年轻我得找一个有耐心的，能包容我的。”

“以后再说以后，您今天不挑事儿就万事大吉，不敢想太多以后。”

“跟你说实话，不吵不闹我就浑身难受。”

“您这爱好倒是独特，相当与众不同啊，佩服！我很困，要睡觉！”

“是吧，我感觉也是，那个，咱们还是分手吧，求你了。”

“你知道我想在最想做什么吗？”

“做什么啊，想不到，有话快说！”

“一巴掌抽飞你！然后闪身上去无限次抽抽抽抽抽！”

“来吧，那你抽死我啊”，天天乐不可支，为自己引爆对方的情绪沾沾自喜，“话说回来，你小时候听话吗？”

“怎么突然问这个，还行，应该算比较懂事那种！到底还睡不睡了？”

“快回答我啊，爸妈打过你吗？”

“几乎没有吧，为什么这么问？”

“真幸福，小时候我爸和我哥都经常揍我，哎！”

“怎么混得这么惨，你们家人都有暴力倾向吗？”

“不是，我经常不听话，各种无理取闹，他们忍无可忍……”

“能理解，我应该想到，瞧您那一双三角眼长得，一看就是多事儿的主儿，没事儿找抽说的就是你这样的！”

“晚安，咱们没得聊了……”

“晚安！”他终于如愿放下手机，世界安静多了。

这是林森跟天天每晚聊天的一个片段，一个人睡觉的意愿表达了多次得不到响应，另一个滔滔不绝、意犹未尽，每天的睡前对话都是一次神经性官能综合症的病发案例，最后演变成一场漫长的告别。

天天这货，林森欣赏她那旺盛的精力和牛蹄筋儿一般嚼不烂的劲头，可精力太多了会溢出来把身边的人淹没，嚼不烂的牛蹄筋儿不但塞牙，吃多了还会引起消化不良。这妹子表达欲过盛，认识三个月以来，似乎都是她在说，自己在听，对方从不肯静下心来听听自己内心的想法。没有掉头、没有迂回，一个单向车道无论延伸多远，总是有尽头的。

关于女人的外貌，林森有着自己一套歪门邪道的评判标准：美不美，先看腿；骚不骚，再看腰；贱不贱，看看眼！据好哥们说，有这样一套理论的人不做流氓可惜了。据同事说，说这话的人应该下地狱。管它呢，就算下地狱也是下辈子的事儿，这辈子先顺利过去再说。

照这个标准，天天第一关就勉强，姐们儿腿有点粗，而且还不直。哪天老了，别人八卦到自己的时候多没面子——那个脸上挂着几颗粉刺的外乡小子在北京混得穷困潦倒，在性欲的驱使下他搭讪了一个又一个的女孩儿，可惜大多失败，最终沉溺于跟一个话唠的粗腿女孩儿无节制地做爱。如果说出来是这样的内容，可真够没劲的。算了，自己缺点更多，反过来人家还不一定怎么将就呢。狂妄、孤僻、嗜酒、不爱穿内裤、肚子有赘肉、没房没车、一穷二白，这一串拎出来也够可观了。得了，大哥别笑话二哥。

想当年，刚刚上大学的时候，林森满怀期望在四年期间把婚结了。回过头来想想，不禁感到好笑，那个单纯无知的小子不会想到有一天自己混成了不想结婚的那类人，还住进了结伴之家这样的主题公寓。在学校的时候，大家像成群结伴的草食动物一样，一起去食堂吃饭、教室上课、回宿舍休息、外出逛街，就连上厕所，隔壁都蹲着好几个抽烟或者看报纸的哥们。等参加了工作以后，大家开始独来独往，改成肉食动物的习性。一个人租房子、上下班、吃饭、逛街、出差、泡妞，当然，常规意义上来讲，泡妞这件事也不好多人一起做。

肉食动物里，林森喜欢猎豹。在雨水丰沛的季节，草原上有很多猎物，猎豹动作频频、四处出击，捕捉到猎物后高高悬挂在树上。猎豹存放猎物的方式如此特别，也许仅仅是为了保存，也许还有一丝炫耀的成分在里面，向草原上其他的捕食者宣告自己的战绩。有的猎物，它只吃几口就放弃了，有的，它捕捉到之后根本没动，只是放在那里，任其风干。但是，随时可能出现的猎物充满了诱惑，它很难视而不见。

高挂这种方式富有强烈的美感，它既具有独占性，又兼备开放性，因为食物就在树上，明晃晃的，所有动物都看得见。没有本事的捕食者，望而生畏，只能远远偷瞄几眼；稍有本事的，耐不住诱惑前来争抢，发现自己根本上不去树干，最后落荒而逃；堪与猎豹匹敌的其它大型猫科动物，或者雄鹰，是有资格来一争高下的，但是出于骄傲和对同类的尊重，也不会参与其中；只有个别猎手，小心翼翼，贪婪成性，蛰伏待机。

杨建仁，林森好友，在一家外企工作，主要做铁路通讯。两人相识于国外，臭味相投、沆瀣一气。这家伙人如其名，贱人一个，一副人畜无害的样子，模样有点小帅，平时喜好勾搭勾搭妹子，女人缘颇好。不过与他的哥们儿不同，贱哥是一个标准的草食男。他习惯把肉放到嘴边，烫了等一会儿，凉了热一下，最后呢，闻着肉味儿干吃青菜，这境界，到哪里都算得上高风亮节了。不用怀疑他的性取向，这家伙绝对是直的。

据他自己透漏，坐在地铁上，脑子里都会胡思乱想——瞥一眼邻座的女孩儿，开始估算两个人性器官之间的距离，大概在四十厘米左右；要是人多拥挤都站立的话，两个人贴在一起，距离可能会缩减到不足五厘米，要是夏天，这个数字也许会缩减到三厘米、两厘米。在意淫这条道路上的成就，估计很难有人比这位走得更远。

不过想来也挺荒谬，一个男人仅仅是为了得到女人，从中要付出多大的努力，在这其中，又要涉及多少你来我往的试探和纷乱繁杂的人事纠葛。还好，绝大多数人自动放弃了对这一问题进行归纳，不然的话，他们肯定会忍不住嘲笑自己的愚蠢。尽管去做好了，不要思考，思考太多会让人神经疲软。

今天，贱哥提出到林森的新居参观，附近周黑鸭买了卤豆干、鸭翅、鸭脖、花生等小菜，拎上一箱啤酒。在门岗登记后，进入公寓，门卫大哥用一口河南话善意提醒外访人员不要超时。两人小转一圈，回到1007。正好幼青外出不在，比较自由，林森把几样吃的摆在客厅餐桌上，哥俩拉开架势喝起来。

“哥们，公寓真不错，但我没想到你竟然搬到这种地方，怎么想的?”

“也没怎么想，刚辞职闹经济危机，这地方舒服又省钱，为什么不来?”

“这不是你的性格，你唬我吧!”

“操！就你整天事儿多，少问几句能死啊!”

“死倒是不能死，痒啊！懂吗？你赶紧的，别磨磨蹭蹭。”

“最近工作怎么样，还是经常出差吗?”林森岔开话题。

“还是那样，上周刚刚从广州回来，在那儿有个项目，跑好几次了，快累断了哥哥的老腿。”贱哥有一个令人欣赏的优点，别人岔开的话题他从不简单粗暴地纠缠。

“咱俩差不多也快两个月没见着了，给我讲讲你的风流韵事，补补课。”

“风流韵事没有，破事儿倒是有一堆，烦着呢!”

“别啊！那您可谦虚了，上次那个高中的小妹妹怎么样，吃到嘴了吗?”

“龌龊！你又不是不知道我，聊聊天还行，就这点追求。”

“聊天也不错，聊到什么程度，躺着聊还是抱着聊?”

“谈崩了，这种小姑娘开始还不错，鲜嫩多汁的，单纯可爱，越说越没的说。你这整天为工作烦心呢，那里还闹情绪让你哄她，一次两次还行，次数多了实在伺候不了。一句话，代沟不可逾越!”

“现在知道代沟了，盯着人家乳沟的时候你怎么不说?”

“你就贱吧，信不信我弄死你!”

“对了，你跟那个美女同事最近怎么样了?”

“什么美女同事，说话放尊重点，人家是少妇好不好，正宗的孩儿他妈。”贱哥说这话的时候，堆满笑意，让人想甩一坨大便到他脸上。

“少妇你也搞，口味越来越重了，不简单!”

“不是搞，就是有事没事逗着，两人一起吃个饭、唱个歌，她需要被调戏，我想要调戏别人，彼此需要，你情我愿!”

“没别的说的，满满的都是佩服，快溢出来了。”林森笑着，连连拱手。

“还真别说，哥们儿就是有这个功夫，孩儿他妈跟老公是初恋，恋爱五年，结婚生子，过程太顺利，缺少沟沟坎坎和浪漫情调，咱能满足初恋就结婚女人的各种不良小情绪、旖旎小情思!”

“哥哥，我听得心里都痒痒了，你可真他妈贱!”

“谢谢夸奖，愧受了，小本事拿不上台面，让您见笑了啊!”

“见笑不敢当，我看你脸上贱笑太多了，帮你打扫打扫?”林森猛抬手。

“草，别打脸!”贱哥跳起闪身，躲过一劫。嘻嘻哈哈坐回去，给林森开一罐啤酒，“来，灭灭火，说说你吧，为什么搬到这儿，不跟我去住，我那里经常空着，匀给你个客厅没问题。”

“早跟你说了，好朋友不适合住一起。”

“你还是这个德行，这句话在国外你就说过，什么保持距离之类的鬼话。”贱哥大摇其头，表示无奈。

“不知好赖，我这是太爱你，懂吗？”林森玩味地看着对方。

“不懂，咱们都是大男人，你别恶心我，说话说重点！”

“好吧，我是真想住这里，环境舒适，性价比这么高，你给我一个不住这里的理由？”

“最烦你这点，明明知道我问什么，还在那儿跟我绕来绕去！”

说话这会儿，门响了，幼青带着一个女孩儿开门进来，见到林森有朋友在家里略感意外。女孩儿叫闫瑟，幼青朋友，长得有几分姿色，两个男人忍不住多瞄几眼。彼此简单介绍，寒暄两句，幼青带着闫瑟回到自己房间。

“看什么看，还没看够！”贱哥喊林森。

“那倒不是，我在想这妞儿到底何方神圣，不简单啊。”

“人家就是挺漂亮一妹子，你犯哪门子疑惑，臭不要脸的！”

“哈哈，脸值几个钱，要的话批发给你。话说这妹子得小心，说不准哪天咱俩谁栽在她手里。有句话听过没，美女杀人不用刀，斩将夺旗全在腰。”

“得了吧，我看你那位更不简单，看你的眼神明显带有杀气，你这几天到底对人家做了什么？”

“什么都没做，真做了她就老实了，”林森举起左手，“这手环看到了吧，两人之间身体接触达到10秒钟就会报警，你说我能做什么。”

“我嘞个去！这玩意儿太先进了，发明这东西的人绝对是个天才！”

“我也这么想的，老板不简单，这东西简单实用，一旦戴上，除非离开这里的那天才能摘下来。”

“这比孙悟空的金箍还厉害，完全不用唐僧念经。”

“谁说不是呢，开始戴的时候，整天提心吊胆的，排便的时候都不敢用太多力气，我怀疑它有窃听功能。”

“说着话能别往那里拐吗？埋汰！话说回来窃听不至于，擅自窃听属于违法行为，除非老板不想把生意做下去了，挖个坑自己跳下去。”

“道理我明白，但就是心里不踏实啊。”

“理解，就像做贼的害怕监视器一样，即使监视器哪天不在了，贼也会提心吊胆的，担心自己被拍到。”

“听出来了，你小子转弯抹角在骂我呢是吧！”

“对啊，不过我是直接在骂你，谁让你不回答我问题，我这个人心眼不大，容易记仇！”

林森一口气干掉一罐啤酒，慢慢地一个一个抠指甲“人生在世呢，有件事特别伤心，就是突然发现刚刚追到手的女孩儿虽然有千般好处，但你就是不能跟她结婚。”

“草，接不下去了……”贱哥也抬头干掉一罐啤酒。

“你喜欢她，她有很多优点，跟她一起逛街、吃饭、看电影、睡觉，没什么不和谐的地方，但就是有些不对劲儿，她越好你越发现最后能跟自己走到一起的人不应该是这样的，具体是哪样儿的，想破脑袋却也猜不到。”

“真够累的，但我能理解，认识这么长时间了，你就这个德行。”说着贱哥又起开两罐。“我知道，你自己能把自己劝好，明天又是好汉一条，大街上到处看妹子的人还是你。”

“哈哈，你最懂我了，来来，接着喝！”

四个小时的时间不知不觉到了，林森把贱哥送走，回到房间，脱了衣服蒙头大睡，对他来说，现在睡觉是最手到擒来的享受了，不用思考，不用讨好，自己一个人，主宰着一个世界。

幼青跟朋友呆在房间里，姐妹俩说着悄悄话。闫瑟，在一家上市的咨询公司工作，幼青大学毕业以后唯一还保持联络的人。当然，保持联络不一定说明是好朋友，有的人只是碰巧在一个城市，在一段时间内出现，带给你一段生活。闫瑟穿着时尚，长得漂亮，事业心很强。在她看来，一个人必须要有明确的职业规划，这样人生才能有条不紊地进行下去，最稀缺的安全感才能得到保障。毕业以后，她一直单身，经常挂在嘴边的一句话是——不论贫穷与富贵，希望找到一个具有自我认知的另一半。

至于什么是自我认知，表面上看起来好像是一个人有自知之明，能够清楚地认识到自己的优势和不足。但一个乞丐认识到这些有什么用，一个浑身是缺点的庸人认识到这些有什么意义，所以这句话可以翻译一下——所谓自我认知，就是一个优秀的人知道自己很优秀，并且让别人知道。

“我买了几件衣服，你来试试。”幼青打开衣柜，开始翻衣服。

“不试了吧，每次试衣服你都要送，太不好意思了。”

“扭扭妮妮的，没劲，让你试你就试呗，多开心的事啊，你穿着漂亮我高兴还来不及呢!”

“看出来了，你是很高兴，可是我有负罪感，给你买衣服你又不要!”

“你那是买衣服吗，那叫烧钱，看着心疼，好衣服不一定要在商场的专卖店里买，外贸货多得是，一件一件淘来才是本事。”

“行行，就我们青青会买，”闫瑟穿上幼青递来的蓝色呢子风衣，“这件的款式好喜欢，哪里买的?”

“东四附近的一家外贸店，下次有机会带你去，哎呦呦，让我仔细看看！”

“怎么啦，大惊小怪的，我穿还行吧。”

“太行了，哎呀呀，你发育的越来越好了，看着直流口水。”幼青摆出一副色眯眯的样子，作势伸出手去抓。

“去，没羞没臊的孩子，你丢不丢人！”

“你看看你胸前，没有D也有C了，还是满满的C，我就说我穿的时候哪里不对，没胸顶不起来。”幼青坏坏地笑，“你看我的，像上大学时候第一食堂的小包子，只有两层皮儿，没馅儿！”

“说你你还来劲了是吧。”闫瑟照镜子看衣服，对效果很满意。

“不过我也不是最差的，你们宿舍的刘芳如还记得吗，她趴在那里也就算了，翻过身来就是后背上多出两块胎记。”

“你这嘴，还那么黑，来让姐姐看看，有多少年没有洗了，帮你清理清理，免费的不客气！”边说边走过去。

“闫小姐还是收费的好，干你们这行的也不容易，风里来雨里去，面对各种无理取闹、稀奇古怪的客人。”幼青边说边跑。

“说什么呢，看我不修理你！”两人打闹着，挠痒痒，笑成一团！

“哎哎，不行了，我投降！”幼青笑出眼泪，浑身无力。

“好了不闹了，说说你吧，最近怎么样，还在跟家里闹着别扭吗？”

幼青初中的时候，爸爸有了外遇，父母经常吵架，最后闹得离婚，去年爸爸身无分文回来，没想到两人竟然复婚了。幼青不能理解，她恨爸爸的无情，也恼妈妈的软弱，所以跟家里一直憋着劲儿，上个春节一个人在北京过的。

“你说我那个生理上的父亲啊，没意思，烦着呢！”提到这个，幼青顿时蔫儿下去，像突然负重的人。

“别跟家里对着干，那样大家都很难受，自己也不会好过，我劝你今年春节好好回家过年，有问题逃避不是办法。”

“那个男人跟我的关系吧，说来简单，他用了一个精子，然后起了一个名字，除此之外没半点瓜葛，从小到大，他从来没有尽到一个父亲的责任，你让我怎么接受，不可能！”

“有那么差，就没有点对你好的地方？”

“你了解我是什么样的人，但凡他有点父亲的担当，我都不会像现在这么抵触，记忆中他不是打我妈，就是训斥我，不知道哪儿来的那么多怨气，整个一男版的怨妇，一无是处。”

“我也不懂为什么，从来没听说过这样的，难为你了青青，”闫瑟伸出胳膊，“来，姐姐抱抱！”

幼青顺势扑进对方怀里，用力抱抱对方，“哇，好暖心！加强版的D奶果然不一般！再让本少爷香一个！”

“滚！”闫瑟推开幼青，“你个女流氓，我是怕了你了！”

“来嘛，把少爷伺候舒服了，少不了你的好处，来来来！”

“停，别闹，说点正事，”闫瑟脱下风衣，叠起来，“我还没问你呢，怎么搬来‘结伴之家’这么奇怪的地方？”

“挺好的嘛，哪里奇怪？”想到对方并不了解自己身体的真实情况，这么问出于关心，“我打算一辈子都交给这里了！真好！”幼青把自己扔在床上，来回打两个滚儿。

“瞧你这点儿出息，还像孩子一样，以后就不打算结婚了吗？一辈子跟对面那位帅哥这么不明不白一起生活？”

“注意措辞，他可不是什么好人，整个一渣儿男，”幼青说起来义愤填膺，“我们住进来不到3周，他就带过两个女人回来制造噪音，今天还带了一个男的，一看也不是好人！狼狈为奸！”

“怎么这么大成见，是不是有误会？”闫瑟对林森第一印象还不错，看起来有几分书卷气。

“绝对没误会，有天他在房里开着门打电话被我听到了，原形毕露！”

“青青，你偷听人家电话啊，都说什么了？”

幼青模仿林森当时的语气，“女人一辈子总会遇到一个混蛋，稀里糊涂地跟他上床睡觉，然后这个男人玩了她的人，又伤了她的心，教会她社会险恶，最后她才能成长起来，哥们跟你说啊，我不介意做那个混蛋，普度众生！”

“衣冠禽兽！人面兽心！这话真是他说的？”

“基本一字不差，现在该相信我了吧，总之他不是好人，一看到他那副样子就想狠狠抽他！”

两个女人达成一致，声讨渣儿男林森。被声讨的这位，在房间里呼呼大睡，浑然不觉自己的形象现在堪比卫生间里的拖把，被人提起来的次数越多味儿就会越来越大。

林森早上起来，刚好七点钟，酒完全醒了，神清气爽。去卫生间洗漱一番，心情大好，每次喝完啤酒睡觉醒来，感觉皮肤状态都有所提高，怪不得那些整天灌啤酒的人一个个白白胖胖的。

看到幼青在厨房做饭，走过去打招呼，其实也不完全是打招呼，这会儿肚子空空的难受，他想着能不能顺便蹭一顿早饭。就算蹭不到早饭，给对方添点儿堵也是很愉快的事。

“早啊，老伴儿！做饭啊。”

幼青听得浑身一颤，鸡皮疙瘩成群结队往下掉，“虽然入驻仪式上宣过誓，但是拜托您能不能别这么叫，恶心！”

“有什么不对的吗？这是公寓规定，我可不想被处罚，规矩你也是知道的，咱不能明知故犯，老伴儿。”

幼青抬头看看对方，想把一锅热水浇上去，“你说吧，怎么才能不这么叫，咱俩做个交易。”

“不好吧，”林森脸上配合着为难的神色，“真不好，刚来没多久就坏规矩，我是个讲原则的人。”

“直说，只要我能接受的条件，你可以提出来。”

“既然你这么说了，好吧，法律还能网开一面呢，规矩也是人定的，”林森满脸含着笑意，“你每天做早饭，能带出来我一份儿……”

“行了，成交，今天算第一天，咱们说话算话!”

“你今天做的什么，剥了一堆虾仁儿，锅里还在炒着红糖，看起来有点不走寻常路啊。”

“做什么吃什么，哪儿那么多废话，拔丝虾仁儿知道吗?”

“额——我好像只知道拔丝地瓜，这道拔丝——虾仁儿，您自主研发的?”林森隐隐感到跟眼前这位蹭饭可能不是一个好主意。

“你是八七年的，动画片《中华小当家》看没看过?”

“必须看过，当年追了好长时间，这菜是动画片里面的菜谱吗?我怎么完全没有印象。”

“不好意思，其实我想说我就是黑暗料理界的传人，算你倒霉!”

“哎呦！口气不小啊，黑暗料理界的人可都有一手绝活儿，尽情发挥，你能吃我就能吃!”

“别站光着看，帮个忙把挂面下旁边锅里。”

“这锅里水什么颜色，怎么红红的，你是不是没有刷锅，还是用了传说中的厨具?”

“糖水挂面听说过没，今天让你长长见识，什么叫人外有人、天外有天。”

“哥哥，不会吧，你别告诉我里面是红糖水?”

“还不算太笨嘛，有点见识，不只会泡妞儿。”

“红糖上辈子怎么得罪您了，您要这么对它?”

“爱吃不吃，废话少说！”

“免费的怎么不吃，争取来的福利不能浪费。”

林森大话说出去，已经覆水难收，在幼青的逼视下，他咬牙吃着拔丝虾仁儿和糖水挂面。红糖炒得有点糊，挂面在红糖水的作用下粘连在一起，奇怪的味道在嘴里奔腾肆虐。完了，这次算栽了！

吃完，洗碗刷锅这活儿幼青没让林森做，三下五除二解决战斗，先不论菜做得如何，洗刷的本事值得一提，干净利落。林森心里稍微有那么一点过意不去，吃了人家的饭，自己除了把挂面扔进锅里这个动作外没有任何贡献，回到房间拎一袋橙子送给幼青。

幼青倒是没拒绝，糖吃多了喉咙发干，关上门在屋里接连干掉了两个橙子，酸酸甜甜，味道不错。对待食物的方式，她有一个特点，喜欢的东西尽情享受，吃到顶上嗓子眼儿，不喜欢的东西呢，也尽可能往嘴里塞，一次把自己恶心到家，这样下次遇到的时候，以便仇深似海。

林森回到房间看书，换几本还是看不进去，总感觉自己有重要的事遗漏了，是什么却想不起来。这感觉像在小河里捉鱼，滑不留手，每次好像捉到了，其实只是碰到个尾巴。几次之后，鱼儿受惊了，你眼睁睁地看着它甩着尾巴，死命地游向远处。

话说幼青这会儿边看美剧边吃橙子，已经吃下去第三个，刚刚吃完早饭的人，战斗力是够可以。《无耻之徒》这部剧很符合她的胃口，温情、幽默，外加感人，母亲去世，父亲整天喝得烂醉如泥，清醒的时候就惹是生非，姐妹六个人每天都在和生活中最琐碎的细节抗争。

林森敲门，他终于想起来遗漏了什么，“在吗，那个谁?”

幼青一阵不耐烦，看得正在兴头儿上，“本小姐有名有姓，不叫那个谁。”说着跳下床开门。

林森闻到一股浓烈的橙子味儿，心想糟了，“我想说，今天你不能吃橙子，橙子维生素C很多，海鲜和维生素C混在一起会合成砒霜。”

“说人话，别欺负我文科生读书少！”

“砒霜是一种剧毒，没看过电视剧吗？古代都用这个杀人，达到一定量了会致命，轻的估计也拉肚。”

随着林森的解释，幼青的脸色越来越难看，对方一定是有意整她，要不怎么会那么好心送来一袋橙子。

垃圾桶里横七竖八的橙子皮，“那个……你是不是吃了？吃几个？”

“滚！”碰的一声，幼青把门摔上，连续两声尖叫，她气疯了，混蛋、混蛋、混蛋……心里咒对方一辈子找不到女人。

“对不起，我真忘了。”林森敲门。回答他的是一声“滚”和刺耳的尖叫。

“我送你去医院，做个洗胃，别挺着啊！”

“滚！不用你在这里装好人，装给谁看！”说完又是一声尖叫。

“出来，我送你去医院，出事儿了我承担不起。”他接着敲门。

这次回答的是长长的尖叫，林森不敢再敲门，索性坐在客厅等着，心里想着她总会出来的，他必须确保对方没事，妈的倒霉！这都赶上的什么事儿，以后的早餐算是没着落了。

拿出手机，在网上查找吃海鲜后吃橙子的帖子，翻了几个医学网站，说的普遍是海鲜和维生素C相遇后反应的复合物有剧毒，中毒轻微的引起头痛、高烧、呕吐、腹泻等，严重的可能有生命危险。不过橙子虽然富含维生素C，但是反应起来没有药用维生素C那么剧烈。看到这些内容，林森提起来的心放下了一半，问题应该不严重。

半个小时左右，幼青开门，急匆匆地跑去厕所。他竖起耳朵仔细听，传来的是两次冲马桶的声音，加上若干次捶打墙壁的哐哐声。看来没事，还有力气捶墙，发泄出来也好。林森感到好笑，内心也存了几分愧疚。

坐在沙发上，目视幼青从卫生间出来，脸色苍白，头发蓬乱，带着被抓过的痕迹。林森想要开口又咽了回去，担心对方继续尖叫，刚才隔了一道门尚且那么大的威力，在身边叫起来的话可不是开玩笑的。幼青无视他的存在，把门摔上，在房间里一声不响。林森在客厅里坐得无聊，打开电视，声音调小，看毫无营养的综艺节目。

一上午，幼青来来回回上了三次卫生间，头晕恶心，好在没有呕吐现象出现。她感到浑身乏力，走起路来带不动身子。心中恨极林森，哪里有那么巧合的事，早不送晚不送，偏偏吃完了虾仁儿送。她打定主意，从此跟那个混蛋势不两立，此仇不报，决不罢休！

出于补偿的心理，林森决定做一顿饭表示歉意。从冰箱拿出菠菜、胡萝卜，冷冻层里挑一小块猪肉。解冻后，切成丁，放进盛了冷水的锅里，慢慢加热去掉血水，捞出待用。胡萝卜也切成丁，菠菜洗好切成四段。白米洗两遍放进电饭煲，加煮饭三倍的水，把肉和胡萝卜加进去，再放姜丝、胡椒粉和精盐调味。接下来交给电饭煲，出锅前五分钟加入菠菜。

没多久，一锅香喷喷的粥成了，简单美味。幼青的病情稳定下来，做饭这段时间，没见她再往卫生间跑。她也闻到了从厨房传来的香味儿，下午一点多钟，肚子跑得空荡荡的。

林森盛出来一碗粥，这次他没有敲门，直接推门走进幼青的房间，把粥碗放在床头柜上。“用你的材料做了一锅粥，起来吃吧，生病了不吃饭不行，不管怎么样，我再次道歉！”

幼青一语不发，斜一眼旁边的人，猫哭耗子假慈悲，她立马想到了这句话，坏人做好事怎么都不像。

“吃吧，君子报仇，十年不晚，等你病好了才有力气吧。”林森知道，只有自己这么说，对方才可能有反应。说完，他脸上挂起了一副不慌不忙讨好的表情，看着躺在床上的人。

幼青再次斜了一眼，眼神开始有点光彩。君子？女人从来不是君子，她想的是女人报仇，只争朝夕。

“是怕有毒吗？要不我先吃几口试试，然后您再吃？”说着，他端起粥碗，用小勺挖一点。

“放那里别动，要我吃你剩饭，没门！你可以出去了，不送！”

林森笑了，转身离开，把门轻轻带上。开口说话就好，说话就包含内容、语气、心理，从而看出一个人当前的状态。最难对付的是一句话没有的人，让你无从下手。显然，幼青不属于那样的人。

回到房里，正巧天天电话打来，妹子今天可能心情不错，没找茬儿闹，两人开始腻歪。

“爱情三要素都有什么，还记得吗？”

“怎么突然问这个，大学时候政治课上学过，好像是性爱、婚姻和家庭。”

“错了，我刚在书上看到——理想、责任和性爱！”

“靠，说错俩，现在记忆力真差劲，不比以前了！”

“我以前学的时候怎么没注意到有性爱呢？”

“你这么说的话，我好像就记住性爱了……”

“擦！对您来说完全不意外啊，在我预料之中，一个人整天想什么，他就是什么样的人。”

“说点正经的，你最近看哪本书了，说来听听。”

“别跟我说书书的，看就是看，聊着就没劲了。”

“怎么，您不是挺喜欢看书的吗？”

“我是喜欢看，不代表我喜欢说。”

“我没听错吧，认识这么长时间以来，如果我对是非还有基本辨别能力的话，您老最大的爱好就是叨叨。”

“叨叨怎么了，女人不叨叨还叫女人吗？”天天一声冷笑，“我可以跟朋友聊读书，跟同事聊，就是不想跟你聊！没劲！”

“得！看来我没资格聊这个，那您想聊什么？”

“聊生活中最琐碎的那些事儿，越杂的越好。”

“比如说呢，像您腋下的汗毛，多少根是顺时针长的，多少根是逆时针长的这样的事儿吗？”

“擦！好像你数过似的，突然很好奇，要不下次你数数？”

“没那么崇高的理想，我还是做点普通的事儿吧。”

“没劲，什么普通的事儿，比如说呢？”

“两个成年的哺乳动物，在基本动物性的支配下能做的那些事儿都可以啊，比如进食、饮水、互相抓虱子之类的。”

“擦，我还不知道你，够没劲！”

“没劲你还跟我聊，你也够呛！”

嘟嘟两声提示音响起，天天把电话挂了。林森放下手机，无奈地笑笑，天天性格就是这样，稍微加一点火，她的那壶水马上就开了。然后过几个小时，自动冷却，重新跑过来跟你挑火，你不给她还不乐意。

数数兜里的钱，289 块，还有一周上班，早餐附近包子铺解决，午饭和晚饭顿顿吃 D 餐，算来大概够了。能借钱的人有很多，但他开不了口，不到万不得已，谁又想借钱，平白跌了份儿。

至于外债，他借给大学同学刘平安 3000 块，说应急，半年了也不见动静儿。上周打电话问，这小子当头来一句——你不着急用吧？人家都这么说了，你没法再开口，林森被憋得够呛。这小子好赌，在同学中间名声不好，听说把同学的钱借遍了，得！权当做回慈善。

国外有一位修道院院长说过——任何事情在教会我们一个道理之前，都不会轻易地离我们而去。这也可以理解为，贫穷在教会一个人如何致富之前不会轻易离去的，它要让你知道没钱的日子有多难熬，让你感受脆弱又敏感的自尊如何在世俗的价值观里低眉顺目，然后，激起一个人对生活中一切压迫强烈的反抗心理，让你奋起一击。

第二章　人生无聊 借我两块钱

今天是上班第一天，林森站在穿衣镜前，穿上早就准备好的一套西装，上下打量自己，还算有几分精明干练，500元一套的廉价西装物有所值。领带暂时不考虑了，戴着别扭。

要说这份工作，应聘的时候还有点故事。他在58同城上投简历，第二天有电话打来，说明岗位需求和薪资待遇，约好晚上6：30到公司面试。放下电话他在网上查公司信息，北京有三处写字楼，全国各地都有分公司，问题是基本工资过低，每个月只有3000元底薪，除此之外没有任何福利待遇，完全靠个人业绩提成。权衡之下，发短信委婉回绝了对方。

本来故事到这里应该结束了，没想到经理脾气不小，回复的短信内容丝毫不客气——金融行业靠业绩说话，家畜每天都有定量的饲料可以吃，老虎和狮子却经常饿肚子，谁是英雄谁是狗熊不用说都清楚，吃草还是吃肉，在于个人选择！真别说，本来决定放弃的林森立马改变主意，当然，也可以说被骂爽了。在这样的上司手下做事，也许能有点儿意思。

连续等了两次，好不容易挤上地铁，早上坐1号线，面临着一场小型战争，在这场战争中，如果采取策略不当，很容易被挤成肉夹馍。每节车厢的门口永远最挤，如果不是很快到站，尽量往里边走。接着寻找有利地形，扶手旁边、座位挡板、车厢接头、各个角落等都可以考虑，它们不是提供一个或者两个方向上的掩护，就是人相对少一些。当然了，想要找到座位的话，必须用心观察坐着的人。靠着睡觉和戴耳机看视频的直接忽略，这类人的目的地多半很远；拿手机看小说或者聊天的，偶尔抬头瞄瞄到站指示灯的人，可以列为次要目标；连手机都没拿而且时不时看看指示灯的，一定列为首要目标，尽可能向他们靠拢。

坐地铁的时候，不像其他人，林森从来不玩手机游戏，也不看小说，他喜欢观察身边形形色色的乘客，从他们的身上寻找看点。这其中，他最喜欢看的要数各式各样的妹子。女孩儿不一定漂亮，不一定出众，但常常具备着某种特质吸引人的目光。也许她的脸蛋儿圆润，透着健康的红色；也许她的鼻子娇小，像一个半熟的小辣椒镶嵌在面部；也许她的上唇略短，说起话来被脸部肌肉牵扯得稍显不自然；也许她的胸形很好看，像长了两只眼睛直直瞪着你。

有的女孩儿，发现注意力过多的目光会不高兴，丢个白眼后背过身去，或者匆忙走开；有的女孩儿也会发现，但是她会在很短的时间内说服自己没有发现，任你肆无忌惮地看下去，只是在跟同伴对话的时候表情开始不自然；也有的女孩儿很大胆，她直直地迎上你的目光，打量起对面的那个家伙有几斤几两；林森最喜欢的是另外一种目光，感觉到被注视，女孩儿突然认真起来，把所有的注意力放到你身上，眼神在瞬间熠熠发亮，带着疑惑、好奇、期待、问询等多种情绪，好像在说——那位哥哥，你看人家到底怎么样嘛?

这样的目光临身，细细麻麻的电流从全身杀伐而过，一天的光阴值了。

有段时间，林森以为自己患上了抑郁症，他发觉自己跟一般人关注的东西不大一样。一个花骨朵的盛放，公鸡伸长脖子打鸣，老鼠啃一根枯黄的树枝，同事张嘴在苹果上咬一口，牙膏如何从管子里面挤出来，钥匙慢慢地塞进锁孔，台球一个一个被打进球洞，火车飞快地穿过隧道，瓶塞从红酒瓶中被拔了出来，一支香烟放进嘴里。很多细节对他来说保持着长久的诱惑力，遇到的时候总忍不住多瞧几眼。跟贱哥提起，这家伙声称别侮辱“抑郁症”三个字，粗暴地把他归纳为“骚浪贱综合征”。听他这么一说，林森放心了。努力工作，多赚点儿钱，这病还有的治。

今年，北京的冬天不冷，雾霾虽然也有，但是在亚太经济合作会议（APEC）之后明显改善，人们戏称这种天气为 APEC 蓝，并且期待 BPEC 和 CPEC 等的到来。想想去年重度雾霾的阴影，曾经出现连续一周看不见太阳的情况，那一周简直是煎熬，周围人怨声载道，有朋友因为天气问题辞职离京。电影《私人定制》甚至在结尾处插入一段与剧情严重不搭调的桥段，几个主演轮流向大自然道歉，呼吁保护自然。近几年环境急剧恶化，国人享受经济进步带来的好处同时也深受其害，但愿 APEC 这条绳子能牵出一头大象。

幼青在公司受欢迎的程度，不亚于总经理老周在公司的影响力。在人际交往中，她很少说不，习惯把主动权让给别人，而自己的态度永远是问询式的，一句话被她时时挂在嘴边——你觉得怎么样呢？即使面对不情愿做的事，她也不知道如何拒绝对方。几句话下来，她还是会做那不情愿的事。或者人家根本什么也不说，带着失望的表情离开之前，她肯定会提出一个委屈自己成全他人的方案。一旦自己被接受了，做的事被表扬了，产生了良性影响，就开心得不得了。虽然有时候过于为其他人考虑，会把自己的退路封死，生活一段时间内弄得一团糟，甚至要花费更多的时间才能步入正常轨道。就像两个人在国贸附近吃完晚饭后，女伴住在八里桥，幼青为了照顾对方会把人家送到八里桥，然后自己再返回海淀的公寓。

在人群中间，幼青是那么的吸引眼球，无论谁都很难把她忽略掉。这种与众不同，没有丝毫做作的成分，纯粹是个人的天性使然。一个受欢迎的女孩儿自然少不了追求者，单位男同事和一个写字楼里的男孩儿，很多对她明里暗里表示过好感，甚至是爱意。大部分人，在他们开口明确表达之前，她会选择一种恰当的方式让他们无法开口，她有这个能耐，并且曾经为此得意过一阵子，后来想想也够无聊的。还有那么几个人，不由分说地把意图叫嚷出来，然后穷追不舍，哼哼，那就别怪不客气了，有的是办法让这帮家伙知难而退。

她的性取向正常，并没有对同性怀有偏好，这辈子没打算做拉拉，虽然做个拉拉对她来说生活会简单很多，不必再纠结婚姻问题。拒绝众多追求者，是因为这些人中间没有一个让她动心的。另外嘛，拒绝也是对人家负责，毕竟自己的情况自己清楚。年复一年，恋爱这件事一直拖了下来，还要拖到多久，谁也不知道答案究竟藏在哪里，何时何地以何种方式出现？也许它藏在一个不知名的山谷里冬眠，躲在一个雪窝呼呼大睡。果真如此，那么这个冬天有点长了，继续下去，会不会不声不响地饿死？

她有时候会想，如果自己是一个正常的女人该有多好，如果能成为一个正常的女人的话，作为代偿，她可以付出很多现在已经拥有的东西。比如肢体的某一部分，一条腿，一条胳膊？没有一条腿应该要坐轮椅，或者借助拐杖，不，有些不方便，这样的肢体残疾无法接受，她还要穿着高跟鞋逛北京城大大小小的商场，听着鞋底跟大理石地面有节奏撞击的声响，她离不开这种声音。没有一条胳膊呢？身体协调性会差一些，不过比失去一条腿可要强得多了，左胳膊还是右胳膊？左胳膊吧，她是左撇子，右胳膊呢，戒指需要戴在右手上。算了算了，她这样的人怎么会结婚，牺牲右胳膊好了，可是还要用右手写字，天啊！左右都不行，真是够糟心的。

肢体残疾太严重，换一种方式吧，换成双耳失聪，这样在外表看起来怎么也是个正常人，体面得多。可是这样一来，意味着以后再也听不到五月天、艾薇儿的音乐，再也听不到小提琴、钢琴的声响，再也听不到亲人、朋友之间的谈话，好像只能用哑语比比划划跟人交流。还有很重要的一点，就是不能跟服装店老板砍价了，总不能要全中国的服装经营者都学会哑语来迁就自己，不行，双耳失聪也有很多麻烦。至于双目失明嘛，想都不用想了，生活不能自理的类型不在考虑范围内。

接着换，换成一种疾病，尿毒症，两个肾全部坏死，躺在医院里等待换肾。如果足够幸运配型成功，换了肾基本还能像正常人那样生活，只是换肾手术估计要花掉很多很多钱，大概几十万元吧，这么多的钱能买多少衣服，吃多少美食，不值得！不如先天性心脏病吧，不特别严重那种，不过听说不能从事剧烈运动，不能过度劳累，不能情绪激动，对了，连夫妻生活也要注意，好像生孩子也不行，一顿折腾下来岂不是没比现在强多少！有什么能比一个健健康康的身体重要呢，不，没有！患上这些病的人，都在经受常人无法想象的折磨。绕了一圈回来，从逻辑上看，现在的状况似乎还可以，莫名其妙的结论！

好了不去想，拒绝深刻，拒绝跟深刻两个字扯上过多关系，那是幼青不情愿的。深刻意味着单调，单调就等于无聊。对一个问题想啊想，到头来没个所以然，既然猜不出答案，就不再枉费力气了。

有那个时间，她宁愿去想一些有意思的事儿。至于有意思的事儿嘛，遛大街、胡吃、赖床、唱歌、音乐会，还有看电影、话剧、做菜、聊天、很多很多，一个不落地列举出来有点困难。有点小钱，能迈开腿儿，北京城有意思的事儿多着呢。她喜欢北京，没有一个城市能像北京这样内容丰富。

正值午休时间，这会儿她坐在公司附近的小店用餐，一碗担担面，有时候也会叫酸菜面，自从换工作到现在的单位，两种面吃来吃去有一年多了。小店老板是四川人，担担面吧，面条是那种细细的，容易入味，加上特制的辣酱，配上海小白菜、酥酥脆脆的黄豆粒，10 块钱一碗。酸菜面简单，把上述所有配料换成腌制的酸菜就可以了，清淡一些，比担担面便宜一块。

小店不远处有一家大医院，所以在店里，经常能遇到操着各地区方言的人，他们也许是病人，也许是来探望病人的家属或者朋友。今天赶上顾客不多，不远处坐着两个中年男人。其中一个用浓重的陕西腔问有什么炒菜，服务员是四川女孩儿，尖着嗓子说只卖盖饭。男人接着说不要饭只要菜多少钱，服务员回答说价钱一样。男人说那好，给来一份，饭和菜分开放起来。由于距离稍远，加上男人的浓重腔调，服务员没有听懂，回答说先生您是要把饭和菜拌一起？男人耐着性子再解释一遍，服务员说懂了，原来是饭和菜分开放，先生请稍等。男人呵呵地笑了，递上一句——真聪明！

男人的话里没有讽刺的意味，无外乎沟通有效之后的善意表达，顺带的一点客套，还有对女服务员的一点调侃。女服务员显然也感受到了对方话里的劲头儿，微微一笑，低头接着继续忙手里的活儿，整理收据，给下一位顾客下单。女孩儿的笑被幼青捕捉到，美极了，她有一颗小虎牙，阳光从窗户照进来，落在浅浅的酒窝里，打着旋儿，随着她笑的时候溢出来。可能她已经北漂五年时间，到年底就攒够钱回乡嫁人了。

幼青喜欢男人对“聪明”两个字的定义，他定义得多么简单、随意，外加上幽默，甚至还带着几分笨拙，怎么都不能说是聪明两个字的正常用法吧。在一些中年男人身上，也出现过这种类似的语言倾向，她感到很好笑，笑出声来，捂着嘴也憋不住。那言语当中的劲头儿，好像有人在你手掌上放一颗小石子，你定睛一看，它突然翻了个身，晃荡两下再次停稳。不过，这颗石子有着自己的过往，它曾经流落野外，经历风吹日晒，穿越千山万水，如今，传递着它的温度。

同事任品走进面馆儿，因为手头有点事儿耽误了，刚刚出来觅食，发现幼青一个人坐着傻乐。

“喂喂！妹妹，一个人坐这里傻笑什么?”

“啊呀，品姐姐来啦，快坐，吃饭了没?”

“没呢，刚才上海发来几个单子，需要我临时做一下成本核算，怎么就你一个人坐这里吃，那些追求者呢?”

“哪有，你别开我玩笑，这家店我经常来，就是离公司有点儿远。”

“不是我说你，妹妹，怎么就不挑一个呢，公司里里外外那么多喜欢你的，姐姐我都替你着急!”

任品为人比较热心，人也实在，平时跟幼青关系不错，就是人很八卦，方圆一公里之内的大事小情她几乎了如指掌。加上名字里占了三个口字，可想而知，姐姐命中注定的话多。

“跟我讲讲最近公司发生了什么新鲜事儿，肯定有料吧!”转移一个人注意力的最佳方式，就是提到她最擅长或者最关心的事。

“你算问对人了，亲爱的，上周我去天津出差就遇到了情况。”说到这里，任品仿佛突然间精神百倍，饿肚子的无精打采消失不见。

“你们去天津我知道，好像有黄姐，什么情况讲讲。”

“对，还有小吴，事情是这样的，天津市场部新来一个策划经理老吴，看上了黄姐，晚上9点多的时候给她发短信说出来一下，当时我们正三个人在一起，黄姐以为是正常的吃饭，跟我们商量吃饭费用申请走报销流程，后面的事情就精彩了。”

“黄姐的风波不断，都快四十岁了还单身，我好像也听别人说过，她到底是不是那样的人，平时看不出来。”

“先听我说，妹妹，你看不出来的事儿多着呢！黄姐带着我们两个人打车去，路上发短信问老吴喜欢吃什么、哪家饭店合适之类的，没想到老吴说涉及到公司内部事务，有关人事调整，在外面说不方便，还是来宾馆吧。”

“狐狸尾巴露出来了，这位大哥何方神圣?”

“貌似后台很硬，某某人的亲戚，这个时候我们感觉很怪异了，然后跟北京这边老胡汇报，老胡说无礼要求不能答应，建议去咖啡厅。接着黄姐发短信说去咖啡厅，老吴答应了，快到宾馆的时候，黄姐打电话说我们三个到宾馆附近了，让他准备下楼，戏剧性的是老吴拒绝了，说刚吃过饭胃不舒服。”

“怎么变来变去的，他是什么意思呢?”

“别着急，黄姐又建议去茶馆喝点红茶暖胃，老吴说自己已经喝了很多茶水，事儿改天再说。”

“我们三个人松了一口气，以为没事了，开开心心去烧烤店，点了一堆东西，刚吃了几口，老吴来了个短信，知道说的是什么吗?更戏剧性的来了。短信内容很多，感觉得到他的气急败坏——第一，你们的人员素质太低，不知道公司怎么培养的；第二，你们做的东西质量太差，随便找几个人都比你们强；第三，我要给总部去电话反映情况，今天是作为朋友提前告诉你，看着办吧!”

“是够气急败坏的，嘴已经没把门的了，他一个分公司的部门经理根本没有资格说三道四。”

“怎么样，故事精彩吧，很现实，都能写进小说里了！”

“手段不怎么样吧，这分明是坏主意没有得逞，然后找借口拿捏人。我有个问题，他是要一个人是要睡你们三个吗？”

“哎呦，我的傻妹妹，你没有从我陈述过程中发现什么吗？就没有发现背后的弯弯绕绕儿？老吴开始并不知道我们是三个人一起去，后来快到了黄姐打电话他才知道，所以改口胃难受推脱了。”

“明白了，老吴只想跟黄姐发生点什么，不欢迎你们俩去，你们俩坏了人家的好事儿。”

“对啊，他知道后可能以为我们要他，发了个没水准的短信，向世人证明他到底有多欠缺水准。”

“品姐姐，我发现你讲故事的时候语气特别引人入胜，说话节奏恰到好处，分析也丝丝入扣，以后你没了这份工作也可以去广播电台之类的，开个情感节目专场。”

“哈哈，我想也是，哪里还不混口饭吃，后来黄姐以为是把工作的事搞砸了，特别担心，我用强大的分析能力把事情的来龙去脉分析一遍。”任品从包里拿出梳子梳梳头发，笑得很得意，“现在知道为什么大家喜欢听我说了吧，因为咱说的在理儿，而且你最后会感觉好像真是这么回事儿。”

“不是好像，我感觉完全就是这么回事儿，简直无懈可击。”

“开始我也以为没事儿了，可是故事到这里还没结束，你猜怎么，黄姐最终还是折在了老吴的手里。”

“开玩笑吧，姐姐！怎么会，你不是已经帮她分析得很清楚了吗？都这样了她还会往火坑里面跳吗？”

“好了好了，其实我还是相当擅长忽悠的，今天的故事就到这里，我觉得你刚才的提议好，如果这份工作不干了就去广播电台讲故事!”

“不是吧，接着讲啊，话说只说到一半儿的人最讨厌，要不然你就不说嘛，吊在一半儿算什么!”幼青佯作生气。

“傻妹妹，你太嫩了，其实我也一样，有一句话叫做你情我愿，明白了吗？现在不明白的话再多吃几年米就明白了。”

“啊！这个，我想不明白，人心怎么那么复杂，不会吧！我以为黄姐是好人!”幼青脸上一副不可置信的神情。

“我可没说她是坏人，大家都是正常人，哪有那么多好人坏人，所以我说啊，也许你再多吃几年米就能明白了。”

“我可能再过十年也不明白，你说的事超出了我的理解范围，脑细胞不够用，按照你说的，老吴也是正常人吗?”

任品起身拿包，用手戳戳幼青的额头，“走吧，妹妹，再不走上班快迟到了，等有时间再给你讲下半节的故事。”

幼青感觉自己最近变笨了，头脑混沌，尤其是在被林森下毒迫害之后，虽然食物中毒事件本身是个意外，但如果女人要是在一件事情上转不过弯儿来，她就认准了不会改变想法，逻辑、客观，这些通通不在考虑范围之内。比如美国科学家把100只小白鼠用航天飞机送去外太空，用于科研项目数据收集。有的女人说真残忍，人类漠视动物的生命；有的说那么多的老鼠聚集在一起够恶心的，新闻报道无聊；有的说这是一个消灭害虫的方法，以后可以把苍蝇蚊子一股脑送过去。而前前后后，这不过是一个普普通通的科研项目，主观感受对于女人来说就等于一切，至于真实程度，谁管得着呢!

别人的麻烦事儿，幼青总想帮上一把，帮不上的话她心里难受，这种积极的程度，像是染上了某种毒瘾一样。初衷虽然美好，但把事情办砸也不是一次两次了，到今天同事小函已经一周不跟她说话，走个对面的时候也是低头闷声飘过。关于这件事，幼青很无奈。小函是个内向的女孩儿，相貌普通，优点是乖巧可爱，她喜欢上了市场部的刘峰，自己不好意思开口。幼青跟小函关系不错，知道情况后自告奋勇撮合有情人在一起。跟小函商量，最后决定由幼青约刘峰到咖啡厅聊，小函坐在附近隐蔽的位子旁听，只隔一个彩色玻璃屏风。

刘峰按时赴约，不过是捧着一束白玫瑰来的，心里想着自己暗恋已久的幼青正好也喜欢他，做着天上掉馅儿饼的春秋大梦。坐下后还没等幼青开口，哥们儿一把抓住了她的手开始倾诉衷肠。幼青甩不开，情急之下另一只手给了刘峰一个耳光。事情发展到这里全乱了套，她又着急又无奈，隔壁的小函心碎了，眼泪一串串淌下来。女人的自尊让她感到很丢人，生幼青的气，生刘峰的气，也生自己的气，一气之下想法就走了岔道。她以为幼青早就知道刘峰喜欢她，还假装好心做一场戏给自己看，以证明她的魅力有多么大，分明就是羞辱人，欺负人也不带这么欺负的。

小函含泪跑了出去，刘峰看到后直发蒙。幼青虽然着急，但是她感觉自己扇刘峰耳光也不应该，留下耐着性子给他讲了整个事情的来龙去脉，并向他道歉。哥们儿听完更蒙，自己鬼迷心窍想当然了，在朋友的怂恿下买了束玫瑰花，现在搞得几个人不尴不尬。而他完全不知道小函对他的心意，一时间没有思想准备，追出去是不可能了，只能以后找机会解释。幼青给小函打了几个电话，对方不接，她知道自己陷进去了，落得两边不讨好，做一件好事够难的，自己好心办了坏事。这时候，她把自己的委屈全算在了林森头上，要不是他毒害，最近怎么至于诸事不顺，这个仇她等不了了，必须找回场子。

公司的业务主要是从国外进口二手汽车和其它大宗货物卖给国

内的公司和个人，从中赚取差价。幼青在公司的职务是技术性销售，说是销售，但是和销售不直接相关，负责写产品报告和统计数据，加上她英文不错，也兼顾美国这一块的邮件收发。上班时间节奏比较紧张，下班后时间完全属于个人，外企这一点好，额外加班按小时付加班费。工资一个月扣完税9000多，年底奖金跟年内工作量相关，大概3到6个月工资不等。对于一个单身女孩儿来说，薪水足够花销了，但照着幼青购物的热情，每个月到月底还是紧巴巴的。

一周七天，五天的上班时间在紧张的节奏下过得很快，两天的双休日尾随着到来。在幼青看来，五天的工作日过得像两天，内容匮乏，而两天的休息日过得像五天，48小时之内，尽可以做自己喜欢做的事。如果牺牲些睡眠，活动范围可以更大。早上醒来，幼青的精神状态有点萎顿，昨晚绞尽脑汁想一夜报复林森的方法也没有个所以然，平时太善良了，所作所为都出于善意，突然来个大转折脑袋还转不过弯儿。人善被人欺，马善被人骑，这话说得没错，想做点坏事儿，首先过不去自己这一关，太失败！

起床后，心情更糟，看到什么都想打几下、踢几脚，由着性子房间里折腾了一整圈。一顿摔打下来，拖鞋开胶了、发卡的针掉了、烧水壶开关碎掉了，手疼脚麻坐在床上才发觉自己亏大了，凭什么自己为难自己，她才是受害者好不好。自己吃亏倒霉被同事误会，人家不一定怎么得意呢！想到这里，幼青跑到卫生间迅速洗漱完毕，其实是应付了事，穿好衣服，她决定立即出门，做一件毫无理由的事，或者显得很高明，或者干脆就十分蠢，不行，蠢就蠢到十二分！什么事呢？边走边想，突然崴了一下脚。灵光一闪，对！路上随便找个人去踩他的脚，至于次数，连续在十个人身上实施这个伟大举措，太棒了！就这么干，幼青忍不住佩服自己的想法。太好玩了，早想到的话何至于刚才在房间里像低级动物一样狂躁不安。

北京今天降温，零下12度，天气虽冷，幼青却热血沸腾。走在街上，寻找她的第一个目标。老人不行，躲还来不及呢，这年头老人到处假摔，赖上了就是麻烦事儿，排除。路边有个男乞丐，瞧年纪四十多岁，四肢健全，伏在地上不断叩头，不晓得为什么不找一份正经的工作，一副样子很惹人厌。幼青假装没看见，路过时候正好一脚踩在了乞丐伸出的脚上，不轻不重，应该还没到疼痛的程度。她连声道歉，从包里翻出五元钱放到乞丐面前的盒子里。一抹窃笑浮现在脸上，初战告捷！

踩脚频繁发生的地方都在人聚集的区域，西单列为下一目标，幼青坐上地铁，向着目的地进发。上午十点多，地铁里人真不少，等了两站她勉强捞到一个座位。转念一想，地铁又何尝不是一个绝佳的作案地点呢。放弃座位，挪到车门附近，随着车体的晃动身体跟着左右摇摆，表现出一副平衡性不太好的样子，同时尽量动作自然。这时，眼角余光瞄到旁边有人影走过来准备下车，好机会，趁着车体一个轻微的晃动，她装作一时没站稳，踩在一位大哥的脚上，是一副灰色登山鞋，还好，禁踩还看不出脏，道了一句歉，心里暗喜。照此方法，她接连作案五次，两次未遂，三次成功。还剩下五次，此行任务完成一半儿！

哼着小曲儿下地铁，心情像花儿一样，开了一朵又一朵，人生啊还是有相当多的低级趣味能让人满足的。深吸一口气，用力拍拍脸蛋儿，麻麻的，活着真好。顺着人流，从A口出走到地上，人多就会有很多机会出现，自然不能浪费，上楼梯的时候她故意快点儿走，成功地踩到了前面一个人的脚后跟。

正当幼青自以为得计的时候，林森碰巧目睹了这一幕。上班发了工资，他来西单买件换洗的白衬衫，见到幼青鬼鬼祟祟地在别人后面，脚跟着脚走路，最后踩脚的动作，从他的角度看去意图过于明显。瞧她踩脚后向对方道歉，分明两人之前不认识，他很纳闷儿，这妹子到底闹的哪一出，难道患有精神分裂症？临时搁置买衬衫的计划，不急于一时。走到过街天桥，人流移动得有点慢，幼青计上心头，她逐步放慢自己的节奏，突然停脚从口袋里掏出手机，右脚掌保持向外的姿势，这样，有一只脚自动送上门来，外加对方一句——对不起！

目睹又一起事故，林森终于明白了幼青的意图，她在想方设法踩别人的脚。有意思，刚才这招儿相当有技术含量！为什么这么做他不得而知，不过在他看来，女人是个间歇性发神经的动物，做出点儿出格的事情倒也不意外。可能一天天的生活太无聊了，内需动力旺盛，寻求刺激丰富的业余生活。

走到大悦城，人流分散一些，幼青左顾右盼，不好下手。左转，走进商场，站在大厅的一侧等待猎物。十分钟过去了，她有点焦急，合适的目标还是没出现，主动出击呢，在这样的环境下显然不适合。再等十分钟，如果还不行的话坐地铁回去，路上应该能完成剩下的三个。在她快要放弃的时候，一位抱着孩子的大姐拎着很多购物袋迎面而来，电话响了，大姐忙着拿手机，一只手的六七个袋子掉在地上，里面东西散出来几件。下意识的，幼青急忙上去帮对方收拾，收拾到后来才意识到这是个机会，试探性地出脚踩了大姐一下。对方打完电话，跟她道声谢谢。她的脸红了，礼貌性地点点头，一句不客气没好意思说出口，突然察觉到自己的行为是那么的荒唐。

林森乐坏了，一个人有这种奇怪的想法然后还能付诸行动，不一般！好吧，既然她这么喜欢折腾，今天就陪她玩玩。正巧，附近有两个七八岁大的小男孩儿跑来跑去疯闹，他叫住两个小子，给了他们每人十元钱，求俩人帮个忙递张字条。写好字条之后，交代清楚，他上到二楼躲在一个不易被发现的位置，这事儿不能被发现，发现就不好玩了。

幼青从反省中刚刚回过神儿，决心不再为非作歹，打道回府。这时，两个小男孩儿把她叫住，说有人要交给大姐姐一张字条。字条是折着的，一层层分开，字迹潦草，还有点变形，貌似仓促写成——小心脚下！她愣了一下，暂时没反应过来怎么回事儿。两个小男孩儿出脚迅速，一人一下，踩完幼青转身就跑，嘎嘎大笑。一阵怒火瞬时涌上来——是谁这么无聊！啊——她终于忍不住一声尖叫，气得连连跺脚，周围行人纷纷侧目。幼青情绪爆炸起来十分激烈，对人对己冲击很大，不存在中间态，没有过度，直接转换到崩溃这一档。

一个名字闪现出来——林森！不知道为什么，幼青第一感觉这事儿就是他干的没错。环顾四周搜索，主使的人一定躲在某个角落偷看，看自己出洋相丢人，丢人丢到姥姥家，这肯定是他乐见其成的。她疯了一样，奔向附近的每一个角落，四处乱撞，眼看着某个人像，跑近了一瞧又发现不是，只是背影类似。

寻找未果，幼青沮丧极了，她讨厌自己，一无是处、笨手笨脚、人生无望，这些词汇被她找出来贴到自己身上。她感觉自己与生俱来的失败，走起路来东摇西晃，没有力气，两条沉重的腿支撑着一坨肉在缓缓移动。只是一个小小的情绪挫折，她的心情立即变得灰暗起来，完全忘了自我陶醉时候的得意劲儿，也忘了刚才踩脚行动中自诩的机智勇敢。从一个极端到另一个极端的过渡，她完成得比任何人都要快得多。精神恍惚地回到公寓，衣服也不脱，抓来一个毛毯蒙头躺下。蒙上被子，人的心灵展现出脆弱的一面，呼吸的声音和喘息的热度感受得真切，那热度反弹回来，打在脸上，仿佛是一种体贴的关怀。幼青哭了，她就是想哭，感到委屈，怎么那么倒霉，哭着哭着，不知不觉睡着了。

买完衬衫，林森回到公寓，吃完午饭闲着无聊，叫上几个左邻右舍新认识的哥们儿去棋牌室搓麻将。阿大和阿三搭伴儿一起，问他们叫什么，哥俩死活不说，声称叫艺名方便，这么奇怪的艺名也是够可以的，至于谁是阿二，暂时不知道。这俩哥们儿做音乐，在京城的酒吧流窜表演，阿大弹吉他，阿三唱歌，晚上工作，白天自由。大奔的情况跟林森类似，跟一个女孩儿搭伴儿，不过他的老伴儿身体强壮，孔武有力，冲突起来谁打得过谁还是两说。这哥们儿在房地产公司上班，三十出头，名叫马奔，开一辆老款奔驰，大家习惯叫他大奔。他最为引人瞩目的是经常往公寓带女孩儿，基本两三天换一个，众多雄性个体看得很是眼热，不耻他为人的同时也垂涎三尺。

下午人不多，四个人占到一个独立的小房间，配有独立卫生间。单独的房间需要在进门刷卡，离开时刷卡，每小时收取10元使用费。阿大、阿三和林森都是东北人，只有大奔一人是甘肃人，少数服从多数，规则用的是东北麻将那一套。现成的麻将机，码牌很方便。赌博自然是不行的，四个人用一副扑克牌当筹码，三小时为限，最后手里牌最少的请客吃饭。三圈下来，林森一个人赢，坐庄连续自摸了两次大的。哥几个手上倒腾，嘴里也没闲着。

“大奔，您老人家经手那么多妞儿，有没有几个难以忘怀的，给哥几个讲讲，长长姿势?”林森一脸坏笑地问。

“难以忘怀的吧，你别说，还真有几个不是凡人的。”

“哟，怎么个不是凡人，这点事儿还能玩出什么花样儿?”阿大好奇，一边摸牌一边说。

“不瞒你们说啊，约炮最讨厌酒托儿、饭托儿、仙人跳之类的!两个月前，我用QQ漂流瓶砸到个美女，聊了一会儿火星四溅去开房，进房间连客气都没有直奔主题，脱裤子之前妹子一下把我双手死死按住，我以为她半路后悔，没想到妹子表情严肃地说——咱们说好了，只是玩玩，你可别讹我！”

“我擦！不是吧！”三个听众难得的口型一致。

“你说咱什么时候遇到这么敞亮的，每次都是小心翼翼防范遇上托儿，妹子彻底颠覆了我人生观！偌大的北京城，知音难觅啊！”

“联系方式还留着吗，赶紧找找，快快，跪求！”阿大一脸急色。

“别逗了吧，好猎手不放第二枪，我的原则绝对不睡第二次，穿上裤子各奔前程，谁也不耽误谁。”

“哟嘿！高风亮节，冲这一点来看您也不是凡人！那么好的妹子怎么不留着备货，断货了顶一下？”阿大不无佩服。唱歌的阿三性子倒是比较闷，不是问到头上一般不发表意见。

“好马不吃回头草，回头就容易被留下，这是个追求效率的社会，你要是慢上一点儿，哪怕只有一丁点儿，好东西就可能被别人抢走。”

“感觉像熊瞎子掰苞米，掰下一个扔一个。”林森扣牌，等待自摸或者别人送牌上门。

“早几年的时候很自卑，感觉自己配不上很多女人。后来发现不是这么回事，所谓配得上，就是有没有跟她交配的能力，后来通过努力，我具备了这种能力，发现很多女人配不上我了，你们知道为什么吗？”说着大奔也扣牌。

“为什么，是不是眼界高了变得挑剔？”阿大递话。

“不是，你说的太理论，实话说啊，肾脏功能有限！”

几个男人一阵贱笑，“女人真就那么物质吗，有钱就能上？”阿大抓张牌，在手里来回摆弄，冲大奔发问。

“兄弟，玩音乐玩傻了吧，别怪人家女人物质，你说谁不物质，柴米油盐，哪个不需要白花花的银子，想吃好点、穿好点、玩好点没什么错，追求好的生活是人的社会性决定的。”说着，大奔打出一张五筒。

林森推牌胡了，顺手按键换新牌，“意思是等我有了钱也能这么干?”

“你有了钱只要不违法怎么干都行，没人拦着你!”大奔抓新牌，“到现在哥哥我还一把没胡，手气太背了，哥儿几个加快节奏!”

又过一圈牌，除了大奔，三个人都至少胡了一次。

“太没劲了，你们仨谁有段子讲一个，给助助兴。”大奔有点不耐烦，三圈没有一次胡牌。说完从口袋里拿出一条卫生巾，弯腰蹲下脱裤子垫上，动作相当熟练，换完走向卫生间。听着哗哗的洗手声，剩下的三个人张着嘴，大眼瞪小眼，直到大奔回来就坐。

“我说大奔，刚才那不会是卫生巾吧!”阿大实在忍不住，率先开口。

“他妈别提了，前两周在夜店找个妞不干净，染上了炎症，最近那里分泌物异常，医生建议垫卫生巾。”说着，一副痛心疾首的模样，倒是一点儿没有悔过的意思。

听大奔解释完，几个人告别惊讶的状态，一阵爆笑，阿大捂着肚子直接坐到地上，连连用手拍地。

“谁规定卫生巾就是给女人用的，关键时刻咱老爷们照用不误，都赶紧的，抓牌打牌！抓打!”

“我嘞个去的，还好你不是变性手术，我以为你大姨妈来了呢，可真是惊到兄弟们了。”林森感叹到，着实捏一把汗。

“哥哥，亲哥！下次做什么的时候提前打一声招呼，兄弟心脏承受能力实在有限。”阿大边说边揉肚子。

“行了啊，你们俩人别少见多怪，女人换卫生巾没见过吗，瞧瞧人家阿三，跟没这回事儿似的，做大事的人就应该这样，别给我传出去，小心哥灭了你们，听见没有?”

“做大事的人我还没见过几个，苟且着做房事过多的人我算见识了!”林森调侃大奔。

“兄弟，站着说话不腰疼，小心有一天你跟我一样，哥哥整天这个难受劲儿，走路都变外八字了。”

“常在河边走，哪有不湿鞋。”沉默的阿三开口了，蹦出这么一句。

“别可怜我，这就叫自作自受，你们几个以后一定引以为戒，听着啊，无论什么时候套套不能离手!”

“呸!我以为您老人家要告诫我们年轻人少近女色呢。”阿大啐一口。

“不近女色哪成，记住哥一句至理名言——套套在手，天下我有。”

回答他的是一阵嘘声，这家伙没救了，所谓的烂到骨子里应该就是大奔这个熊样，挂着两个酒色过度模样的眼袋。

林森发现越是大城市，人们的玩儿心越重，在北京，三十多岁的单身青年满大街比比皆是，而在东北老家，三十多岁的人孩子大点的都上初中了。在北京，二十多岁的毛头小子跟五十多岁的人可以称兄道弟，二十多岁的姑娘有很多嫁给五六十岁的人。一些障碍，在北京来说构不成障碍，比如年龄，比如身份，比如爱!很多不那么干净的人和事，要是冠上爱的名义，好像就可以顺理成章地进行下去，冠冕堂皇。

“话说回来，你们谁有段子讲一个，我这再输一把就没的输了，讲一个提提神成不?”

阿大和阿三互相看了看，表示无能为力。

“不是不讲，怕你笑得肚子抽筋儿一会儿吃不了饭。”林森手气实在不错，今天他赢的筹码最多。

“来来来，没听过这么吹的，你尽管讲！”

林森清清嗓子，“大学时候系里有个女生叫李妍，是个公交车，跟很多男生都上过床；还有个奇葩男叫李伟，经常向别人借钱，一块两块照借不误，借完了从来没还过。一次上课我听到坐在后面的俩哥们儿聊天，一个嘀咕——李妍那里太松了，感觉自己办事时候都快掉进去了。另一个回答——操！那算什么，我上次就掉进去了，在里面还碰到李伟跟我借两块钱。”

林森说完，大奔一把将麻将推了，趴在麻将桌上笑得上气不接下气，阿大和阿三莫名其妙，看样子没懂。讲笑话这件事，要遇到识货的，听不懂笑话的人最可悲了，因为解释起来呢实在没劲。

“别着急，让我缓一会儿，”大奔笑出了眼泪，“今天这顿我请的算值了，哥们儿说话太损，是个人才。”

“祖国处处是花朵，您也别妄自菲薄，打记事儿起我还没见过哪个男的能换卫生巾那么熟练的，术业有专攻吧！”

“哪壶不开提哪壶，别啰嗦了，走着！今天放开了吃！”大奔起身，四个人先后离开棋牌室。

哥几个在公寓附近吃了一顿汽锅鱼，啤酒灌得肚子发胀。结束战斗回到房间，晚上八点多，从幼青房间传来艾薇儿的英文歌。林森喜欢艾薇儿苗条身材和漂亮脸蛋，至于她的歌，太闹人。关紧房门，看了会儿债券市场基础知识，打开网页浏览新闻。十点十分，天天打来电话，两人开聊。

“你家那里有草原吗？”

“好像没有，东北平原农耕的田地比较多。”

“那怎么办，你听过《董小姐》这首歌吗？”

“听过啊，宋冬野的，作品不错，怎么了？”

“我感觉自己是一匹野马，你家里没有草原怎么行，我们不合适。”

“草原确实没有，乡下倒是有不少猪圈，你要想住的话倒也合适。”

“滚吧你！想死是不是，我咬死你信不信！”

“咬不行，你把咬这个动作分解开不是不可以考虑。”

“去你的，三句话不离那点事儿，滚吧你！”

“我可是个有原则的人，不会随随便便就跟别人滚床单、地板什么的。”

“没完了是吧，换个话题，你觉得我心态好吗？”

“这个，好像不是很稳定，跟过山车差不多少。”

“我觉得自己特别急功近利，有时又特别淡定，疯子一样“

“我也急功近利，但是控制多一点儿。”

“靠！我说呢，难怪咱们俩有的聊。”

“别，您是脱缰小野驴，回家拉磨吧，也许能做出一锅好豆腐。”

“滚，贱人！你丫的就是一坨豆腐！”

“别学野马乱跑了，偌大的北京城也没有草原，不适合您。”

“记性挺好啊，我都忘了，您兜一圈又回来了。”

“记忆力是我强项，别的不敢说，小学同学名字我到现在都记得，包括他们当年经常穿的衣服。”

“怪不得呢，哎哟！小心眼儿也是您强项吧，说一句话不合您意了，必然找个场子拿出来遛遛。”

“对不起您了，如果伤害到您老人家了我道歉，真心不是故意的。”

“擦！老娘还不了解你，别跟我在这儿装蒜。”

“说不定哪天大蒜又涨价了，多装起来一些备用没坏处。”

“你不应该跟我聊天的，我只会打击人。”

“放心，你尽全力也没事儿，凭你还打击不了我。”

“擦！你跟一个女人斗嘴皮子有成就感吗，有本事你出去赚钱，赚到钱砸死我啊！你不行吧，不行就别说了吧，没意思。”

“你经常跟我提的那个要求是什么了，对了，分手那个，还有效吗？”

“有效啊，老娘说的话都是有效的，想怎么样吧。”

“那我成全您，不耽误您青春正好，风流年少了。”

“小心眼儿，还不让说了，最近我看到一段话很好——长久的关注，收藏好细节；无助时的肩膀，骑士般挺立；烦躁时的抚慰，声音如水；次数刚好的约见，不只为了上床；长途奔袭的拥抱，只为见你一面。”

“也就那样吧，这种话我也能编，年纪大了耳屎太多，对江湖上贩卖的各种鸡汤免疫。”

“擦，晚安，跟你聊天也够没劲的！”

“你安吧，我不安，一点儿都不安。”

“为什么，知道自己做错事了想要道歉是吧，给你一个机会。”

“不是，宝厦下面有女人才能叫安，大爷没女人，所以不安！”

“我擦，这样啊，你到底对我说的那段话怎么看？”

“哦，没事 YY 下不错，开发大脑，有益智力发育。”

“你丫的，犯贱！找抽是不是吧，分分钟灭了你！”

“哦！”

“真的找抽，这么贱？”

“哦！”

“你能不能换个词？”

“好吧！”

“你到底对那段话怎么看?”

“好吧!”

“你这几个字说起来没完了是不是，翻来覆去有意思吗?”

“相当有意思，你把它们分别拆字看看都是什么，哼哼!”

“什么拆字，没懂。”

“口我，女子口巴!”

“擦的，滚你丫的！天蝎座真是淫魔!”

“晚安！不送!”

“低级下流！说点儿正常的能死吗，左右是个硕士毕业，还留过学，整天就会卖弄您那点本能。”

“得！恐怕高看我了，我就是个低级的人，反正咱俩分了，以后跟您没半毛钱关系，不劳费心。”

“……”

“拜拜!”

林森放下电话，把天天的手机号码拉黑，心里很不爽。工作一年多，他确实没赚到钱，可怜的一点工资月月光。北京这样一个遍地是黄金的城市，他却躲在一个角落吃糠咽菜，除了失败还是失败，一年多的时间里，失败一家子来聚会了，想到这儿，挫败感泛滥成灾，淹没一切。

在公司，林森跟的经理是个辣妹，跟他一样都是87年的，大家称呼她雨姐。雨姐毕业于伦敦政经商学院，本硕连读六年。她来北京不到两年时间，凭借自己能力在东三环买了一套80平米的房子，年终公司奖励一辆60多万的奔驰E300。业绩最好的一个月赚166万，166万什么概念，等于高级白领十年的收入；最差的一个月赚10万，相当于一个普通白领一年努力的薪水。

金融行业，修炼出来的一步天堂，熬不出来的继续挣扎，员工之间收入差距较大。如果不能开单，每个月只能领到3000元的底薪，在北京仅能够维持基本生活，如果上班迟到打卡几次，那么3000元也保不住了。公司营销方式主要靠电话销售，在当今这个信任危机的时代，拒绝率可想而知，如果运气平常，可能连续一年也做不成一笔单子。

公司人员的流动性大，每隔几个月就会换一批人，满怀希望而来，垂头丧气离开，比比皆是。当然，留下来坚守的，不时也会有奇迹出现。有位女孩儿锲而不舍地维护一位客户两年，有一天客户突然来公司刷卡成交一笔两千万的单子，女孩儿叫小云，一夜暴富，所有的辛苦和等待都值得了。机会面前，人人平等，却也不平等，努力的和半途而废的自然不可同日而语。

他暗自下定决心，从此做个唯利是图的好员工。吃饭为了开单，睡觉为了开单，走路为了开单，刷牙为了开单，上厕所为了开单，交朋友为了开单，泡妞为了开单，总之一句话——生活中的一切向着开单看齐。有这么烂俗的一个目标，头脑简单多了，多余的信息能卸载的卸载，该清空的清空。现在就连深吸一口气，都迫切地想要闻到人民币上的油印混着人民汗水的味道。能认识到这样的程度，也够不容易的了。

想当年也是六十度角仰望天空的少年，眼睛里纯得像蒸馏水，现在，照镜子都不愿意细看自己的那张脸，横竖都是欲望。古人告诫说人不可貌相，古人也说相由心生。到底能不能看脸来判断一个人，这事儿还真没个一定，算了，反正这辈子也没抱着靠脸吃饭的打算，想多了也不能锻炼身体，白白浪费力气，浪费了力气要多吃饭，多吃饭就要多花钱，买卖不值得。

步入社会之后，时间特别不禁混，一不小心，已经研究生毕业两年，谈了三次恋爱。以前的时间多么漫长啊，尤其小学一二年级，下午三点半放学，回家后半个小时写完作业，父母上班未归，一个人无聊得像是浑身长了草，上蹿下跳。除了撒泡尿和泥，他做过最无聊的一件事就是爬上玉米秸秆堆成的高高的柴禾垛唱歌。后来，唱歌也无聊了，发现一个更好玩的事儿，学着公鸡打鸣儿，由开始的生涩到炉火纯青。公鸡的性子傲，容不得其它的公鸡比自己强，所以左邻右舍的公鸡一起跟着他叫，由近及远，鸣叫声此起彼伏，全村的公鸡都叫起来，一争高下！当时的那种成就感，无与伦比。可能比演唱会上明星声嘶力竭呼喊引起的粉丝互动来得还要快意一些。

周日上午十点，公寓宣传部的工作人员敲门，问清楚来意，是让住在 1007 房间的伴侣们选择每个月一次的伴侣任务。伴侣任务是结伴之家联合希望小学、老年公寓、各大医院、慈善基金等发起的爱心活动，帮助社会弱势群群体。通知在网站上公布十来天，粗心大意的两个人都没发现，相对容易的任务已经被选走，只剩下两个：陪伴医院一位弥留之际的老人；主人外出，帮忙照顾两条金毛狗。

林森小时候被狗咬过，至今还留有阴影；幼青对动物的毛发过敏，接触到就打喷嚏。这样一来，只剩下了一个选择。任务资料上面交代，老人目前住在天坛医院，重度心脏病随时可能走。后事已经安排完毕，老爷子很有个性，走的时候不要儿女守在身边，想请陌生人陪伴。

接了任务，幼青兴奋之情溢于言表。对她来说，这个任务很有意义，而且很刺激，去医院陪护弥留之际的老人，长这么大还没有过类似经历。对于没有体验过的事情，她永远保持旺盛的好奇心。此刻，脑袋里已经在想象医院重症病房的样子。虽然对林森还保持厌恶，但想到完成任务的过程中需要对方的配合，她的眼神便软下去，把敌意暂时伪装起来。

吃过午饭，俩人搭地铁一号线出门，到天安门东站换乘公交车，坐3站到达目的地。北京的医院有一个共同特点，人多车也多，由于医疗水平先进，全国的重症患者几乎都赶来北京。缴费窗口排长队，各个诊室门口排长队，预约手术的更是不知道排到几个月之后。

走错了几栋楼，俩人终于在问了几次路人之后找到住院部。接待他们的护士是个中年大姐，姓王，王护士给他们介绍了病人的当前状况，耐心讲解两遍护理病人注意事项，然后把俩人领到了重症病房。老爷子也姓王，今年72岁，经营古玩字画生意，一辈子脾气倔得很，最后的这段日子，硬是不让亲属陪在身边，说看着心烦，亲属一来，就不吃不喝不睁眼睛。无奈，医院和家人商量之后决定遵从他的意愿。

幼青一口一口“王叔”叫着，凭借自己的亲和力，很快就博得了王叔的好感，老人眼睛里有了点笑的模样，虽然脸色依然苍白，挂着针头输液的左手，干瘦，带着青紫色。他说话的时候用不上力气，用词简短，几乎没有长句子出现，给人的感觉像压着嗓子，担心说话内容被多余的人听到一样。林森想到王护士说的，病人的内脏已经在衰竭，生命迹象减退。

特护病房大概有20平方米，带有独立卫生间，两张床，多出的一张供陪护人员休息，中间用床头柜隔开，上面并排摆着几个医疗仪器，延伸出来的几根引线连接着王叔的身体，其中一个发出富有节奏的电子音，屏幕上有两条医学信号的波形在拼命地跑，像在赶时间，参加属于它们的某个欢场。床脚立着一张圆面三脚桌，配一把椅子，都被漆成医院风格的白色。圆桌旁边是一个小冰箱，发出微弱的轰鸣，粘钩上挂着2013年的日历，被翻到12月，图案背景是香山红叶，10号那天被打上一个红色的圈圈，也许当初日历的主人在那天有事安排。窗台上有一盆含羞草，约一尺高，部分叶子上带着白色的斑点，大概营养不良，缺乏某种矿物元素。

不一会儿到了晚饭时间，护士推来餐车，病人有固定的营养餐，一个小的塑料盒盛放，上面用锡纸覆盖，配一杯温水，跟飞机上的便餐差不多。林森将病床前半部分缓缓摇起，调整枕头让王叔靠着，简易小餐桌支床上，吃饭的任务王叔尚且能够独立完成，有一个人稍微辅助即可。幼青坚持由她来，让林森下楼吃饭，吃完带回她那一份。

去餐厅的路上，在不常过人的墙根、角落，还有休息室，瞧见不少病人家属用几块泡沫垫拼接起来睡在地上，旁边放着简单的生活用品。他们可能是在排号等待手术，可能是需要轮流护理病人，舍不得花钱住宾馆，临时凑合一下，估计流浪汉没有兴致跑医院来睡。这样的情况，少说有五六十人，看来医院是默许的。以前只知道北京就医难，没想到病人家属也跟着够遭罪的，为了省一点钱治病，能将就的就将就了。

食堂人不少，林森打了一碗小米粥，一个醋溜土豆丝，一个花卷。周围的人安静地吃饭，几乎没有交谈。在医院的氛围中，很难提起食欲，走到哪里都是一股消毒水的味道，不同地方的区别是这种味道的浓淡，混着屎尿味儿还是药味儿，让人气闷，呼吸的时候得收着，不能用尽全力。吃下半个花卷，喝了几口粥，到窗口给幼青带一份，走人。回到病房，王叔刚刚吃完，在闭目养神。

“你终于回来了，饿死姐姐了。”见林森进屋，幼青走过来要接他手中打包的饭菜。

“别没大没小的，叫哥哥给你饭吃。”林森闪身。

“有没有良心，姐姐在这里饿着，你吃饱喝足还不乖乖把饭菜供上来，小心天打雷劈！”

“没那么严重，说不准我这是除魔卫道。”

“你！”幼青在压制自己的火气，“今天要不是看在做任务的面子上，姐姐懒得理你，有的人呢能不能别给脸不要脸！”

“唉哟，话说得可真够难听的，哥哥今天还就跟你耗上了，反正我一个人吃饱了完全家不饿。”

听到动静儿，王叔挪动手臂，睁开眼睛，趁着林森转头观察王叔，幼青一把抢过他手中的塑料袋，走到小圆桌处坐下开吃。

“小林，回来啦！”老人开口说。

“王叔，我回来了，感觉怎么样，要睡觉吗？我们是不是吵到你了？”说着，林森走过去坐到床边，怕离远了老人家说话吃力。

“不睡，睡够了。”王叔停下喘口气，用舌头舔舔干燥的嘴唇，“天天睡得头昏脑胀。”

“可不是嘛，换成我也不行。”说完站起身，拿起水杯给王叔喂水。

“谢谢。”喝下几口水，王叔的嗓音顺畅不少，仿佛塞在喉咙里的那块棉花被水打湿了，体积缩小，气流能多出来一些。

“瞧您说的，这不是应该的嘛！”

“我心里有数，你们，都是好孩子，”说两句话，王叔就要停顿下调整呼吸，“非亲非故，谁照顾我这样的病人。”

“您千万别这么说，能遇见都是缘分，我们俩来还害怕添麻烦呢，咱们就都别客气了，安心养病。”

“好孩子，”王叔侧头看看幼青，“小林，你们是情侣吧？”

幼青听到王叔误会，刚要咽下的一口饭噎了一下，拍拍胸口，费不少劲儿才顺下去。

林森用余光看到她的样子，感到好笑，不知道为什么，能让幼青吃瘪的事儿，他很愿意去做，“是啊，在一起——半年了！”

幼青正在喝水，听到这儿直接喷出来，呛得连连咳嗽，然后用七分不解三分愤怒的眼神看向说谎的人，而肇事者丝毫没有悔改的意思。

“半年，时间也不短了，家里知道吗?”

“家里——家里现在还不知道，没好意思说，准备今年过年带着她回老家，给爸妈一个惊喜!”说完，林森笑看幼青。

“王叔——别听他胡说，我们根本不是情侣，我跟他就不是一类人，绝对不可能在一起。”

“王叔，她脸皮薄不好意思说，在外人面前我们一般不提这事儿。”

“我警告你，不要胡说八道，你怎么能随便编排别人呢，你不嫌丢人我还嫌丢人!”

“青青，别闹了！王叔又不是外人，都住一起了你还想怎么样。”

“住一起是两个房间好不好，还有，青青不是你随便就能叫的!”

“北京房租这么贵，住一起省钱，两个人何必要花两份钱呢，您说是不是?”林森索性当没听见，自说自话。

“现在年轻人，开放啊，不比我们那会儿。”

“现在老年人也厉害，倒了我们都不敢扶。”

“唉——社会风气不好。”王叔感叹地说。

“碰瓷儿的事儿历朝历代都大有人在，也不是社会主义独有，跟过去的情况相比，我一直都认为现在才是最好的时代。”

幼青见话题的风向转了，懒得再继续分辩，只是看向林森的眼神，仿佛带了刀子，想要剜下一块肉。林森丝毫没有做错事的觉悟，见到幼青这副模样，反而乐在其中。

“小林，不简单，老头子见识不如你。”

“我就这么一说，耍耍嘴皮子还行吧，您别当真！政治什么的我不懂，当然也不想懂。”

“你这孩子，想得开，社会可不好混。”

“问题信息不对等，我最讨厌有的人谈论政治，某某高官怎么样，如何如何，只听到一点儿以讹传讹的消息，就好像掌握了内幕一样，却不知道这一点可怜的边角余料早就面目全非了。”

“茶余饭后，乐呵乐呵，斗升小民知道的有限。”

“是啊，让您说着了，太有限了，有限的可怜！”

“可笑，卖弄！”幼青见不得林森一副侃侃而谈的样子，在她看来那人无论说什么都不可信，谎话连篇，简直可笑。

“王叔，她是说我呢，别跟她一般见识，女孩子家家的爱耍小脾气，回去我好好教育教育！”

“你们小情侣，和和气气的，别拌嘴。”

“您是过来人，应该知道女人三天不打山房揭瓦，隔一段时间呢就得修理，不然带出来还不够丢人的，让您见笑了，最近疏于管教。”

听林森越说越没边儿，幼青不能忍了，“姓林的，今天你打我一个试试。”说完放下筷子，凑到他面前。

两个人的脸相距不到二十厘米，彼此的呼吸清晰可闻。靠近之后幼青后悔了，跟男人之间，她还从未陷入过类似尴尬的距离，这个时候后退也不行，平白弱了自己的气势，只好咬牙硬撑。

“别在外面丢人，等回去咱们再算账！”见到对方色厉胆薄的样儿，林森还算厚道，往后退两步避开。他知道什么时候能进攻三分，什么时候退守一分，不然玩笑开大了大家都不好收场。

幼青松一口气，她可不想在王叔面前出洋相，姓林的家伙没脸没皮也就算了，跟这路货色她耗不起，平白无故被拉低水准。

“是应该好好算个总账，你最近太过分了，自己做了什么亏心事心里知道，大家都是明白人，不一定非要说破吧，哼哼！”

“王叔，您看看，疏于管教的结果就是蹬鼻子上脸，您给拿个主意，今天我应该怎么办?”

“好好的，别拌嘴，到一起不容易。”

“您说对了，想当初她追我的时候，真是用了千般心思、万般手段，送花送水送礼物，嘘寒问暖、温柔体贴，无微不至，听我细说啊……”

幼青实在难以忍受，惹不起躲得起。她从来没遇到像林森这么无耻的家伙，没有的事儿能说得天花乱坠，要不是明明知道他在胡说，作为旁观者她都快信了。收拾好餐盒和筷子，开门走出病房。

医院的庭院比较安静，像有一只巨兽蛰伏在隐蔽的角落，收敛着气息，令人感到压抑。然而，就算翻遍所有的角落，也不见得能找到它的踪影。

小时候一个人在家，幼青喜欢东翻西找，把柜子里的东西全部翻出来看一遍再原样放回，每一次都抱着能找到宝贝的期望，然而每次的结果不过是些妈妈收拾起来的旧衣服和琐碎的生活用品。

东西翻过了，接着在几个房间来回跑，或者在连通两个房间的门口处坐着，脑袋来回摆动，她总以为，在看不到一个房间的短暂的时间间隔内，这个房间肯定不一样了。甚至固执地认定，之所以看不到差别，是因为脑袋摆动得不够快。有一次好像就快要看到了，却突然失去意识晕了过去，醒来后悔得不行。上高中后发现，按照科学的解释，那是自己把自己晃晕了。但直到现在，幼青还是坚持那是未知力量的作祟，不想让她窥见另一个世界的隐秘。

第三章 你是傻叉 我是王者

九点钟，高级病房对外封闭，所有探视人员离开，每个病房只能留一个陪护人员。二人商定轮流陪护，幼青先来。本来林森还想发扬一下绅士风度，从自己开始，不过看对方又瞪眼又咬牙的架势，他很快败下阵。又不是抢钱，何必争呢，不识好歹！

地铁上空气闷热，刚进入 12 月，天气还不冷，空调散发着过度的热情。旁边大姐带着一个三岁左右的小男孩儿，小男孩儿手里拿着两个小机器人玩得起兴，嘴里不断地嘟囔着一些话，口音应该是河南的，再仔细听，小男孩儿扮演着两个角色在对话。“你傻×！”“你才傻×！”“你傻×！”“你才傻×！”……看来这孩子陷入了到底谁是傻×的哲学命题，这个命题可是相当的有深度。两个机器人你来我往，不知道到底来自哪个高级星球，一切语言和情绪貌似都可以用是不是傻×来表达，不同之处只是变换声调和语气强弱。

大概过了五六站地，小家伙的台词终于换了。“我是王者！”“我才是王者！”“我是王者！”“我才是王者！”奶声奶气的河南口音，再配着极具喜感的对话，像林森笑点这么高的人也忍不住了。他凑过去对小男孩儿低声说，“他不是傻×了吗?”剧情意外被打断，小男孩儿很意外地抬起头瞧瞧，脸红了，随即低下头，抓起妈妈的胳膊挡住自己的脑袋，不时露出来眼睛向外偷瞄。这么优秀的人才，一定不会被社会埋没，林森相信，这孩子终有一天会出人头地。

回到公寓，拿手机一看，有陌生号码的未接来电，三个。应该不是推销电话，就算是推销电话，人家连续打上了三个，冲着锲而不舍的态度也值得回拨一次。到新公司后，终于理解了电销人员的辛苦。响两声，对方接通。

“喂，你好，”林森开口寒暄，“请问哪位?”

“哟！像个人似的！还会说你好，老娘最近很不好!”电话另一边传来天天的声音。

“不好啊，不好的话用护舒宝啊。”一听这妹子就是找茬的。

“擦！你怎么知道我大姨妈来了?”

“我不知道，没那未卜先知的能力，但我知道一个月里您没几天是正常的，二十多天基本都是神经性经期，一波接着一波。”

“你说话怎么不留点儿口德，说点儿好话能死啊!”

“大哥！咱们都分手了，我干嘛费尽心思说好话，犯得着吗?”

“你大姨夫来了吧，火气这么冲，分手也能做好朋友啊，我很多小伙伴都能和前男友做好朋友。”

“您得了吧，那叫发情受挫后遗症，不管别人怎么着，我和前任绝对不可能做什么朋友，好朋友更不可能了!。”

“说得好像你很有理似的，不会这么快另结新欢了吧，谁知道呢!”

“诶哟！你还真别说！最近认识一妹子也是东北的，长得很漂亮，皮肤呀，也是相当的滑，白里透粉，水中带嫩。”

“擦！慢慢滚你的床单去吧！拜拜！”天天语气不善。

“要命的是胸也不小，你说气不气人，没有 D 罩杯也有 C 罩杯了，不像那些勉强 A 罩杯刚刚达标的。”

“妈蛋，别说了！看我不多勾搭几个帅哥，老娘也不是吃素的！”说到这里，天天的火气越来越大了。

“加油，提前预祝您成功，咱们买卖不成仁义在！”

“不用加油，联系下的事儿，祝你幸福才是真的！”

“谢谢，不过话说回来您确实不用加油，气候相当潮湿。”

“你大爷的，贱人！不贱能死吗？我就问你，能不能死！？”

“谢谢您夸奖，专注犯贱二十多年，从未改变。”

“有本事晒晒跟大胸妹子的合影啊，你就吹吧，真搞笑！”

“你说谁搞笑，搞的时候一般不会笑，都带着哭腔。”

“没法聊了，我发现你是对的，咱们俩真的没法儿做朋友，凑到一起准犯贱，彼此拉低水准，不断堕落。”

“别啊，再聊一会儿，想说什么我小心陪着，您不是一向很能说嘛！”

“贱人！贱人！贱人……还没骂爽是吗？从来就没见过你这么贱的。”

“你听我说啊，骂这个字简直太有美感了！俩人骑在一匹马上口对口，你说敌对吧，还骑同在了一匹马上，说明关系不一般；你说关系好吧，还针锋相对，哎哟！越想越够劲儿！

“好样的！您这点儿心思用在工作上准能成就一番事业。”

“多谢！至于爽这个字吧，也相当不简单，拆开来看就是一人××××，什么叫一人××××呢，听我给你分析分析——”

“赶紧闭嘴吧，老娘接不住了，拜拜！”

嘟的一声，提示音显示对方已经挂断。林森承认，天天有一点说得对，偶尔他喜欢满嘴跑胡话，尤其在心情不好的当口，胡言乱语能让糟糕的心情得到缓解。就像是烧红了的铁棒插进冰坨里面，不一会儿，水汽升腾，烫个通透，胡言乱语的时候就是有种能把天底下所有烦恼都捅上一个窟窿的错觉，发泄之后舒服得不得了。

男人与女人之间的关系有时候很简单，聊聊小天啊，牵牵小手，哼哼小调，亲亲小嘴，睡睡小觉儿啊，稀里糊涂地也就那样了。同时，这种关系也很复杂，再往上存在着多个数量级，而且每个数量级之间差距巨大。林森和天天的关系，止步于吧啦吧啦和啪啪啪啪，可以说除了聊天扯淡和上床睡觉之外，其它的内容后继乏力。

林森目前正处于经受物欲检验的关口。香烟放在衣兜里，拿起来就想抽；钞票放在桌子上，看着就想揣口袋里；美女在身边呢，拉过来就想抱。年轻的时候，思想属于进攻型的，想要得到和占有，占有了之后还想贪求更多，一般都不会停下来想到放弃与退守。好好地经营一份爱情，说的人不多了，做起来就更难了。

现代社会的男女关系中要求花样繁多，要肉体合拍、灵魂契合、兴趣接近、三观一致、家庭对等、经济良好、身体健康等等一些列名目。有的在左右对比，有的在权衡利弊，外加量化分析。层层挑剔之下，导致了北京的大龄剩男剩女越来越多，结伴之家的出现是早晚的事。即使没有结伴之家的存在，也会出现兄弟之家、女友之家之类的概念公寓。

这是一个概念层出不穷的时代，最不缺少的恐怕就是各种概念，比如孔雀男、凤凰男、食草男、水仙男、奶嘴男、草莓男，高低男；再比如败犬女，普相女，清汤挂面女，榴莲族。把这些名词一股脑儿拿出来，估计没几个人能全部说出它们的正确解释。所谓概念，无非是把具有某一个特点的行为或者表现安放到一个名词上，而这个名词本身却无法拒绝，够可怜的，强行地被贴上了标签，不管它愿意不愿意。

恋人分手的时候喜欢对彼此说——祝你幸福，听起来好像很有礼貌，充满了美好的祝愿，也许大家再给彼此一个善意的拥抱——以期好聚好散，再见不难。可是“祝你幸福”四个字要多别扭有多别扭，一股劲儿在那里拧着松不开，无法释怀。祝你幸福，算不算是好自为之的委婉表达？算不算各不相干的伪装潜行？以前说话的语境是我们怎样怎样，去旅行、看电影、共进晚餐。现在人称换了，语调变了，距离也远了，抛出来一个冷冰冰的你。无论正反左右，林森对这句话讨厌极了，反胃！

如果两个人没有可能，转身走开就是了，幸福不幸福，并不需要一个从此不相关的人的祝福。如果两个人深爱着彼此，那么这四个字无论如何也说不出口，我没有你怎么能幸福，你没有我也不会快乐。不负责任地互道一声“祝你幸福”？算了吧，像诀别一样，太悲情！与其这样，还不如彼此讨厌一拍两散，简单明了，没有遗憾，不哭鼻子、不留恋，省时省力外加环保。哭鼻子浪费水，擦眼泪浪费纸巾，哭的时候还需要肌肉、骨骼和神经配合，浪费能量，能量少了要通过进食来补充，糟蹋粮食。分手就是分手了，滚他妈的蛋即是最和谐、最崇高的境界，除此之外都涉嫌矫情。

十一点半，按照生物钟的运转应该滚去睡觉的时间，林森却毫无困意，对面房间的人不在，艾薇儿的吵闹音乐没有循环播放，缺少点儿人气。穿衣、起身、锁门，去二层观影厅。屏幕上正在播放《教父》第一部，麦克接父亲之位成为新教父，铲除异己、为兄报仇，一个年轻有为的海军士官经历着人生中的巨大转变。面对妹妹的质问、妻子的怀疑，麦克否认是自己派人杀了妹夫卡洛，虽然卡洛是导致哥哥丧生的元凶之一。他无法面对妹妹，也不想欺骗妻子，表面上做出强硬的姿态，内心在天人交战。他多么想说实话，告诉亲人一切，可惜他知道自己得不到理解，无奈之下不得已而为之。年轻时的阿尔·帕西诺演技成熟，人物内心活动表现丰满。

电影完毕，观影厅还有两个女孩儿，同时期来到公寓的，跟他住在一个楼层。一个比较长得比较柔弱，一阵风都能吹倒，另一个偏胖，衣着打扮上走嘻哈路线，看起来有点男性化。让人难免怀疑她们真正的关系，到底是作为朋友结伴进来，还是拉拉，为了省一点儿生活费用。两个人经常出双入对，不与人交谈，也不见互相交谈，无论在哪里遇见，餐厅或者电梯，一直避免跟别人有眼神接触，进而避免交谈的倾向。从这些迹象猜测，她们大概是拉拉。无所谓了，就算是拉拉又能怎么样，有伴侣手环存在，两个人也无法亲热。来自牡丹园或者是东单公园，不重要，看在她们这么为难自己的份上，外人也不好多说。社会很复杂，雾霾在肆虐，经济在转型，妇产科门前很多人在排队做流产，都不容易。

过了凌晨一点钟再睡觉总是不踏实，经常从梦中惊醒。梦不是噩梦，但梦里剧情复杂，压迫感极强，让人想要尽快逃离出去，惊出一头的冷汗。错过一点到两点以后，这种情形更加严重。所以林森平时尽量早睡，十二点前洗漱完毕钻进被窝数羊。错过这个时间，就只好三点以后再睡，即使第二天早上起来浑身酸痛，也比被噩梦折磨来得轻松。

现在一点半，正好抱着电脑煲个电影——《闻香识女人》。电影名字烂俗是个缺陷，换成《上校的旅程》、《忘年交》或者《导盲人》都不错。上年纪后的阿尔·帕西诺演技炉火纯青，这个片子林森重复看了至少二十次仍未尽兴，无论从哪一个镜头开始，都想一看到底。一支令人倾倒的探戈，一次惊险至极的飙车，一场振奋人心的演讲。然而，贯穿始终的是一场自杀未遂的旅程，上校和查理在这个过程中找回自己，回到本该就属于他们的生活。一个满嘴荤话的瞎老头儿，竟然可以被演绎得如此富有魅力。林森憧憬起了自己的老年生活。

困意迟迟不来，想睡睡不着，事实又应该睡，够糟心的。最近听好几个哥们介绍说“花园网”气氛不错，在相亲网站中算干净的，妹子比较靠谱。闲极无聊，索性注册个账户，谁怕谁。深夜，在相亲网站看妹子照片，这感觉类似冬夜里的野狼窥视羊圈，虽然暂时吃不到，但流出的一串串口水也能润润喉咙的。想起了国外读研时一哥们的一句名言——青春无限好，只是吃不着！折磨，因为吃不着，更加想吃。趴在被窝里的人，退化到原始本能。凡是在被窝里说的话，第二天绝不能承认，因为太真！

“妹子，你好”，“喜欢你的发型”，“我想跟你生猴子”，“能留一个联系方式吗”，“妹子在哪里发财”，“妹子有什么爱好”，“妹子凶器不小”……照片一页一页地看，鬼话一句一句地说。在二十七年的有限生涯中，说过的蠢话加起来也没有这一会儿多。虚拟网络的宽容性，逐渐会让大家认识到，人不应该挑战自己愚蠢的极限。这样一种自我作践又侮辱人的方式，说出来太没品，如果是实名制估计没有几个人会如此妄为。

做点蠢事，然后埋头睡觉，莫名其妙的缘故，倒是心安理得。怎么说呢，这感觉大概像男人第一次抽烟、第一次喝酒或者第一次嫖妓之后，在尝试过了从小到大父母明令禁止的几件事情之后，认为自己成熟了，从此足够世故去面对社会的阴暗面，可以在朋友面前吹了。男人嘛，在于经历丰富，仿佛不抽烟、不喝酒、不嫖妓的男人就算不上男人。

这样幼稚的想法，有的人在持有几年之后认识到自己的荒唐，自发更换一套逻辑，为健康、家庭、工作等因素保持克制，甚至干脆厌弃自己曾经的所作所为；有的，骄傲地把这个习惯延续一生，一直对异类保持优越感。无论你事业有多么成功、家庭多么幸福，在这个逻辑下貌似都会被无视。伟大的人类，低级的行为，事实经常带着幽默感。

第二天一早，幼青顶俩黑眼圈去上班。晚上只睡了大概一个多小时，换了个新环境不适应，加上夜里要留一只眼睛照看王叔，使自己保持随时待诏的状态，她没法睡安稳。到单位，从小萌口中得知小函和刘峰好上了，据说已经出双入对。她这个红娘竟然被蒙在鼓里，不能忍，此事件上升为本季度最大仇恨，而似乎，心中对林森的恶感轻那么一点点。

心情不好，浑身酸痛，把椅子踢开，换成坐一个健身球，单位发给员工健身的器材，平时被大家冷落。左拧拧、右挪挪，上下来回地颠颠，挺舒服，坐骨和腰椎的吃力减轻许多。感觉这玩意儿一旦坐爆，附近工位的同事都会消失。不知道劳动保障局的条文怎么写的，能不能认定为工伤，受害者得到一大笔赔偿金，而她本人呢，可以被终生监禁，整天好吃好喝地圈养，叉烧饭、棺材饭、砵仔糕、冰淇淋火锅、烧仙草、鲜芋仙等轮流供应。吃饱就呼呼睡大觉，现在她只想睡觉，给钱都不要，伸手接钱损耗腕力。

挨到午休，在星巴克消灭一块提拉米苏、一块黑慕斯，连酗了两杯热巧克力。对甜食的追求，无可止境。幼青的曾经的梦想之一，是像电影《浓情巧克力》中的薇安一样，在一个小镇开一家巧克力店，做售卖味道的生意，把甜味和幸福感带给大家。哪个女人不喜欢巧克力呢，用巧克力建造一座房子，如果再能有一个像洛克斯那么帅气的男人陪伴就完美了，船长大叔在2000年电影上映时成熟中含着几分青涩，迷死人不偿命。后来不断繁衍的《加勒比海盗》，造型怪怪的，不是她的菜。

刷一会儿微信朋友圈，各路朋友们好像过得都还有声有色，起码看起来如此。某大学同学开了一家网络公司，办公室委屈在民宅，几张桌子，两三个人，偶尔出入几个商业活动，竟然号称企业家。开玩笑！自己上上个月抽空买了两张福利彩票，一张献身，一张中了5元，这样的话大小是不是也能算上个风险投资人？对大学男同胞无语，进城打工仔、郊区古惑仔、大队书记，天可怜见的大学四年，终日与这三种类型的人为伍，荒废时日。

一个体力透支的足球队员，硬是撑到下半场结束，幼青整个下午就处于这种状态，想睡不能睡，以前的时间是论小时过的，今天以分钟作为单位，脑袋里像塞满了大大小小的砖头瓦砾，缝隙堵上棉花，又沉又闷。几杯水下去，并不能让这种状况得到缓解，反而海绵湿了水膨胀，堵得死死的。时钟指向5：30的时候，瞬间活过来了。就近填了一碗酸菜面，哼着小曲儿，跳着小碎步，心里美美的，打道回府。

可能酸菜面吃得太兴奋，面条一根根支柱一般直楞楞地挺在肚子里，这会儿完全不困了，精神焕发。建国门、东单、王府井、西单、复兴门，一站一站过去，铁皮车厢在隧道里高速穿梭，哐当哐当的噪音在耳边萦绕，仿佛踩着步调。幼青改变了原本的打算，王叔那里她放心不下，老人虚弱地躺在病床上，亲人又不在身边，一种牵挂吊在心里，想要强行忽视她根本做不到。林森那个混蛋，做点坏事儿捉弄人还行，指望他照顾病人，这事儿不靠谱儿，反正她信不过。

越想越感觉义不容辞，下车折回，再倒公交，等她折腾到医院，八点一刻。趴门瞧瞧，那混蛋坐在一边看书，有模有样，像个人似的。这种人装起正经儿来，虽然挺像那么回事儿，但只能让明白人徒增恶感，恶心！幼青转动门把手，悄悄推门走进去。

凑到林森身边，夺过他手中捧着的书，翻过来看看书皮——

《十九世纪文学主流·法国的浪漫派》，心中有些意外，嘴上却不饶人。

“你行啊，知道看书不知道护理病人。”

“你怎么来了，青青同学，离不开我?”

“一个能静下心来看勃兰兑斯的人，怎么说都不是装的，为什么刚一开口就让人烦感，做人可真失败到家了!”

“谢谢夸奖，看在你前半句话的面子上，后半句我就不计较了。”

“真大度！我是担心有的人太低能无法完成陪护任务给团队丢脸，一个人这点儿担当都没有，你说做人失败不失败?”

“要真是这样还挺失败的，但我知道你说的这个人肯定不是我，那就无所谓了，古人教导我们——事不关己，高高挂起嘛。”

“大哥，这句话明明不是正面的，没文化!”幼青的神情中尽量带着鄙夷的成分。

“反正是古人说的，你比古人还厉害吗，没大没小!”

满眼对方懒洋洋的样子，满耳是蛮不讲理的话，幼青一阵阵气堵，这要是有大姨妈傍身，肯定被气得倒流。

“小蓝，你来啦。”王叔刚才迷迷糊糊睡着了，听到动静醒来。

“王叔，这不是想您嘛！哈哈。”幼青吐吐舌头，老人家醒来的正是时候，再者意识到自己说话的声调有点高，可能吵到了。

“哎哟哟，嘴真甜，变脸够快的哈。”

“王叔，有的人在这里让人不放心，我来监督。”

“王叔，她是离不开我，变相找借口，这么粘人也挺烦的!”

“扯淡！您用自己的行为充分解释了什么叫——恬不知耻!”

“你们俩，过——过来。”王叔摆摆手。

两个人互相看看，林森率先走过去，幼青虽然想跟林森保持一定距离，碍于王叔的情面，坐到床边。

王叔闭上眼睛，喘几口气，像是在积攒力气。透过眼睑看得出，闭上的眼睛微微颤动。

“我家那位，三十多岁的时候就没了。”

两个人你看看我，我看看你，不知道说什么好。

“那以后我没再找。”老人嗓音发紧，“这么多年，后悔，她活着时总吵架，都怪我脾气不好。”

王叔用没挂吊水的手拉起林森一只手，“小林，你是男人，该多担待些，两个人好好的，别拌嘴。”

“额——好，都听您的。”看王叔说得认真，开口答应。

幼青有些尴尬，那混蛋胡言乱语，自己解释只能越抹越黑，王叔真的把他们当成情侣了。当就当，又不是真的，气势不能输！

“听到没有，多！担！待！像个男人似的，跟女人在嘴皮子上争长短算什么本事，肤浅！”

“王叔说了，好好的！青青，凑到一起不容易，是否更该去珍惜。”说话者的脸上脉脉含情。

“天啊——你赢了！好好的，好好的吧。”幼青心里满是苦涩，第一次，她发现自己开始佩服起对方，恬不知耻的程度前所未见，这种混蛋自己是没办法了，说什么只当没听见。

对待一坨狗屎，最好离得远远的，任其风干，不然靠近了，用木棍捅捅味道就会散发，恶臭难忍。如此自讨苦吃的事，以后坚决不能再做了。这般打定主意，幼青心里轻松起来。狗屎、狗屎，臭狗屎！没错，就是臭狗屎！一个青春正好的女孩儿怎么能跟臭狗屎一般见识，跌份儿！蠢事以后不能再做了。

倒霉吧，也不能说倒霉，也许上天派他来考验自己，通过考验之后，端庄、稳重、魅力、宽容、大气等等美好而高级的词汇就会蜂拥而来。好戏还在后头，谁怕谁，走着瞧！

“有担待的男人！今晚我睡床你睡沙发！没有意见是吧，那就这么决定了。”幼青语速加快，不容插嘴的机会。

“额——这个……既然你来了，要不我回去?”好像大事不妙，这妹子开始挤兑人了。

“你休想！姐姐已经很累了，今天你陪护、我监督，分工明确，不能商量，再说我可瞧不起你了，男——人!”

“好，好吧！进步了啊，有意思，我下楼转转。”

看林森转身而去的背影，幼青心情相当不错，能让一个厚脸皮的混蛋吃瘪可不容易，今天星座运势不错，五颗星星傍身，所向无敌。

一个楼层挨着一个楼层地转，心情有几分压抑，在医院很难心情愉悦，四处可见重症患者和面带愁容的家属。人数最多的病房有8个床位，每张码放整齐，而其整齐的程度，让人见了也不舒服。林森联想起小时候老家供的老祖宗，不同的名字写在一个个方格子里，一个格子就是一个人。

附近超市走上一圈，买一包红塔山，超市里有各式各样的货物和杂乱的顾客，生活区蔬菜的清新、水果的甜香、海鲜的腥味儿和熟食的酱香混在一起，吸几口神清气爽。这样的感觉才是对的，充满生气的、真实的、可触摸的、可视的、带有温度的、可加工的、可延伸的，能给人快乐和满足的。柴米油盐酱醋茶，散入寻常百姓家。

回到住院处，三层的走廊里传来一声声呻吟和嚎叫掺杂的声音，猜得出病人大概很痛苦。出于好奇，林森寻到声音的来源。一个老人，大概七十多，当然也可能五六十，病痛的折磨下人显得十分苍老，挂着鼻饲液。一个护士正在用毛巾给他擦身体，另一个在清理纸尿裤和尿袋。清理完毕后，两个人配合着用纱布将老人的四肢绑在病床上。

从同房的病人家属口中了解到老人姓李，五年前因脑梗塞被老伴儿送到医院，手术保住了命，但是丧失语言能力，意识也不清醒，老伴儿在手术第二天后消失，院方向公安局求助搜寻也没有结果。可能夫妻感情冷淡，甩掉包袱，一走了之；也许没钱继续治疗，与其自己束手无策，不如听天由命，希望医院不会见死不救。如果是第二种可能，作为外人，谴责在这时候也软趴趴的，毫无意义。设身处地想想，也许不失为一个无奈的办法。

五年来，医生和护士分摊了老李的住院费和三次的手术费。老李目前的状况很糟糕，意识混乱不认人，头部阵痛间歇性发作，发作起来手脚乱动，颇具破坏力。护士没办法，只好用医用纱布把他限制住。说来老李算顽强的，经历三次大手术，凭着挂鼻饲液维持，五年时间熬过去了。换作一个正常人，连续用五年鼻饲液都有可能出问题，人的生命力值得敬畏。要说这也不能叫苟延残喘，在老李的意识深处，外人永远不会知道存在着怎样的可能。他有儿女没，做过什么工作？好多疑问，无从解答。如果被写进小说，那么这个故事大家都能够猜测到结尾，却不知道它从哪里来，源自何处。

医院里，不同于学校、职场，或者说任何交际场，人性中最原始的、本能的东西直接显露在外。病人大小便失禁、忍受病痛、需要治疗，无论他在社会上处于任何地位，躺在病床上就只能是一个患者。两个病人之间、病人与医生之间、病人与家属之间、病人家属与家属之间都有着不同的联系，这种联系的运转方式与病房之外迥然不同。

悄悄推门进屋，幼青躺在床上睡熟了，一动不动，只有电子仪器工作时发出的光亮驯服地闪动着。王叔尚未入睡，听到林森进屋，开口说——水。声音干涩无力。

一半儿冷水加一半儿热水，调成温水，床头摇起一点，把吸管放进王叔嘴里。吞咽水的声音，咕隆——咕隆——咕隆，仿佛水受到喉咙的压迫，发出抗议。将床头恢复原状，林森坐到床边。

王叔看着天花板，眼神虚弱无力，仿佛承受不住外界的压力，稍微不小心，目光就会退回身体内部。天花板空空如也，浅色条纹，灯光昏暗的条件下，一片模糊。再到后来，王叔的目光像是被拽住一样，没有力气收回来。

老人的虚弱，令林森心里不舒服，他想到了四五十年后的自己，会不会陷入王叔的境地。以自己的脾气，恐怕难以忍受，也许会做出一些稀奇古怪的事情，比如用合适的方式结果自己……

“小林。”王叔开口说。

老人打断了林森的念头，“王叔，您说。”说着，把身体靠过去。等了好一会儿，不见老人的下句话。

“王叔，您说，我听着呢。”

“好好的，都好好的。”

“嗯，好好的！”虽然不甚清楚老人的意思，但他感觉这是一种祝愿言辞的简单表达。

“好好的——好好的。”

“知道了，您放心吧，我们都好好的。”林森伸手帮老人掖几下羽绒被子，抚平整。

“记住，好好的……”

“时间不早了，王叔您该睡了，咱们明天再说。”

说完，起身把廊灯熄灭，躺在沙发上。在电子仪器微弱的光亮中，审视王叔刚刚审视过的天花板。在另一个维度的空间里，眼前的天花板是什么，一棵树、一座桥，或者一头猪、一条狗？不得而知。

耳边传来幼青轻微的呓语声，听不清楚在说什么内容，大概在跟某人谈条件，买某件商品的样子。

医院是个让人心情复杂的地方，难言好或者不好，虽然每天有新生儿诞生，也有不少人在病痛折磨中离开。而这个过程，绝不是数字上的此消彼长可以解释清楚。

听着空调启动又静默了三四个往复，林森终于睡过去，他跌进另外一个世界。背着一个布袋子爬山，不知道袋子里装的什么，只是感觉越来越沉重，潜意识里却明白不能放下。爬啊爬，双腿酸痛、气喘如牛、挥汗如雨。

一座庙门出现在眼前，古朴厚重，仿里面有事情在等着自己。费了会儿功夫走上台阶，门一推开了。顺着路，走到大殿。一位灰衣僧人坐在佛像前的蒲团上，转动念珠。

“请问这是什么地方?”

“……”

“师傅，请问这是什么地方?”他提高分贝又问一次。

“时候不到，你不该来这儿。”僧人一动不动，声音像从天外飘来。

“这是哪里，我好像迷路了。”

“东西放下，你该走了。”说完，僧人一挥手。

林森从梦境回到现实，慢慢醒过神，瞧瞧手中确实没有布袋子，当然，本来也没有。没等他理清头绪，床头的电子仪器发出刺耳的报警音。从沙发上弹起来，快步走到床头按下呼叫按钮。

监控仪器上显示心脏信号波形异常，间隔变长、振幅缩减。作为一个理科生，他知道这意味着什么。医生和护士急匆匆赶来，幼青也在这时候被吵醒了，揉揉眼睛，显然还不适应眼前的混乱。

两个人配合护士把病床推到抢救室，在门外等候。直到这时，幼青没有说一句话，脸色苍白。看着她手足无措，林森突然感觉到心疼的情愫开始占据上风，很想把眼前的女孩儿抱在怀里，虽然他不知道自己为什么有这种想法，在这之前，俩人可是水火不容的态势，他也从未在男女关系上对幼青抱有幻想。

然而，他这么想的时候，几步走过去，就自然而然地那么做了，没留给对方拒绝的时间。由于意外，幼青身体抖动了一下，并未挣脱，盯着林森的眼睛看了一会儿，顺势趴在肩上，身体还在微微颤抖。此时此刻，她的心里充满了恐惧，见到王叔病发，她联想到自己老了又病了该怎么办。而她注定是不会有子女的，至于丈夫，也不敢奢望。难不成要去孤儿院领养个孩子，也许是个办法，那么另一半儿会是谁呢？会不会存在另一半儿。说是不奢望，但还是忍不住去动心思，好像动一动心思，可以增加那么一分微弱的，甚至是难以察觉的可能。她也并未真正意识到自己在一个男人的怀里，闭着眼睛，试图用一点想象推动命运的车轮。她只是想了，就那么想了，也许不带有目的性。

两秒钟、五秒钟、十秒钟，时间在两个人中间蔓延。幼青体会到一种难言的平和，这平和虽然不存在实体，却仿佛在拍打她的肩膀，令人心神镇定。时间，她希望时间的流动不要由时针、分针和秒针来束缚，冷冰冰、硬梆梆的毫无生气。如果非要分隔开来的话，她希望是高跟鞋、风衣、口红、午饭、提拉米苏、地铁、拉杆箱、拥抱、接吻，或者什么都好，那些带有味道的、有触感的、能见得到的东西。而时间，谁能证明时间本身存在过，它一旦过去，毫无痕迹，没有过去、没有未来，只有现在。

抢救室的门开了，两个人急忙分开，走过去询问王叔的情况。医生走出来，脸色沉郁。

“对不起，我们已经尽力了，病人一旦复发就很危险，相信你们也应该有个心理准备。”一位医生摘下口罩，带有歉意地说。

“谢谢，辛苦了！”林森回了对方一句，王叔的猝然离开，他心情也很沉重，刚刚认识两天的老人家，没有打一声招呼就走了。

不！他想起王叔是打过招呼的，入睡前那会儿，跟自己反复叨念了几次同一句话——好好的！可恨的是自己当时困意上涌，完全没有放在心上，以至于不能察觉到言外之意，更没有意识到那是一次告别。告别，谁能想到一次告别的进行会以那样隐晦的方式。

幼青站在旁边，一动不动，泪流满面。尽管跟王叔接触不过只有短短的两天时间，但这是头一次，一位老人在自己身边去世。他是那么的善良、富有耐心，愿意倾听一些自己没头没脑的话，他又是那么的孤独，临走竟然不愿让子女陪伴在身边。不过好像能理解，老人家独自离开去找失散的妻子了，他应该认为这是一次非常私密的、不应该被打扰的旅行，即使亲如子女。即使亲如子女，也不能弥补他的遗憾，持续多年的临时停留，当这个临时拖沓到三十年以上，相信王叔已经耗得筋疲力尽，谁能责怪一位疲惫的老人呢。

遗体被院方送进太平间，通知王叔的家属后，幼青和林森打出租车返回公寓，一路无话。幼青斜着身子靠着座椅，眼睛盯着车窗外发呆。长安街的街灯像站岗的士兵一样，在黑夜里站得一丝不苟。却因过于严肃，少了几分生气。路灯，就应该错落有致、明暗相间、高高低低，怎么能整齐成这个样子，怎么好整齐成这个样子，还是路灯吗？周围高耸的建筑，四四方方、棱棱角角、中规中矩，乏味透顶，这样的建筑还能住人吗？冰冷地伫立在那里，摆出一副生人勿近的架势，缺乏关怀。同路灯和高楼较劲的幼青没有意识到，大多数路灯和高楼原本就应该是这个样子，换作她的想象实属少见。

不知道为什么，幼青感到浑身不舒服，脑袋里边拧着劲儿、胸腔拧着劲儿、胳膊拧着劲儿、双腿拧着劲儿、肠胃也拧着劲儿，上上下下都不舒服，想要呕吐却吐不出来。仿佛身边的世界在跟她对抗，她想要花费心思去呵护的，无论是一盆花草还是某个人，最后都转瞬即逝，甚至多用力气，会有加快这一进程的倾向。正常点儿的人生应该如此吗，虽然书读得并没有那么多，脑筋转得没那么的快，但她明白不应如此。幼青开始出现一种不明朗的觉悟，是不是她的出现会给身边的人带来不好的运气。真是这样的话，那么自己都要嫌弃自己了，在脑子里倒带，回忆过往一件一件的琐事，万幸还有不少欢乐在支撑，尚未陷入尴尬且又倒霉的境地。

王叔的葬礼安排在周日，在琉璃厂一带，天空中飘着细细碎碎的小雪。花圈、灵堂、孝衣、人群，这些因素的存在，宣示着眼前的场面是一场葬礼。幼青心里嘀咕，红白喜事，结婚的时候新郎新娘穿着红色的礼服，自然是喜事，不清楚的是为什么亲人离世也能称作喜事。难道是人老了给大家增添负担、治病就医消耗财力物力，照顾病人麻烦费力，一命呜呼之后皆大欢喜吗？除此之外，中国文化里本没有上天堂的说法，按照佛家的解释，六道轮回之后下辈子做牛做马、化身一株小草、一块茅坑里的石头都不一定，怎么能是喜事呢，无法理解，反正就是不对劲儿，反正她今天看谁都不顺眼。

林森喜欢飘雪的天气，也喜欢狂风暴雨的日子，总之他喜欢一切不同于平常的天气状态。每当这些天气出现，内心深处，他总能寻到几分难得的安静，风和日丽的日子反倒让他躁动不安。简单来说呢，外界的表现和内心状态处在相反的运行轨道上，水火不相容。不过，他习惯于把自己的这种矛盾归结于生活太无聊，仅有的一点色彩都需要打破常规来体现。今天，他和幼青两个人出现在王叔葬礼上，本身就是一件不可思议的事情。王叔的家人对外人如何解释，晚辈、朋友、远房亲戚，还是护工？在大多数人看来，这是不可理解的，如实相告，肯定有碍主人家的面子。好在他根本不必为这个担心，他们一出现，王叔的长子就走过来招呼，把他们领进一个没人的房间。

“小林、小蓝，感谢你们来参加，也谢谢你们最后几天里对老爷子的照顾，我就不多客气了。”

“王哥，您确实不用客气，王叔人很好，我们相处得很愉快。”林森走过去，跟眼前的中年人握握手。

“对了，今天让你们来还有一件事。”说着，王哥打开一个柜子，从里面拿出一个木盒，在两个人疑惑的注视下打开盒子，一对玉镯映入眼帘。

“王哥，什么意思，鉴赏玉镯我们可不懂。”

“呵呵，老爷子留的，嘱咐我在他去了之后交给你们俩，这是一对玻璃种的翡翠镯子，水头还不错，市场价能值个十来万。”

“不不！王哥，这礼物太贵重了，我们不能接！”林森连忙拒绝，虽然玉镯看着很漂亮，但是他感觉不合适。

“小林，你们这是让我连老爷子最后交代的事都做不好吗？拿着吧，你们跟老爷子也算缘分一场，留着做个纪念。”

对方这么说，倒是没法再拒绝了，“好吧，那我们就拿着了，谢谢王哥。”转头看看幼青，还是面无表情，保持沉默。

“喂！这东西我先收着了，回去给你，有意见没?”

“你别跟我说话！别理我！不想说话!”

倒霉！莫名其妙碰了钉子。这妹子的神经太多，发啊发的一直发不完，林森怀疑是不是每个女人患有“神经性经期综合征”，或者“大姨妈延迟性抑郁症”、“找别扭狂躁综合征”。以什么命名都好，总之不正常，女人跟男人绝对是两个完全不同的物种。

林森今天处于包容性上佳的状态，也可以说格外地不计较。王叔去世，眼下没有比这个更让他关注的事情。当一个人刚刚离开这个世界的时候，大家潜意识里可能认为他去一个地方旅行了，过一段时间还会回来，从心理上不会习惯或者接受他去世并且再也不会出现的客观事实。一周、两周、一个月、两个月过去，也许才能缓过神儿来，他确实离开了，再也见不到了。这个时间节点，往往成为人们悲痛程度最强烈的时刻。

葬礼，在他看来是对逝者亲人最残忍的仪式，单是对那么多人的迎来送往就够头疼的，何况来的大多数人只是出于礼貌而扮作悲伤的模样，真正悲伤的人要对不那么悲伤的人客客气气、好言以对，而这一切的出发点只是一个不得不办的仪式。仔细想想道理讲不通，唯一的道理就是习俗，所有人都是这么做的，如果不举办葬礼，周围人又要说三道四，指责总是免不了。多么令人讨厌的一个习俗，最在意的人最受苦——把最难过的事昭告天下。

幼青的眼神有些出离自己，简单说是飘忽。她一会儿看看灵堂里王叔的照片，再看看天空中飘着的小雪，无论看哪个方向，目光中都没有了焦点。此时此刻，照片不是照片，扭曲成了一个便于远行的路口，深远悠长，她仿佛看到，王叔在回首探望，但却没有表现出一丝留恋，而是轻松与解脱。小雪变得紧密了，落在屋顶、地面、衣服上，发出细微的沙沙声，想必这是王叔的脚步。在下雪的天气里出发足够浪漫，低头看看地面，也许眼前这些深浅不一的脚印中有一串属于他，也许是最轻浅的那串，走吧，走吧！这个世界本就没有太多值得贪恋，另外一个世界大概没有遗憾，一路顺风！

“走吧！走吧……”林森连续叫了几声，他觉得继续呆下去毫无意义，这里连一个能说得上话的人都没有。

幼青才回过神，就被吓了一跳，“你有病吧！找死是不是！”她在心里默念的被人在耳边喊出来，换作谁都会被吓到。

“我看你才有病，不知道的以为你灵魂出窍呢，飘飘忽忽的，我先走了，您爱呆就呆着。”说完转身就走。

幼青犹豫一下，选择离开，人虽然讨厌，说的也是事实，在葬礼上除了发呆别无可做，但她又不可能凭着发呆度过一整个上午。

同样是离开，幼青并未跟林森一起走，落后二十米左右的样子，保持这样的状态，一直走到和平门地铁站。自动扶梯、人行通道、过安检、刷卡、下楼梯、等车。两个人有意无意瞧对方几眼，都选择维持现状。幼青等对方上了车，原地不动，等下一班。

车厢慢慢启动，林森看到站在原地的幼青，恍惚间，他感觉有一点东西打动自己，一种从未有过的体验，稍微用些心思想，这个感觉却快速地溜走了，一股急行的潜流一般。

回到公寓，心情不大好，对酒精有强烈的渴望，找阿大、阿三酗酒。这哥俩在创作新歌，看样子处于半成品阶段。阿大说新歌名字叫《半个猫耳》，歌词写了一半——我遇到一只猫，它只有半个耳朵，骨瘦嶙峋，有些沮丧；我想到自己，剩下半颗心脏，借酒浇愁，摇摇晃晃；今天的猫啊，流浪在街头，昨天的我啊，烂醉在路上……

林森直言词曲听了让人有些悲观，本来就难受的话更难受了，在帝都压抑的事情够多了，不能再给帝都人民添堵。建议改一改，听了让人心情愉悦的。然后阿大把后半段改成放荡版——今天的猫啊，都在街头发春，昨天的我啊，爱骑在妹子身上。只是这样一来，欢乐是欢乐，估计没法公开表演，只能作为街头淫荡小调自娱自乐了。

每个人大概喝了三四罐燕京鲜啤，阿大和阿三陆续弹唱了几首老歌，阿三从电视背景墙上面放下幕布，打开投影仪，比利时电影《破碎之家》，看名字大概是个悲伤的故事。阿大说这是他们最喜欢的电影，看了无数遍，导演菲力斯完全算得上一位伟大的电影音乐家。

“讲个小故事，不会花太久；懒惰的农夫，不会锄玉米；那个年轻人，却过得不错；玉米到七月，已经齐眉高；九月的冰霜，突然从天降；青年的玉米，全部被冻僵……”（《不锄玉米的男孩》）

导演把两个人先撮合在一起建立一个幸福的家庭，然后再捣碎。让观众看到一个精致的艺术品从高处跌落地面，让人听到破碎的声音同时也看到碎片纷飞，无可复原。然而音乐总能够适时地出现，使这部电影的故事保持了它应有的尊严，给观众留一些悲痛情绪的出口。迪迪尔和爱丽丝热恋时歌唱，困境时歌唱，孩子病逝时歌唱，爱丽丝去世时歌唱，兰草之音贯穿始终。

“我本陌路行者，穿行于伤悲之世，那里并无疾病危难。我此行，前往光明世界。我此行，为探望我父。我此行，为不再远行。我将要越过约旦之水，我将回到家乡之地，我知黑暗绕我，我知路途莽峻，但美景就在前方。那里上帝赎你，祈祷继续……”（《孤身旅人》）

我们有朋友、亲人、爱人，当难以承受的悲痛袭来的时候，整个世界里仿佛只剩下自己，一个孤身的旅人。最后一次合唱之后，男主人公迪迪尔悲痛难忍，说了一段振聋发聩的话：“旧约里的神，百分之八十人类曾经膜拜的神，是文献记载中最邪恶的人。看看圣经吧，他是操纵者、虐待狂、杀人犯、种族主义者、讨厌女人和同性恋、心胸狭隘和爱慕虚荣、进行宗族清洗、要求儿童祭品、玩虐待游戏考验人们的忠诚，一个独裁者故意创造天堂、地球和人类，所以我们不得不卑微地祈求他，恭恭敬敬地给他唱赞歌。我生来并非如此，我不是神的旨意，我比那要好，我们创造上帝只因为我们害怕。”

这段对基督教排山倒海般的讽刺，震得人双耳轰鸣，一个人要多绝望，才能产生如此强烈的恨意。影片结束，林森双眼发直。哥几个边看边喝，每个人已经五六罐啤酒下肚。

“林森，你知道吗？这栋楼里，你是最顺眼的人！”阿三面红耳赤，一看就属于喝酒上脸的。

“哈哈，谢谢，谢谢！为了这个顺眼，干一个！”说完喝光剩下的半罐酒，捏扁罐子扔进两米外的垃圾桶。

“你知道吗，我们为什么喜欢这部电影？”阿三今天的话多了起来。

“阿三，你喝多了！去睡会儿吧！”阿大开口说，话里明显有制止这个话头的意味。

“不，让我说！”阿三灌口酒，喘出一口气，“有两个男人和一个女人因为音乐走到一起，组合名字叫‘一二三’，两个男人同时爱上这个女人，因为不想让兄弟伤心，谁也没有对心爱的女人表白。在一次表演中女人晕倒了，医院诊断为脑肿瘤晚期，然后程式化一样，住院治疗、手术、手术失败，前后不到一个月时间，一个人就那么没了。太快了，一个活生生的人，昨天还又跳又唱的，今天就不在了，快得什么都他妈没留下。”

“唉，可惜了！”说到这里，林森怎么还会不明白，阿三分明就是在讲述跟阿大的经历，当真可惜，一个年纪轻轻的女孩儿就这么没了。看得出来，两个人还没能走出来。

“你说你怎么不说出来呢，起码能让二妞快乐一阵子。”阿大对阿三说，也像是自言自语。

“你怎么不求婚呢？那么好的女孩，错过了这辈子再也遇不到了。”跟阿大一样，阿三说话的时候根本不看对方，自言自语的成分多一些。

“可惜了！遗憾多一些吧，话说回来不遗憾又能怎么样，也许这样是最好的，她跟谁在一起对另一个都不公平，她走了你们可以一直在一起，虽然这样的方式太糟心了。”

“也许我们俩都太自私了吧，表面上谦让，背地里怕失去，竟然没有问她想跟谁在一起。”阿三说。

“可能吧，我怎么没想到！”阿大摇头笑笑。

“我说哥俩，你们以后真的打算这样凑合下去，那位知道你们这样恐怕不会放心的，人去了还要惦记你们。”

“这样怎么了，没什么不好，两个人不婚不娶，不咸不淡，有音乐、有朋友，对了还有啤酒，足够了。”阿三说话的样子很认真，像中学时期在做数学考试卷一样。

“突然想尿尿，下体胀痛，”林森举手，郑重其事，“用下卫生间，没私藏妹子内裤之类的吧。”

“滚——”阿大和阿三齐声吼道。

直觉告诉林森，一种情绪用力过度的时候，其实是在遮盖另一种情绪的存在，而后者，才是内心的真实情况。万万没想到，哥俩够痴情的，已经超出了任性的范围。

作为一个男人，站在小便池的角度，不禁对这两位生出佩服之情，处在如狼似虎的年纪，却要吃素，日复一日清汤寡水。能来结伴之家的，多是有故事的人，像自己这种纯粹为经济原因来的，恐怕少之又少。

“我最近发现一个好网站，上面妹子相当不错。”边说着，林森拿出手机，翻照片给阿大看。两个人指指点点、品胸论腿，阿三制止未果，捧着吉他躲开，眼不见心不烦。

跟阿大闲扯一会儿，林森打道回府。推开门发现屋里有说有笑，幼青和闺蜜闫瑟在厨房忙活着做菜。抬头看看钟五点多，貌似该吃晚饭了。对了，贱哥上次哀求自己闫瑟来的话一定叫上他。随手发个信息，爱来不来。

“我说两位美女，做什么好吃的呢？”林森去厨房凑话。

“恕不奉陪，好吃的跟你也没关系！”幼青直接拒绝。

他只好改变策略，对身为客人的闫瑟温声细语，“我这孤家寡人挺可怜的，能不能算我一个，保证任劳任怨。”

闫瑟看向幼青，“要不带上他，让他多干点活儿，咱们也能轻松些。”

幼青没好气地瞥了一眼，没说话。林森一看有戏，人在江湖混，不会利用机会可活不下去。

“那就是同意了，谢谢！好人！”趁着对方没再抛出拒绝的话赶紧守住阵地，继而扩大战果，造成既成事实。一把抢过闫瑟手中削了一半的土豆，熟练地削起土豆皮。

削完土豆，林森开始摘菜洗菜，“咱们今天做什么菜？”怕幼青那里碰钉子，索性直接问闫瑟。

“别问我，我不清楚，青青主厨，都是她做主。”

“额——挺好，她做菜相当有创意，要不我也做一两个，都一个人做太辛苦了是不是？”

“想找茬是吗？爱吃不吃！没有人求着你吃！”幼青貌似听出了一点话外音，不甘示弱。

“淡定，淡定！我这不是怕您累着嘛，没其它的意思。”

林森解释这会儿，裤袋里的手机响起，贱哥到楼下了，这哥们为了美女还真拿出了宇宙第一速度。

贱哥手提两个塑料袋，满脸堆笑地站在公寓门口，林森想上去一鞋底直接拍上去，以前自己找他可从来没这么痛快过。

“积极性可以啊，您这是打了直升机过来？”

“打住，一股浓烈的醋味扑面而来，犯得着吗，哥哥！”

“唉哟！我犯得着吃醋吗，贱人！有本事尽管使出来，到头来就怕吃不到还干馋着，肝火攻心再做出点人神共愤的事。”

“嘿！今天吃火药了是吧，不对，是不是最近憋得狠了？大禹治水，跟你说这个工程吧，关键在于疏导。”边说边做手势。

“得嘞，我爱惜民力，您就别瞎操心了！赶紧的，菜还都没做呢，一会儿说不好你也得伸手。”

“别啊，做菜我真不在行，我负责加油打气，提供精神支持！”

“也对，凡是需要做点儿什么的您都不在行，我好人做到底，都代劳得了，能者多劳嘛，也不差一点儿半点儿。”

“滚吧！有些事我还是要亲力亲为的，不敢劳驾，您操劳过度了我可负不起那个责任！”

“跟你说，我这乐于助人的劲儿上来了挡都挡不住。”

“挡不住顺风排出去，警告你，别往我这儿使劲儿！”贱哥咬牙切齿，一副拼命的架势。

“瞧你那点出息，放你的心啊，咱不贪你那一口。”

“是是是，您老人家自己的都吃不过来，哪能跟我抢呢，我纯属杞人忧天、小人之心！”

“拉倒吧，咱俩这聊得热闹，毛笔没沾墨，八字还没写一撇呢！别穷得瑟了，赶紧进屋。”

俩人赔笑走进厨房，闫瑟挥挥手算是打招呼。

“有的人脸皮厚得难以想象，不但自己蹭饭还多叫上一个，以我有限的智商简直无法理解。”幼青边切菜边自言自语。

“那个，咳咳——我带了几盒周黑鸭的鸭脖、鹅翅给大家尝尝。”贱哥有些尴尬，急忙递话，“还有啤酒，管够。”

“青青，来就来了吧，人多吃饭热闹。”闫瑟出来圆场。

“对对，人多吃饭才有意思不是，我和林森作陪！”贱哥脸上讨好的笑容让林森忍不住暗骂。

“厨房不大，反倒帮倒忙，要不你们俩出去，我和这家伙在厨房就行了。”幼青抬头示意林森留下。

贱哥和闫瑟互相看看，乖乖出去。不同的是前者乐得和美女一起出去，后者只是顺了闺蜜的意思。

“您不是烦我嘛，怎么又留我一起做饭？”

“切！想不干活白吃饭，门都没有！去，先把虾线清理了。”

“小意思，还不手到擒来，”林森似乎想起一件事，“我说，难道是传说中的拔丝虾仁儿？”

“拔丝虾仁儿什么东西，早过时了，今天是番茄汁炖虾仁。”

“鲜虾还能炖，还用番茄汁，这个想法……”

“怎么，有意见吗？”幼青停下书中的活儿。

“没意见，不敢不敢，就是感觉有创意，想常人不能想，做常人不能做！”看对方脸色不善，哪敢有意见。

“话听起来怎么这么别扭呢！好像不是在夸人，懒得跟你计较了，有意见也得保留，抓紧去虾线。”

“放心，抽筋剥皮之类的我最擅长了。”

“损人不利己的事你也没少做吧！”

“什么意思，扯到哪儿了？全党全中国都在号召共建和谐社会，蓝幼青同志，你得积极进步吧，不能抓住过去不放。”

“抓住过去什么事，你倒是说说看啊，举个例子？”

“过去——我怎么知道什么事，一惊一乍的。”林森心想这妹子也不白搭的，自己差点被绕进去，好险！今天敌人的战斗指数有些高，宜守不宜攻，恐怕低调做人为好。

贱哥和闫瑟在客厅看电视，节目内容他根本没入脑。美女自然不会先开话头，吃水果，看电视，旁若无人。

他不能不急，好不容易争取来的机会，时间、精力、笑脸，加上一点点尊严的代价，必须有所行动了。

“美女来北京多久了?”

“两年不到。”闫瑟头也不转地回答

“你哪里人，听口音像北方的?”

“没错，我是东营的。”

“东瀛？日本浪人住的地方吗?”

“山东东营，没文化真可怕，从小到大地理课是睡过来的吧。”闫瑟没好气地瞥一眼。

“哪儿能呢，”贱哥拿起一个橘子剥开凑过去，递给对方，“我这不故意的嘛，没有我的无知怎么能显现您的聪明、睿智、端庄、大方、美丽、勇敢、顽强、博爱……”

“停停停!”闫瑟笑了，“怎么，我的聪明都要靠无知来做对比了，那我也好不到哪里去。再说了，你这些词用的太没边儿了!”

“这个嘛……再次证明我的无知，我有多蠢你就有多聪明，整个事件是成反比的，这样就说得通了。”贱哥赔笑。

“大哥，今年高寿啊?”

“高寿可不敢当，虚岁28。”

“没看出来啊，这么年轻!”

“额……”贱哥开始怀疑自己能不能全身而退。而人在心里失了计较的时候，往往最容易犯错。

“你看过《屌丝男士》吗?”

“看过，大鹏挺可爱的，不过没看全。”

“挺好，那你喜欢屌丝吗?”

“为什么这么问?”闫瑟转过头，稍微认真地瞧瞧对方。

“我就是屌丝。”

“看出来了。”闫瑟马上开口说道。

“……”

贱哥说完之后心里这个悔啊，就别提了。强打起勇气并调动起所有的幽默感奋勇一战，像个勇士一样为自己喜欢的女孩儿无所顾忌，没想到人家三两句话下来，自己就快缴械投降了。

这个年代，做一个善于忽悠女孩儿的流氓绝对是个高技术工种，胆大、心细、脸皮厚，每一项技能都要做到无比纯熟。不然一不小心，很容易辜负流氓两个字的真意。好人难做是公认的事实，然而，越来越多的有识之士会逐渐认识到，做坏人也相当不容易。

做不了坏人怎么办，只能像贱哥这样，百无聊赖地跟着人家看电视，节目还偏偏是自己恶心的韩剧。韩剧就韩剧吧，女主角哭哭啼啼说个没完了。要说平时周围的女孩儿也够可以的，爱看韩剧的不少，内心却修炼了一副地地道道宫斗剧女主的素质。如果举办一个全世界女性评比，中国女孩儿的心机毫无疑问能排到第一位。没办法，城市里人口密集、资源有限、工作压力大，不挣扎求存的话呢活不下去。

贱哥自认为对女孩儿能贡献出大量的理解和体谅，当然，这也是他平时女人缘好的根本原因。在当前社会的生态环境下，虽然存在很多的差异，男人和女人从来不应该是对抗关系，而是相互协作。家庭要男女一起组建，生命延续要男女一起精耕细作，几乎每个社会团体里都有男女搭配。那么，是什么导致了男女的间歇性对抗呢？情感纠葛、利益争端、观点立场等等，不过到了最后，所有问题终将会被解决，和谐上升为主旋律。

在贱哥哀怨的思想活动演化得更加泛滥之前，林森推开厨房的门宣布开饭，对自己的好兄弟完成了一次及时的解救。盛饭、端菜、开啤酒，四个人在客厅落座，颇有那么几分家的意思。菜式完全按照幼青意思来的，林森打下手，他甚至怀疑吃完后身体能不能正常运转。

番茄汁炖虾，像是几个小型软体动物在红色浴池里游泳；韭菜炒芹菜，稍微带那么几个肉丝，味道相当有挑战性；青椒炖黄瓜和粉条，以前从不知道青椒和黄瓜居然能炖，还一起炖，炖就炖了吧，而且非要放粉条来插一脚；还有一道菜是莲藕炒鸡蛋，从搭配上到还说得过去，只是莲藕切得厚了，鸡蛋以蛋液形式放进去，中途又加了一些洋葱。林森总结出幼青做菜的三个特点——随意、随性、随便。中心思想只有一个，数列的任意组合。若干种材料在那里，凭着心情挑出两三个捏到一起就功德圆满了。

“辛苦，辛苦了！两位大厨不容易！”在语言和行动上，贱哥表示出足够的感恩，并且在个人方面相当知足。

“咳咳，注意措辞，是一位大厨，一位帮工。”幼青先指了指自己，又指指旁边的林森。

“对，下次注意啊，等级制度还是相当重要的。”林森只好陪笑。

“好了好了！谢谢青青，谢谢帮工，谢谢啤酒和鸭脖，大家一起举杯来庆祝一下。”闫瑟举起啤酒说。

“庆祝什么呢?”贱哥不合时宜地插句嘴。

“有酒有肉还不是好生活吗？能庆祝的太多了，来来来，我们先一起敬大厨一杯酒。”林森接过话茬。

“哼！还算有几分眼色，今天心情好，就随便给你个面子。”幼青端起酒杯，喝掉一半。

酒过三巡，菜过五味，话聊开了一些。贱哥如愿地跟闫瑟拉近了关系，起码要到手机号、加了微信。幼青也暂时放下对林森的别扭劲儿，时不时挑起来几个话题。

“最近一个月，陆续得知两个女同事做了人家小三，你们说这世道怎么了，平时看起来气质那么干净的妹子，突然就堕落了。”幼青神情苦闷。

“意外随时都会发生嘛，再说做小三、小四、小五的也是个趋势，任谁挡也挡不住。”贱哥感叹。

“还不是你们男人，一个还不够，在外面勾三搭四!”幼青没好气。

“这我可不同意了，男人女人都是人，勾搭成奸这事儿一个人做不来，事实咱们也不清楚，谁勾搭谁还不一定呢?”林森出来维护男人形象。

“怎么就不清楚了，肯定是男的勾搭女的，想占便宜。”

“一个男人，职位比你高、见识比你高、阅历比你多，顺带知书达理、温文尔雅、善解人意，年轻女孩儿动心不难理解吧。”

“还有呢，想说什么都说出来。”幼青不服气。

“还有刚工作的女孩儿迷茫、自卑、浮躁，善于服从，崇拜强者，没有建立起自己成熟的人生观，所以借着身体之便，主动接近或者被动接受，再加上一点契机的催化，事儿就那么办了。”

“什么契机的催化，说明白!”

“这个简单，一起外地出差、单位组织活动、情人节、光棍节、圣诞节、端午节、愚人节，不够的话再加上清明节。”

旁听的俩人都笑了，“清明节，真有你的!”贱哥笑得更夸张。

“什么清明节，大哥你开玩笑呢吧!”幼青质疑。

“有的女孩儿来自单亲家庭，父爱或母爱缺失，如果及时出现一个能够体谅她的人，估计很容易被感动。”

“畜生，利用女孩儿的弱点，这样的男人还是人吗?”

“这不是问题的关键，男人女人都有着自己的需求，《广告狂人》里男主说过一句话——what do women want? An excuse to get closer! 女人需要什么，一个可以亲近的借口。”

“很得意是吧!”幼青脸上挂着讥笑。

“没有没有，我就这么一说，您随便听听。”

“道理说得好像头头是道，大道理呢我是不懂，但我知道一个怀有这样一番见解的人肯定不是好人，而且离混蛋更近一些!”

“额——我没得罪您吧，咱别进行人身攻击成不。”林森颇感到无奈，言多必失，自找的吧。

“人身攻击我可不敢，怎么能挡着您普度众生呢，是不是?”

说完幼青拉着闫瑟回自己房间，门摔得砰地一声，留下两个人大眼瞪小眼，莫名其妙。

“什么普度众生，这么夸张?”贱哥插嘴问。

“这个——这个说来话长了……”

第四章　困于心 衡于虑 而后做

幼青单位新来了一位同事，名字叫李实。父母都是清华教授，自己也是清华毕业，是的，人家全家都是清华的，在这件事情上，碰巧地出现了家族聚集现象。李实将近一米八的个头，皮肤略白，戴着黑框眼镜，人长得不是很帅，但也中规中矩。没错，就是中规中矩，一看就是学校里的好学生，公司里的好员工。属于低调做人、闷声做事的类型，也许长期以来形成的节奏。

在人生的前28年中，李实的生活没有太多波澜，从小到大都是尖子生，按部就班地上了名校，最后以优秀毕业生的身份毕业，进了一家优秀的公司。但这些并不能让他感到自己人生意义的所在，也没有带来多少快乐。直到他遇到幼青，前28年单调乏味的生活在一瞬间都无所谓了，所谓一见钟情，就是这么的玄乎。要问有多么喜欢幼青，他愿意上交自己所有的工资来证明，一分钱都不要，只要能呆在她身边。

李实的工位在幼青斜对面，站起来就看得见，这是他经常站起来找资料或者接电话的原因。从未想象过，幸福居然如此之近，仿佛触手可及。他示好的方式跟本人一样实在，买饭买水买咖啡，每个动作都很细微，不构成侵犯。同事之间买点东西算什么呢，拒绝就显得生分了。

对于李实的热络，幼青一直没有察觉，而待人真诚的她不会对同事的善意去斤斤计较背后的含义。当然除了某人，他的一切所作所为都要小心辨别，不知道哪里会是陷阱，想起来就怒气值暴涨。平时自己也算是个知书达理的都市女性，富有爱心、待人友善，可是某人，她不介意用所有的恶意去揣测。做室友几个月做到这样的程度，相当失败，平白拉低了自己水准。话说回来嘛也有一点好处，看身边的人顺眼多了，再不济也不至于比某人还差劲。这个倒是始料未及，但凡是个人，总能具备点儿稀奇古怪的用处。

公司老总是用来膜拜的，人家白手起家，身家过亿，成长经历就是励志故事；公司HR是用来讨厌的，总用各种无聊得没边儿的表格折磨大伙儿，填完了也不见涨工资；小人是用来找道德优越感的，你会知道自己永远不会如何做，做人得保持必要的原则；贵人是用来感恩的，做出回馈再把善意传递给出去；老实人呢，是用来欺负的，看到李实呆呆的样子她就想笑。

对新同事李实，幼青印象不错，也可以说好感度稍高一点。感觉这个人相貌里带着一种正义性的戏剧感，有几分《机器猫》里大雄的气质。况且人家工作还上手很快，懂得尊敬前辈。李实一声声称呼她为“领导”的时候，幼青满心欢喜的劲儿就别提了，虽然她根本不是领导，不过是个比新员工们来得时间久一点的不那么新的员工，虽然李实说的时候可能没有那么认真，不过是在称呼上讨个巧，以示差别。

下班时间到了，同事们纷纷收拾东西离开，幼青一点儿也不着急，慢慢清理桌面，锁上抽屉，慢条斯理地检查包里该带的东西有没有带，手机、钥匙、钱包、公交卡、出入证、U 盘。她喜欢在匆忙的节奏中捕捉那么一丝闲适，尽最大可能做到悠然自得，在与周围人节奏的反差中，感觉棒极了，以后的人生格局大概会有所不同。

这样做的时候，就是会产生难以言喻的骄傲，带几分优越感，还有几分惬意。有家、有老公、有孩子、有男朋友的又怎么样呢，还不是匆匆忙忙地去赶地铁、挤公交，开车的多半堵在路上。本小姐呢什么都没有，一个人照样能过得挺好。有钱的怎么样，本小姐有闲，有闲的怎么样，有闲的才了不起好不好！如此得意洋洋地想着，迈着小碎步，吊儿郎当地前进。

电话突然响起，可恶，打断了幸福思路，罪大恶极。接起来电话那头儿自动播放语音，一个外国人腔调，说免费教授英语，有好礼相送。谁他老娘的，这个究竟什么路数？她没敢在接下来按 1 号键选择试学课程体验，怕接过去是南非某部落酋长宣布她中了诺贝尔幸运奖。北京，骗子横行的地方，以为人人都那么好骗吗？以为她蓝幼青是谁！开玩笑！

走出写字楼，横竖左右来回游荡。公司附近竟然找不到一个能晒太阳的餐厅或者咖啡店，长此以往势必影响维生素 D 的产量，会缺钙的好不，CBD 啊 CBD，太不人性化，缺少温度的街区。她不知道自己忽视了当前季节已是冬天的事实，而且已经晚上六点半。

游荡到电影院门口，怎么办，不想走了，饿得没力气，闻到爆米花的香味儿，虽然甜腻的有点儿不怀好意，但是此刻，她无比想大嚼特嚼一顿，爆米花又不是毒药，身材好的人根本不必不在乎糖分摄入量，怎么吃都不胖的身体在食物面前可以飞扬跋扈。

买张电影票，冲着对周迅的看好，选了《我的早更女友》。找到座位对号入座，没等她享受几口爆米花，就听到前排有男的在大声剧透并且持续地输出价值观，男主如何，女主如何，编剧如何，导演如何如何，简直崩溃了，CBD附近的氛围太可怕，想回家。

如果第一次约会，这男的多半没戏了，如果不是，那么他在严重增加恶感，怎么说呢？祝福他孤独一生，这样的货就别出来祸害人了，买几包薯片回家自娱自乐好了。看电影最讨厌别人多嘴，尤其是男的，一点不会显示水准高人一等和品鉴能力出众，浅薄、浅薄，外加严重浅薄。一个多嘴的男人该如何顺利地度过一生呢，想想也会泛起同情。

电影开始，心情好不起来，甚至有些难过。因为她发现女神周迅老了，多么可怕的事实，《橘子红了》里面的秀禾，曾经眉目如画、清纯如水，无论演技多么高超，那个感觉不在了。早更又能怎么样呢，她本人就没有来过，剧情里面的痛苦不过是毛毛雨。除了能勾起一个不快乐的人的不那么快乐的记忆之外，没有任何效用。好吧，不能怪别人，人家电影是面向大众的，自己是垫底的，不具备一般性，责怪人家不厚道。

进行到20多分钟的时候，幼青提前退场。别人的人生终究是别人的，看完了也还是要继续自己的，狗一样或者猫一样或者猪一样的日子，所以又怎么样呢，眼里涌出股股热流，恍然发觉，竟然是平时叫做眼泪的东西，无意识的状态下，她泪流不止。夜风寒冷，眼泪淌在脸上的感觉，辣辣的。

李实从同一家电影院走出来，他的那场刚刚散场。远处看见像幼青，走过来刚要打招呼发现情况不对，平时嘻嘻哈哈的她神情恍惚，脸上挂着泪，特别像是失恋的状态。不对，他跟同事打听得清楚，幼青一直保持单身，应该是其他原因。不管怎么样吧，他都不能无视。

“嗨，领导！领导！”

幼青转了一圈，没看见人，直到李实拍她的肩膀才正确定位。

“领导，怎么了，谁欺负你？”

对方这样问让幼青有些慌乱，急忙从包里翻出纸巾，三两下把脸上的非正常情况清理干净。

“没，没谁！又不是小孩儿打架！话说你怎么在这儿？”

李实指指电影院，“看电影，刚散场。”

“什么电影？”

“《我的早更女友》，感觉还不错！”

“哪里不错？”

“这个……剧情、演员，都还好吧，你看的什么，领导？”

“我看的什么，我看的什么了，忘了！”幼青还处于魂游天外的状态，也有一点儿不想提及。

“好吧，这个也能忘，不愧是我领导！领导威武！”

“哈哈，年轻人挺会说话嘛！走，请你吃鱼丸面！”

“谢谢领导赏识，我请你。”李实心里暗暗叫好，机会来之不易，今天自己撞了大运了。

“服从领导安排，快走，别啰嗦！”边说着幼青加快脚步，像要把刚才的负面情绪甩掉。

大望路周围的小餐馆不少，尤其台湾风味儿的小店扎堆儿。晚上八九点钟，快到打烊时间，顾客相对稀少。店面不大，只有六七张桌子，两个服务员不是很热情，有点没精打采。

鱼丸面倒是很快端上来，样子相当诱人，餐具造型别致，像是《魔戒》里面精灵族用的渡船，看来美食的质量跟服务人员的态度不呈现相关性。

幼青埋头吃面，一语不发，虽然紧着吃，但是速度并不快，面一根一根挑着来吃，鱼丸每次咬一小口。这就是她的习惯了，对于美味的进食技巧，通常保持高频率、慢节奏为好，如此一来，高频率保证了享受程度的同时，慢节奏延长了享受的时间，两个方面齐头并进，才是一个吃货最最最明智的选择。

李实看她吃面，默契地保持安静。事实上，他似乎完全没有必要说什么多余的话去打断。在一起用语言沟通的两个人可能是同事、朋友，不用语言还能待在一起的话就不那么简单了，起码会比前者更熟悉、更接近。何况看自己喜欢的人吃东西是一件赏心悦目的事，并不觉得无聊。

幼青不说话，部分原因是在全心全意地享受美食，分心讲话不能全力以赴，剩下的原因大概是难为情，毕竟在别人面前哭鼻子不是一件光彩的事，尤其是叫自己领导的李实，而时间上的消耗则会慢慢地转移当事人的注意力。

喝完了最后一口面汤，另一件尴尬的事开始困扰幼青，她发现自己的右下方最里面的牙齿缠着一块菜叶。舌头勉强能碰到，明显不能清除。用手隔着腮部揉，隔山打牛的功夫她还远不到火候。用牙签吧，使不上力道。用白水漱口，只松动一点儿。无奈之下，最后决定用手指，远古时代，人类还没有学会使用工具之前就依赖的方式。

趁着李实去卫生间的工夫，果断执行。左手食指和中指轮番上阵，食指灵活一点，中指有长度优势，两根手指配合，十秒钟之内顺利达到目的。手掌上五根手指，果然不是平白无故那么个长法，幼青这会儿，深深佩服生物进化的伟大，如果人类只有四根手指，今天这块菜叶也许就挖不出来了。大拇指和小拇指呢不够长，无名指比较笨拙，中指没有食指的灵活，食指没有中指的长度，五根手指的进化是因为剔牙吗？嗯，是个问题，回头去知乎上提问。

结账走人，心满意足。幼青在前面散漫地走，散漫到 S 形路线前进，李实在后面认真地跟，认真到勤勤恳恳地尾随没头没脑的轨迹，从不发问，而且在心里，他也认真地乐在其中。

他甚至有种错觉，现在的场景像是19世纪的不靠谱女骑士在21世纪的街头游荡，后面是亦步亦趋的忠仆。仆人就仆人吧，电视剧《一仆二主》热播的时候，没羡慕过不可能，能做贴身仆人本身就意味着重大价值。何况新时代中的男性，恐怕大多已经沦为自家女主人实际意义上的仆人，养家糊口、任劳任怨，很多人也引以为荣，没什么大不了的。

李实没有意识到，他真正喜欢上一个女孩儿的时候，平素的骄傲在非常迅速地消融。如果说骄傲是一个巨大的冰块，那么他所作所为无异于在旁边燃起一堆篝火，每当他找理由放下自己的时候，相当于找来一把一把的干柴，扔进火堆里，以助火势。

路不长，虽然幼青前进的方式有利于耗费时间，一会儿工夫地铁站还是自动出现在眼前。同一站，两个方向。

“今天谢谢!”从吃饭到现在，第一句话。

“陪领导吃饭，是应该的嘛。”

幼青笑着，伸出右手。

李实伸手握一下，略显局促。

“拜拜!”第二句话，也是最后一句，说完走进车厢。

李实站在原地傻笑，挥挥手。车门关闭、启动、提速，呼啸着离开，带起一阵热风。

这辈子没有多么大的理想，在所有同学当中，可能属于最没有雄心壮志的那一个。有个安稳的工作，经济上自由，然后娶妻生子，组建自己的家庭，顺利度过一生就差不多了，没有多余的奢求。

从小到大，生长在书香门第，父母都是名校教授，似乎必须取得优异的成绩才顺理成章。他也算是个懂事的孩子，没让父母操心，牺牲了看电视、玩游戏、K 歌、闲逛、困惑的时间，几乎全部用来看书学习。

28 岁，大概人生三分之一的时间过去了，运气不好的话还剩下一半儿，除了成绩单上那一点分数，他觉得自己一无所成。仅有过的一次恋爱是在大三，一个低年级的学妹倒追他。稀里糊涂在一起两三个月，之后无疾而终。

如果男女之情就是一点简单的喜欢加上身体上的欢愉的话，未免太让人失望。第一眼看见幼青，李实终于明白了，事实不是那样乏味，一种十分强烈的吸引力抓住了他的全部心神，攥得紧紧的。

短发齐肩、皮肤白皙、脸蛋清秀，最令他痴迷的是一双眼睛，那么干净明亮、充满活力，又带着几分古灵精怪，他愿意为这双眼睛的主人做任何事。还有一点无法形容的东西，他感觉幼青跟身边所有人都不一样，拥有一种难以言明的气质，不知道为什么，他想到青草，容易接近，却好像望尘莫及，两种矛盾的特质集中在一起，令人困惑。

城市里的冬天不那么好过，除了热岛效应在温度上的弥补之外，其它的方面都不会令人愉快。雪下了留不住，很快化成黑泥溅在鞋和裤子上，你得浪费时间和宝贵的水资源去清洗。人来了停不下，生存空间有限，工作岗位并没那么多，想要好的生活必须拼命去争。只是，大家争的方式有所差别。

在结伴之家，林森最近发现一个现象，有的男同胞神神秘秘地往六楼跑窜，他遇到过不止一次。看看那种特有的神情，他隐约猜到几分。怀着疑问，他去找大奔证实。

“你可算知道了！”大奔劈头盖脸来一句。

“你早就知道了？”

“不光知道，我还批判性地考察过一次。”大奔坏坏地笑。

“你个贱人，贱不贱吧，知道你不告诉我，害我脑袋里犯迷糊有几天了。”林森埋怨。

“告诉你又怎么样，你能跟我搭伴儿去吗?”

“去你个鬼，我没兴趣，观摩观摩总行吧，实操就算了。”

“你观摩谁吧，谁让你观摩，说老实话，你这想法比做了还脏。”大奔说得义正辞严，貌似很有底线。

“拉倒吧，观摩不在法律范围约束之内，你懂不懂法律?”

“我擦，行啊！好一个奉公守法的优秀市民，脸皮够厚啊，要不要给你颁发一个最佳观摩奖?”

“算了，低调低调，做好事一般不留名，颁奖有点浮夸。”

“我发现一件事。”大奔表情严肃。

“什么好事，说来听听。”

“就是你顺杆往上爬的本事挺厉害。”

“这才哪到哪儿，我还没爬到顶呢！”林森凑近大奔，压低声音，“实话跟你说，实地观摩一次是我青春期以来的梦想，一个懵懂少年的梦想，你说就算不伟大吧，怎么就能算脏的呢?”

“瞧你人面兽心那个样儿，真想一口浓痰吐你丫的。”

“说正经儿的，这事儿公寓就不管，以后不乱套了?”

“管什么管，大禹治水你懂不懂!”

“这件事儿怎么总往大禹身上扯，人家招你惹你了。”

“你看过去随军打仗的有军妓吧，男人多的地方没有个出口不行，没有才会出乱子，公寓老板在管理上相当有一套呢。”

“你这么说——我还真懂了，有道理。”

“多年江湖不是白混的，来，跪下磕一个头就算拜师了”

“走了，回去睡觉，没梦想的人没意思，不跟你玩耍。”林森的哈欠连天，转身往外走。

“不送，慢走！别走错路偷偷跑六楼啊。”

“还真跟你说啊，咱没那个兴趣！走了！”

回去简单洗漱，趴床上看手机。最近在花园网上略有收获，跟几个妹子聊得火热，妹子们照片挺可爱，就是话唠。跟这样的女孩聊天像是吃蜂蜜，开始觉得香甜可口，多吃几口就甜腻得过度了。

所有女人都有话唠的潜质，整个北京话唠女孩的比例惊人，有的被激发了，有的在默默潜伏。城市病的表现之一，很多人容易对陌生人敞开心扉。事实经常距离人们的认知有一定距离，因为更多的人肯定认为熟悉的朋友间才会发生这样的事，直到他们遇见自己那个陌生人。

“你是哪里人，别说啊，让我猜，你是吉林的！”

“是啊，妹子，个人资料里有写。”

“我知道，但还是想猜。”

“这个是——为什么呢？”

“想要被人夸奖呗，猜到问题的小女孩，哈哈。”

“你还挺有意思，幽默感还是具备的嘛！”

“那肯定的呀，我觉得两个人中有一个在关键时刻能冷静就行。”

“关键时刻？咱俩刚认识，还没到关键时刻，况且吧……那个我还没准备好，要不你给我点时间？”

“你太邪恶了，哥哥！我是指面对问题的时刻。”

“我知道，跟你开玩笑，幽默感这个东西跟处理问题不冲突啊。”

“你知道我也想解释啊，享受说这句话的过程。”

“好吧，按照规矩我应该夸你——聪明的孩子，从未遇见过像你这么聪明的，能教教我吗，怎么才能跟你一样聪明？”

“谢谢，挺明白事理嘛！那我就收下你这个徒弟了。”

“师傅在上，受徒儿一拜，您看台词这么说行吗？”

“行啊，师傅今天心情不错，你想怎么办就怎么办。”

“别给我这么大权力，对徒弟我成长不利，我想办的事可就多了，哪天万一不小心犯了错误，后悔莫及。”

“你都想办什么事，好多想法的样子。”

“很多事情吧，都是在房间里发生的，有好的，有不好的，也有不好不坏的，你想让我做哪种我就做哪种，这个听你的。”

当然，对方在回了一句“流氓”之后就把他拉黑了，可惜了一段顺利的对话。不过呢，生命不息，斗争不止。

“你好，APP 刚下载，如有不对，请多包涵。”对方上来莫名其妙这么一句，还真是客气。

“美女，你没做错什么，这是系统备用语录吗?”

“哈哈，不是啦！我刚刚注册没多久，还不太会用。”

“适应下就好了，不难，看你资料写在荷兰留学过?”

“这里上来能直接问问题的吗，不用热身?”

“随便问问吧，也要看双方意愿，不一定。”

“因为大家不认识，所以互相撕了也无所谓是吧。”

“不至于，当然貌似也有不少简单粗暴的，以后有时间可以持续关注。”

“来这里是不是都得先谈谈条件，然后再聊天，那你说说你的条件吧。”

“苍天作证啊，我没有绑架你亲朋好友，也不知道你住址，不需要谈条件也不会做出什么人神共愤的事，放心吧。”

“晕了！那就说说自己，我来筛选条件。”

“咱这里不是在菜市场买菜，不用这样。”

“反正不认识，对你的话我尽情地冷笑，呵呵!”

“可惜了我的好人脸，竟然没有被温柔对待，相当伤心呀。”

“可惜了我的好心，你竟然都不觉得凉快一点。”

“哈哈，不错！先不论其他的，咱俩貌似能做朋友，有点幽默基础。”

“你怎么觉得我会愿意和你做朋友，有这个必要吗？”

“能，不代表会，也许同时还需要一些其他的因素。”

“来来来，要撕吗，预备，开始！”

“妹子好调皮，大半夜的，别闹！”

“你明明只比我大一岁，不要扮老好不好。”

“我年纪轻不代表不成熟稳重嘛，你看看你那么调皮我都从了。”

“你是表面上从了，还是从心呢？”

“心里肯定不从，语言上能屈服。”

“油嘴滑舌，不过我是说怂，哈哈，我赢了！快认输吧！”

“还会拆字呢，不简单，看来我得小心应对。”

“感觉你好会聊天啊，到现在为止哄骗了不少无知少女吧。”

“难得碰到找茬的人，不管真心还是假意，先谢谢您夸奖，呵呵！”

“呵呵，你竟然呵呵我，太过分了！我要呵呵回去！”

“别激动，一般偶尔用用嗯、啊、噢、呵呵，纯属语气词，不代表实际含义，反应不要太大了。”

“你你，给我G——U——N，赶紧！”

“我没有枪啊，法律规定随身携带枪支违法犯罪。”

“粗暴地说了，你给我滚！这才是原话，懂了吧！智商不高吧！”

“冷静，如果可以，希望愉快地聊天，保持战斗模式很累人的。”

“你在和很多人战斗吗，怎么那么累？”

“我是和平主义者，缴枪了，求不杀。”

“我还是世界英雄呢，可笑！”

“女英雄，求能够温柔对待。”

“叫我女王大人，赶紧的，不然灭了你。”

“女王大人，你不会用特制鞭子抽我吧？”

“突然发现了一件十分恶心的事，你回复我的话很多都跟我说的字数一致，能不能别跟这么紧，保持距离好不好。”

“发现的还不算太晚，没办法，这是我的技能之一。”

“你的行为让我感到不舒服，罚跪！赶紧的！”

“如果我装可怜，能不能引发你一丝丝的母性关怀。”

“好吧，赦免你，另外赐你卫生间黄金盛宴，还不领旨谢恩？”

“臣舍不得独食，求与尊贵的女王分而食之，女王大人先请。”

“你让我暴打一顿可好，怎么就那么讨厌呢。”

“来吧，暴打需要付费，不过相识一场，可以给你打九九折。”

“小朋友，姐姐不哄你玩了，找你的小妹妹们去吧。”

“小妹妹，不要扮成熟，不过时间会治愈你，耐心！”

“呵呵，再加呵呵乘以一百！”

“黄渤好像有一个电影叫《101 次求婚》，貌似是这个名字吧。”

“你太会聊天了，我要远离你，保持警惕。”

“加个微信吧，方便日后寻仇，不然你哪里找我。”

“有种惹祸上身的感觉，你不会一直在说假话吧。”

“不要低估自己，你的程度我骗不了，况且清者自清，我可能不是坏人。”

“给我讲讲你，考虑你值不值得报仇。”

“我是做心理咨询的，小小的咨询师。”

“原来是脑洞没补全的人，那您得和精神病医院保持联系，需要的话我帮你预定一个床位，有朋友在。”

“妹子，你的言语带有攻击力，附加伤害指数，你之前的人生是怎么样的，这么的——不和谐。”

“你这么和我作对，我想把你写草稿纸上，草书十年，除恶扬善！”

“妹子，咱还是和平共处，要不制定个和平共处五项原则之类的？”

“我不！我要灭了你，为社会除暴安良。所以，乖乖介绍一下自己，说不定听了之后心软能饶你一次。”

“自己说自己真的很矫情，说的好了有自恋嫌疑，说一般了无聊，说不好了对不起自己，相当为难呢！”

“说说你加了多少妹子，都什么类型的？”

“我没有收集癖好，前前后后也就那么几个，基本失联了，妹妹！”

“给我买糖了吗，就叫我妹妹，少来吧。”

“买多没有诚意，我给你手搓，要什么口味的，尽管说。”

“你大爷味的，恶不恶心，你洗手了吗就手搓。”

“被你说中了，真不好意思啊，刚刚去了卫生间没带纸。”

“感觉你是在让着我吧，一直忍着不发火。”

“天地良心，难道不是……”

“好心给你披上一件衣服，你还卖乖，今天就应该撕碎你，没商量！你现在肯定恨死我了吧。”

“憎恨没有任何意义，伟大的天蝎座永远用魅力征服世界。”

“大男子主义，听到就恶心，苍蝇都飞得远远的！”

“小女子主义，还需要提高进步啊，期待你成长。”

“我明明贤良淑德，今天竟然被你聊得体无完肤，想撕碎你!!!”

“说明您在身心放松的状态下袒露了真实的自己，这是一种特别难得的亲近方式，我倍感荣幸，一会儿就焚香沐浴，祷告上天。”

“好像聊了太久了，你不累吗？你真的不累吗？”

“加个微信就能精神抖擞，当然如果您不愿意就算了，从此山重水复，江湖缘浅，各自珍重，祝你好运！”

“这么快就放弃了，以后可能不专一，你是属于容易移情别恋的那种类型，我更加担心了。”

“没看出来我是以退为进吗，并且，我毕竟有我的骄傲，女王大人。”

“今天是你无聊，我无聊？还是大家都无聊？”

“一般大家经常说女士优先，要不您先请吧！”

“特别想把你嘴撕碎，扔在地上狠踹几脚，然后剁碎了喂猪、喂狗、喂什么都好！不过我得睡了，不陪你玩了。”

“走好，不送了！”

这个妹子，怎么说呢，幽默感并不缺乏，机智果敢也有那么几分，但是容易愤怒，而一旦对自己的对手产生愤怒的情绪，就会自乱阵脚。

而且她遇到的人没有想要讨好的意愿，也许这使她经验有限的骄傲不那么的愉快。如果一个人的骄傲不能建立在资本的基础之上，坍塌也在意料之中。不能怪她，又有几个人的骄傲是值得的呢？

经过一场你来我往的战斗，林森感到累了，累的时候就要找点轻松的事情做，找一个轻松的人随便聊聊。不斗嘴，虽然斗嘴比无聊好得多，更不想讨好，讨好绝对是件费力不讨好的事。

“汤圆儿，今天忙什么了？”

“林妹妹，我心情不好，特别委屈，算了，不说了。”对方给他起了一个昵称，林妹妹，林森姑且认为这是夸他。

“怎么了，说出来可能好点儿。”他及时表示关心，并做出愿意倾听的姿态，跟有的人聊天，听就足够了。

“我爸骂我了，说我不听话，在北京呆着没出息还不回家，不过也不能怪他，我平时太倔了，不愿意妥协。”

“那你为什么那么倔呢，回家也是个不错的选择。”

“不知道，跟他们不亲，我从小在外婆身边长大的，上初中后才离开外婆家，但已经长大了，跟爸妈有些陌生。”

“你不是独生子吧，兄弟姐妹几个?”

“有个弟弟在高中，快高考了。家对别人来说触手可及，可对我来说好遥远，我感受不到它的温度，很少有关爱，大多数是不理解、训斥、要求。很少在别人面前提起家，不知道该怎么去跟别人说。说不好的，嫌自己丢人，可是好的记忆真不多，失望极了。”

“怎么这样，有什么特殊的原因吗?”

“我爸喝醉酒给我打电话，问我在干嘛。我说洗漱完毕了，正准备睡觉呢，有什么事?然后他就生气，说我不会说话，接着说永远别给他打电话。我说我又怎么惹着你了，你跟我较什么真儿。他说你老子跟你说话，喝完酒想着你一个人在北京可怜，想给你说几句话，你却给我说你要睡觉。挂了电话，不大会儿他又打来——我只给你说，你成在北京，败也在北京。你不小了，嫁人成在你，败也在你，我们不操心，你好自为之。”

“也许他不太懂得表达方式，你别太在意了。”父母和子女的问题，他不好多说，分寸难以把握吧，不小心就得罪人。

“这不是我想要的，他们总是把人往外面逼。”

“父母有的时候需要哄着来，不能直来直去，你想想，你太倔的话最后吃亏的是自己，把他们也气得够呛。”

“我不行，性格太直，很容易认真，好像改不掉了！被训斥的时候就想反抗，然后说错话，说错他们更生气。”

“有时候委屈下自己，适当做出点儿改变是值得的，你也许很快会见到效果，立竿见影那种。”

“林妹妹，我以后能不能不回家了？我害怕，怕被他们训斥。我只是一个女孩儿，不是男孩儿，没有你们那么坚强。别人说话的声音大一点儿我都不舒服，不想被别人骂。”

“不回家也行，那我拐卖你把，怕不怕?”

“有什么怕的，提前告诉你，我可能吃了，吃穷你!”

“要注意，不是吃穷我，把你卖到一个穷山沟，嫁给四五十岁的单身老男人做老婆，这下怕了吧。”

“那我就吃穷他，能给好吃的就行，也不算太差。”

“不划算啊！这么卖顶多十来万，还是个消耗品，要不就拆散了卖零件吧，心脏、肾脏、肝脏、脊髓、角膜，在黑市上都挺抢手的。”

“啊啊啊啊！别说了，再说我以后不敢见你了!”

“你什么时候想见我，现在、立刻，还是马上?”

“现在很晚了，立刻 12 点，马上去洗漱，明天还上班呢。”

“原来如此，看来不是很方便。”林森有点失望，如果对方要说见面的话，无论什么时间都可以，他不介意上演一次长途奔袭。

“我先去洗漱了，你也早点休息，晚安啦!”

跟这位聊了十来天，应该不是饭托、酒托、骗子之类的，如果是，那么看在人家敬业精神的情面上，受个骗也不算冤枉。串词达到这个程度的骗子，也是值得敬仰的存在了。

他三番两次提出见面的要求，吃饭、看电影、看画展，妹子都拒绝了，她的理由是需要时间彼此熟悉。好吧，时间！需要时间，那就交给时间，时间会充当什么角色，让陌生的男女熟悉、接近，直到上床吗?

女人，女人又是什么角色？库切说艺术家的灵魂是火焰，而渴望被火舌吞卷的女人会尽一切力量降低火焰的温度，把他们降到跟自己共同的水平上来。因此，在爱女人的同时必须抵制她们，绝对不能允许她们和火焰接近到能够将其扑灭的程度。

他不是艺术家，却也对这个观点深以为然，它对所有的具有独立思考能力的男人同样适用。女人是隐忍的，是水做成的；与此相反，男人是侵略性的，具有火焰的属性。

不过男人就是贱，有时拼命地接近女人，去讨取她们欢心，以便一起睡觉；女人也不甘寂寞，主动或者被动迎合男人，放松自己。但是，在欢愉之后，有的人离开了，有的人选择沉默。可能有一个声音在心里重复——走吧，你做错了！走吧，再也不要回头！

谁是谁非，没个所以然！

在结伴之家的二楼B区，是颇受欢迎的心情小屋，它们在每周末开放，平时关闭。内部人员想要使用的话需要提前向公共系统预定，因为只有20个房间，有时候排队也排不上。根据不同的心情，比如忧郁、恐惧、迷茫、紧张、压抑、愤怒等，内部有不同的主题布置。

规则很简单，每次选中四十人，参照申请时间的优先顺序，再根据每个人的第一意愿、第二意愿安排房间，有点像考学填报志愿。最后随机配对，每两个人分到一个房间，由不同的门进入。两个人互相看不到对方，只能听到彼此的声音，但声音经过变音软件的过滤，即使熟人也无法分辨。

可想而知，在这样的情况下，隐私得到了最大程度的保护。大家更容易打开自己，聊聊平时不方便聊的，甚至难以启齿的隐秘。不去不知道，出于好奇尝试了一次之后，大部分人都上瘾了。

聊天的时候，两个人的角色经常性地发生互换。你可以是寻求帮助者，以期遇到一个为你解惑的人，也可以帮助别人，疏解他心中的烦恼。你尽可以敏感、脆弱得一塌糊涂，在命运面前惴惴不安，也可以骄傲自信，夸夸其谈，甚至指点江山。

心情小屋能够最真实的还原一个人，因为他可以卸下所有伪装；也能够最大程度上放大一个人，安全感的保证之下，情绪膨胀起来要容易得多；当然，它也能够扭曲一个人，因为偏偏就有那么一些个体，习惯性地表演，不分时间、地点、人前还是人后。

但是，无论心情小屋发挥哪种功能，它无疑都是受欢迎的。归根结底来说，它起到的是同一种作用——宣泄。好的、不好的、灰色地带的情绪，所有的情绪尽可以在这里得到释放。所以，每个房间里面都悬挂了一幅标语——坐在对面的永远是你自己。

林森这一次选择的房间是迷茫，而对面那一位明显要比他迷茫得多，并且用一个半小时滔滔不绝的单方面陈述证明了这个事实。可怕的城市，在地铁、公交、咖啡厅里，那么多人坐在一起面对面、肩并肩，甚至身体互相挤压和推搡，却都保持一致的沉默，而维持这个的绝不是纪律。远离自己的父母，疏远自己的朋友，背叛自己的初衷，到头来跟一个陌生人滔滔不绝。而这不属于坦诚相待的范畴，与热情也无关。

为什么一个人认为自己有那么多秘密，或者说不方便透漏的信息？为什么越来越在意个人隐私，与其他的个体保持距离？一个客观事实是大部分人是普通人，既然是普通人，即使在意的秘密或隐私泄漏出来也未见得有价值，甚至毫无价值可言。

然而需要承认，抱着对个体之外欠缺影响的秘密把人生进行下去是一个独立个体之所以成为独立个体的重要原因，与此相反，认为个体之外的秘密无关紧要是个体之间友好相处的基本条件。若不然，谣言散播者和秘密窥视者多了的话，这个世界必然混乱得多。

从二楼离开，到了晚饭时间，肚子需要添点儿东西进去，直接去 24 层餐厅。来得略晚，打完饭找不到空桌，随便找个人少的位置拼桌。对面是两个哥们儿，头发短的时不时抬头看林森一眼，长头发的低头吃饭。

“哥们，别看了，有事直说，我不一定拒绝。”左右没事，开口聊聊比总被盯着看好。

“哈哈，这事儿你确实不能拒绝，”对方用手示意，“右边脸上沾着几个饭粒儿。”

“谢谢!”林森抬手拿块纸巾，把饭粒儿弄掉，“幸亏你及时说了，不然这几个饭粒儿还要跟我亲热会儿。”

“幸亏你开口问了，我平时也不是太乐于助人。”

“哈哈！有意思！认识下，我叫林森，住 10 层。”

“刘炎，炎热的炎，这我老伴儿，文竹。”短头发的介绍完自己，顺带了身边的哥们儿。

“这里什么都好，就是称呼别扭，老伴儿，听着怎么说呢，严重混淆视听的感觉，太粘乎了!”

“绝对同意！何止粘乎，简直有些肉麻，你说我们俩大男人，叫什么老伴儿，我嘞个去！不过规矩是规矩，打破也没什么好处。”

“有好处你就干?”林森笑着问。

“没好处也要干！当然，不是称呼这件事儿。”

“我去，你竟然解释，瞧不起我!”

“别别！兄弟别急，咱来日方长。”

“你们俩更像一对儿，一个一堆木头，一个火势凶猛，干柴遇烈火，我该给你们让地方。”长头发的文竹说道。

“别别，哥们儿！君子不夺人所爱，真的!”林森开玩笑。

“去你的，我们俩是好基友，一辈子，但不是真基，别闹。”刘炎笑骂回应林森。

“真基也无所谓，什么年代了，兄弟我满满的都是祝福，接着接着，快快！马上溢出来了！”

“我真应该走了，你俩继续，不耽误你们。”文竹端起餐盘走人。

“他这人稍微正经点儿，小提琴手一坨，玩儿古典音乐的人总得装出点范儿，人模狗样的吧！”

“挺好，比咱不正经的强，不正经的人多了这个世道就太艰难了。”

“不说这个了，话说你屋里那位什么情况？”

“疯女人一个，不可理喻类型，不提也罢。”

“同情你，哥们儿！男人相处就简单多了，泡妞呢一起泡，兴致来了可以做不同的排列组合，想一个人时候尽可以一个人，完全不必去顾及另一个的感受，他也不会跟你一哭二闹三上吊。”

“倒也是，你对男同志怎么看？”

“完全能理解，虽然我是直的。你喜欢白菜，我喜欢萝卜，他喜欢西红柿，为什么一定要吃白菜呢，谁规定不吃白菜就不对？”

“哈哈，我确实喜欢白菜，醋溜或者炖都行。”

“再说了，你从小到大都跟小伙伴们一起长大，一起偷果子、打游戏、踢足球、干坏事，突然有一天大家都对你说该找个女孩儿跟她过日子，你尝试之后却发现她愚蠢、自私、啰嗦、矫情，满裤裆大姨妈，然后呢，你还是想跟小伙伴们一起玩耍，玩着玩着就到床上了，大概就这样吧。”

“听你说好像女人很多缺陷的样子，不过咱们男的也相当多不靠谱的地方，这咱得承认。”

“承认，绝对承认！咱什么样货色自己也知道，问题是死不悔改，不想委屈自己去迁就别人，也不奢望别人迁就咱，情多了会变成负担，害怕还不起，我这辈子想活得轻松点儿。”

“想活的轻松点儿的人，在一般人看来都付出了貌似严重的代价，比如生活在结伴之家，不必为一些事烦恼，但你不能结婚生孩子，这在一般的衡量准则里人生是不完整的。”

“完整，什么是完整的？在我看来没什么是完整的。高中没谈过恋爱，大学没睡过女友，或者名车豪宅，不满足一样人生好像都不完整了，纯粹扯淡！各种标准简直可笑。不知道哪个来到世界稍微早点的混蛋家伙稀里糊涂说几句梦话，就有人奉为标准，开玩笑！每个人必须有自己的标准，我这辈子必须生活在自己的标准里面，谁的都不行。”

“说得好，今天没有酒，我多吃几口饭算是敬你了。”一边说着，林森一边端起餐盘示意，猛扒几口。

“回敬，回敬！”刘炎也端起餐盘，配合大吃两口。

“哥们儿，说真的，谈过几个女友？”

“五六个吧，不算多，睡过的另算，大概得加倍。”

“你也算老战士了，说说吧，最受不了敌人哪点？”

“你今天问对人了，最受不了的是女人身上那种愚蠢的骄傲。见识有限不说，以仅有的一点智商还怀疑这贬低那，挑三拣四，对事情的判断完全凭借主观感受，不愿理性分析，你好心解释吧，她一堆歪理等着你呢。”

“哈哈，我再反过来问，你最喜欢她们什么地方？”

“话说回来，好处也不少。她们不是经常说咱男人用下半身思考嘛，这句话如数奉还，女人也是依赖下半身的动物，甚至还不如男人，你多走几次那条路，她就愿意主动为你生猴子了。”

“你说哪条路？”林森一时没能理解对方的意思。

“就那个啊，阴暗的，狭窄的，当然这个不一定，有人为因素，季节性的，有时洪水泛滥、有时小溪潺潺那条。”

“我去，真有你的啊！这么形容的还是第一次听说，有见地啊！”

“你怎么样，现在单身一个人，还是有存货?”

“算是单身，前段时间分了，没那么喜欢吧。”

“得了！你看咱学生时期动不动就爱来爱去，上大学了还没羞没臊的，工作以后一般说喜欢就算挺严肃的词了，再后来连喜欢都说不出口。”

“原来没发现，你这么说还真是。”

“你看现在都怎么表达——你很漂亮，你特别优秀，你跟别人不一样，今天忙吗，晚饭吃了吗。就这些不痛不痒的，都算高级词汇了。”

“哈哈，晚饭吃了吗！我真就这么说过几次，当时完全没意识到是在调情。”林森心里开始佩服眼前这个嘴贫的家伙。

“还有简单粗暴的，约吗？约！几点？现在!”

“我还听过更简单的——问题：KFC？回答：C!”

“牛×！祖国处处是花朵，哪儿都有人才啊，后现代极简主义风格问答方式，我喜欢！这话谁说的，有机会认识下?”

“忘了，朋友的朋友，不知道哪儿倒腾来的。”

“帝都生存压力这么大，幽默感是必备技能，万一哪天把这个弄丢了，可能就混不下去了，或者老了。”

“聊了半天，还没问你做什么行业的。”林森伸手递一张名片，新工作养成的习惯之一。

“码农，没看这么话痨，整天写代码憋的。”刘炎正反看了几遍，“话说你名片怎么紫色的?”

“本来白地儿黑字的，感觉太普通，别人收了就扔了，根本记不住，我就想用个不常用颜色，加深印象。”

“不错，起码知道紫色是你的，即使扔了也记得扔一个紫的。”

“我有个问题，你这么嘴贱就没被人抽过？”

“有啊，整天自己都抽自己，没看见脸这么肥嘛。”

“我以为胖的，原来是抽的，倒也不是没有可能！”

“别介意，我这人嘴上没个把门的，得罪不少人，当然都是缺乏幽默感的，得罪就得罪了，也无所谓了。”

“开玩笑，看不起我是吧！解释什么，我希望你多用点力气，生活太无聊了，不能取悦别人，咱还不能自娱自乐嘛！”

“对头对头！娱乐精神！”说完刘炎左右看看，神情急迫，“可惜不能干杯，我把盘里这几个饭粒儿吃了。”

“这个我先不陪了啊，好意心领！”

公寓里有趣的人不少，今天遇到这位算得上一个。不过林森怀疑这家伙说的未必百分之百都是实话，在北京，你要是完全相信一个人，那恐怕有问题的人你。有时对自己都未必坦诚，何况对别人。

说实话是一种相对稀缺的品质，对个人本身而言，它却并不讨喜。在理论上很多人都承认它的可贵，但自己却拒绝拥有，对拥有的人付之以嘲笑，仔细想想挺奇怪的。类似的还有忠贞、正直，这些每个人都有能力做到，却因为不方便、不轻松、不盈利，一而再、再而三地放弃履行。

开门进屋，幼青坐在沙发上盯着门的方向，林森一进来，顿时发觉气氛不对。迅速在脑袋里回想最近几天做过什么惹得女魔头不高兴，搜寻未果。关门、脱鞋、换鞋、迈步，准备回自己房间。

“等等！”幼青开口。

果然有事，林森心想。

“这个给你！”幼青拿起桌子上的一张纸。

“什么东西？”他好奇，总不至于是通缉单吧，毕竟杀人放火的事他没做，以后也不打算做。

抬头四个字——亲密任务。名字看了头皮发麻，原来是公寓每月一次的活动，为了增进伴侣亲密度，娱乐生活。继续读下去，眉头越皱越高。

居然要求两个人一起做一件特别无聊的事，持续时间两小时左右。执行任务期间伴侣手环开启窃听的功能，以便进行监督。

“拜托，你以后能不能经常看看公共平台的信息，别总来突然袭击。”幼青埋怨地说。

“我看，我是该看，问题你怎么不看，好像多有资格质问我。”

“你说什么，再说一遍!”幼青的脸上兴风作浪。

“我说男人不是应该心怀天下，女人注重细节嘛，难道不对?”

“好一个心怀天下的男人，在这里跟一个弱女子斤斤计较，本事不小。”

“说明我太尊重您了，为了你跟您老人家说一次话，放弃了整个天下。”

“说得可真好听，可惜我不会感动，省省吧!”

“别省啊，我这儿尊重多的是，一坨一坨的，要多少有多少。”

“还能像个人似的好好说话吗，不能就到此为止了。”

“什么叫像个人，我本来就是啊。”

“懒得理你是不是，赶紧说人话！任务怎么办?”

“怎么，我怎么知道，能不做吗?”

“不能！上面写得清楚，是所有人必须执行的。还有三天时间，除了工作日只有明天一天的时间了。”

“孟子老人家教导我们——困于心、衡于虑、而后作。”林森双手放在脑后，往沙发背靠过去。

“还拽文的，有关系吗?”幼青脸上一副嫌弃的表情。

“意思就是你很闹心，你很纠结，你胡思乱想，这些都是必然的过程，最后怎么样呢，还不是要做！”

“人家孟子老大爷原来不是这个意思好不好，没文化就不要随便用吧，听着驴唇不对马嘴的。”

“好，那我问你，做不做？”林森不怀好意地说。

“做啊！不做不行。”幼青顺口答道。

“呵呵，是啊，不做不行。”说完他忍不住笑了。

“你滚！”幼青反应过来，用抱枕狠狠砸过去，起身回房间。

第二天一早，林森睡得迷迷糊糊当中，被敲门声吵醒。想想也没别人，只能是那个疯女人。可能昨天还没被自己气够，再来找点儿气受。揉揉眼睛，虽然不情愿，还是爬起来开门。

“大姐，大早上的有什么好事？”

“都八点了还不起，赶紧起来吃早饭！”

“没听错吧，突然对我这么好，感动。”

“感动了好，你肯定是个知恩图报的人，吃完饭跟我做任务。”

“是不是太快了，君子报恩，十年不晚。”

“赶紧的，别给我啰嗦，要报恩就现在！”

小米粥做的还不赖，估计有的人也就适合做点技术性偏低的东西。林森美美地喝了两碗，但这不妨碍他在心里嘀咕。

“说吧，大早上的叫我起来，肯定想好了方案。”

“什么方案，没方案！”幼青慢条斯理地剥手上的鸡蛋。

“大姐，什么都没想好您叫我干什么？”

“想想不就有了，你坏主意不是挺多的嘛，怎么关键时刻怂了？”

“我跟你说，你还真别激我！”

“我就激你了，用事实说话。”

“主意咱有的是，就怕有的人不敢做，那可就没意思了。”

“你也别激我，你敢做的我就都敢做，谁怕谁啊，简直开玩笑！”

“话不能说的太满了，做不到——”

“赶紧说，一个男人怎么婆婆妈妈!”幼青打断。

“好，好得很！主意来了，你听好了！咱俩分别摸六个人的屁股，方式自选，你摸男的，我摸女的，就这么简单。”

“这么损的主意也就你想得出来，大哥你没病吧?”

“我想不到比这个更无聊的了。”

“不但无聊，而且相当的无耻。”

“呦呵！刚才谁说我能做的她就能做，谁怕谁啊，开玩笑之类的，嚣张程度不可一世。”

“做就做，那就这么定了，不过为什么是六个人?”

“六六大顺嘛，图个吉利的数字，没别的原因，有意见的话咱们八方云动，或者九九归一，八个九个的都行。”

“行了行了，六个挺好的，完全没意见。”

“除了完成任务之外，谁先完成算谁赢，输的人今天请吃饭。”

“可以，谁输谁赢还不一定呢，咱们走着瞧。”

吃完早饭，两个人去一楼跟工作人员申请开启手环监听功能三个小时。其实就算监听得再细致，也无法辨别任务的完成度。做到什么程度，还要看个人意愿。但是鉴于娱乐精神和一顿美食，幼青和林森都打算认真对待。

“咱们去哪儿?”幼青问。

“西单或者王府井，人多的地方，你选一个。”

“王府井吧，有段时间没去了。”

“喂！我说，必要的时候可能需要你配合下，这次行动你占据优势，摸男人的屁股问题不大，我可容易被当成色狼喊打喊杀。”

“看心情吧，如果你认输的话。我可不可以理解为这是一种示弱呢？军事上怎么说来着，未战先怯。”

“开玩笑，我怕过谁！军事上这叫示敌以弱，然后趁其不备一击致命。”

“话不能说的太满，原句奉还。”

“了——了了——了了——了。”林森变着腔调重复。

“什么情况，你中风了？”

“我刚才说——话不能说的太满了，你少一个了，不是原句。”

“真无聊！你怎么能那么无聊？”

“谢谢夸奖，今天要做的就是无聊的事，多一件算锦上添花。”

“脸皮厚，我好像不是在夸你。”

“但你不小心做了啊，既成事实，再次表示感谢。”

“我听说一个油嘴滑舌的人一般不会有多大出息。”

“也不用多大出息，今天摸六个屁股就够了，知足者常乐吧。”

排队上地铁的时候，利用人群的拥挤，林森成功作案一起。当然，说是摸，无非就是短暂性地接触，用的还是手背。

幼青目睹了对手成功，不甘示弱，车厢里往人多的地方站。趁着车厢晃动，假意要摔倒，用手拽了前面一个大叔屁股上的布料。得手后伸出手，用力一握向对手示威。

“初战告捷，恭喜了！”林森看了眼对方，走过去祝贺。

“小意思，手到擒来。”

“同情大叔的裤子，您能轻点儿抓吗？”

“我这人做事厚道，不会投机取巧，既然做了就做得彻底点儿。”

说话这会儿，隔着幼青，林森用手背贴一下她背面女孩儿的屁股，然后迅速把幼青身体一百八十度搬过去，面对女孩儿。

对方慢慢回头看一眼，目光不善，见碰她的人是同性，简单抛一个白眼儿，转过头去。剩下幼青，咬牙切齿。

“你个混蛋，竟然敢利用我！”

“您严重了，咱俩是队友，互相帮衬点儿肯定应该的。”

“可你事先没有征求我同意。”

“机会转瞬即逝，我来不及备案。”

“你走过来就有预谋，离我远点儿，快！五步开外!”

“不至于吧，老伴儿!”

“再不走我喊非礼了!”

“行行，我得罪不起您。”说着，走出了几步，保持距离。

身边响起一阵吵闹的音乐，一个乞讨组合。老太太在前边引路，老头眼盲，用手搭着老太太的肩膀往前走，边走边唱。如果常坐一号线，肯定对这两个人不陌生。

从身旁路过的时候，幼青用手拍一下老头的臀部。看得林森直咧嘴，这也行，居然光明正大地作案！外加拉好感！自己之前竟然没有想到。

“大爷，给您钱!”边说边递出一块钱。

前边的老太太听到声音，转回来收钱，弯腰道谢，面无表情。俩人继续赶路，吵闹的音乐声渐渐远离。

地铁上的乞丐，林森没有掏过一分钱，他总感觉这些乞丐是公然行骗，何况地铁广播不断重复——请共同抵制乞讨、卖艺等行为。

一次回来得晚，大概晚上11点多的样子，他亲眼见到三个乞丐在车厢一角，整个换了一个状态。三个人笑容满面，座谈收成，充满对未来生活的美好向往，其中就有刚刚这两位在内。

不过幼青的做法相当聪明，林森不无几分佩服，尤其看到幼青眼里认认真真的同情流露。

王府井站到了，随着人流上扶梯。好机会自然不能放过，俩人先后得手一次，毫不费力。上第二个扶梯时候，林森注意到前边一个女人的屁股，有点似曾相识的意思。胯部较宽，腿不长不短，臀部肌肉浑厚饱满，下臀丘中间部分稍有松弛，不知道为什么，这让他想起了街边刚出炉的老面包，不喜欢吃的那种，却常常有很多人排队买。他想起一个人，一时不能确定。

这时，屁股的主人回过头，可是巧了！果然是大学同学赵静，他猜得没错。估计对方怎么也不会想到，毕业四年后，大学同学在另一个城市的商场里面通过屁股把她认出来，而这件事，林森绝对不会主动去说。一时间情绪复杂，好像应该为自己的特殊本领十分得意，事实上惭愧多一点儿。

“林森吗，真的是你？”赵静认出了他，声音带着一点儿意外。

“好巧啊，你也在北京工作？”林森想躲也晚了，如果能选择，他实在不想在这样的情况下跟老同学见面。

“我在北京三年多了，咱们班同学在北京的没有几个。”

“同学我基本没联系，今天不碰到也不知道你在这儿。”

“有时间吗，一起吃个饭？”

“呃，今天不行，我赶时间去办点事儿，咱们改天再约。喂，小心！”不远处两个小朋友疯闹跑来，林森一把推了一下赵静胯部，捎带一点臀部。

其实，小朋友距离赵静约有一米开外的距离，完全没到相撞的程度。老同学，老同学见面更要做点贡献才行。

互留了联系方式，林森急匆匆走开。办点事儿，他只能这么说了，总不能说在四处找合适的人摸屁股，作茧自缚就是他这样儿的。

幼青没跟林森站一起，在附近装模作样地玩手机，她清楚地看到也听到了，赵静走后她走几步凑过来。

“行啊，老同学也不放过，好样的！”

“听您这语气，好像不是在夸我吧。”

“你这人，夸你的时候听不出来，不夸的时候硬往上凑。”

“我一般对来得容易的东西保持怀疑，自己争取来的才放心可靠。”

“这就叫劳碌命，你恐怕一生都要奔波劳碌。”

“很多东西我还是不想不劳而获的，您说呢？”他玩味地看对方。

“我说，我说什么说，我落后一个人，没时间跟你谈论人生。”

“别着急，您人生的路还长着呢，君子不争一时长短。”

“别跟我来这套，本姑娘今天就争一回，好狗不挡路！”

幼青主动出击三次，失败两次。她尾随人家一直走，对方走着走着换了几次方向，她也不好总是尾随去同一个方向，那样过于明显。勉强成功的一次是顺着人流尾随一个胖子，对方停下来看手机，她看准机会直直撞上去。

林森的方法是反其道而行之，看准一个人站着等人，他背着手，倒着走过去，靠近的时候凭感觉用手撞下对方臀部，随之连声道歉。感谢父母，他一张脸长得还不算太像色狼，可以及时地获得原谅。

“只剩最后一个人了。”幼青得意地说，心里充满着即将完成任务的激动。虽然这本身是一件无聊的事，为了完成它，前后花了不少心思。

“是啊，只剩最后一个了。”林森附和着，若有所思。

“加油，接下来一决雌雄！”

“这个就没必要了吧，大家应该都能分辨出我是男的，而您老人家，虽然胸小了点，但起码也算个不那么标准的美女了。”

“我得谢谢你了呗，这位帅哥？”

“你知道花木兰一生最大的悲剧是什么吗？”

“不清楚，最美好的年华荒废在军营里了？”

“不是，‘同行十二年，不知木兰是女郎’，一个女人一生中最大的悲剧还能是什么，你是女的，大家偏偏不知道，可怕啊！”

“你的关注点怎么和别人不一样，怀疑你上语文课时候都在干什么?”

“那些不重要，重要的是我能看出是男的，而您能看出是女的，社会和谐，内分泌不失调。”

“神经病！我竟然跟一个神经病对话！你失不失调我不知道，我失调行了吧，少来这些没边儿的。”

林森盯着对方看，认真地吐出一句，“难怪了。”

幼青有点慌，她不知道林森看出了什么。发现自己从来不用卫生巾？从来都不交男朋友？还是因为没见过卫生间里染着大姨妈的纸巾起疑？

“难怪什么?”她追问到。

难怪什么，林森哪里知道，他心里在算计着另外一件事，那么说无外乎转移对方的注意力，现在看来时机已经成熟。

“闫瑟，这么巧啊!”他朝着幼青看不到的方向挥挥手，在对方注意力再次被自己调走的同时，出手用力地拍了一下她的屁股。

啊——幼青尖叫一声，没看到闫瑟，也不用继续找了。她瞬间明白了对方的图谋，从顾左右而言他到最后的出手，果然好算计！最难以忍受的是自己居然被耍得团团转。

“对不起，你屁股上有一只蚊子，帮你赶走。”

“大哥，冬——天！明白冬天什么意思吗?”幼青努力压制火气。

“啊，原来是冬天啊，那我看错了。可能是苍蝇、灰尘，或者小飞虫之类的，反正帮你赶走了。”

“知道你这是什么行为吗?”幼青没好气地说。

“放心吧，我做好事一般不求回报，不算什么大事儿。”

“出卖队友，为了自己的利益，有的人竟然不择手段。”

“这件事吧，没那么严重！您要先想到的话恐怕也做了，只是我想到，然后手快了那么一点儿。”

“承认了是吧，不打蚊子了，装模作样！虚伪！”

“大姐，才多大会儿，您用了多少贬义词，我承受不起。”

“不就是请吃一顿饭，至于你这样吗，好一个男人，小肚鸡肠，机关算尽，你以后可能活活算计死的！”

“您严重了，老祖宗告诉我们，一分耕耘一分收获，毕竟我是有智力付出的，值得一点点的回报。”

“你这么讨厌，家里人知道吗？”

“这个您不用操心了，我跟我老爸情同母子，跟我妈情同姐妹，关系好着呢，用如胶似漆这个词儿一点都不过分。”

“哪个星球的用词习惯，不懂你说什么。”幼青听得直撇嘴。

“我的意思是说——”

“得了，你以为我真不懂，懒得听你解释。怎么办吧，你用卑劣手段完成了任务，我还差一个人。”

“要不，我就勉勉强强牺牲一下。”说完，挪动双脚，侧过臀部。

“没兴趣！请离我远点儿，谁知道你有什么阴谋诡计。”

“那算了，好心帮忙你还不领情。”

“不奢望！你好心，太阳能从西边出来！不添乱我就谢天谢地了！”

“好，那我就作为观众，期待着您老人家的精彩表演。”

幼青故技重施，很快在街上遇到一个乞讨的，从后面追上老大爷，顺便占了点老大爷身体的便宜，掏出两块钱放到了对方的手上。像是完成了一件多么振奋人心的事，得意地看向林森。

“我发现一件事，您对大龄异性个体的臀部情有独钟。”

“话从你嘴里说出来怎么这么别扭，就是乞讨的老大爷，我看着挺可怜的，顺带着给几块钱怎么了？”

“没怎么，正义凛然、光鲜亮丽、威武不屈、外焦里嫩——”

“停停停！你这都是哪里淘来的垃圾词儿，一堆一堆的，听着就烦！再说我不请你吃饭，please shut the fuck up！”

“您说什么就是什么，饭还是要请的，咱们辛辛苦苦地顶着寒风作案容易吗，我都快被自己的精神感动了。”

“什么精神？”幼青好奇地问，她对此颇感兴趣。

“娱乐精神！地地道道的娱乐精神。两个年轻有为的青年，不远万里地来到北京，千辛万苦地住进公寓，勤勤恳恳工作，认认真真做人。放弃了周末休闲的大好时光，冒着严寒来到大街上物色摸屁股的对象，费尽——”

“打住！前边儿形容词再多到后面都没用，说出去丢脸都不够的，我是一时糊涂才被你骗了。”

“人啊，有时候也别急着把自己洗得那么干净，好像回去还要填写个表格、写总结之类的东西。”

鹿港小镇餐厅，桌子上三道菜，两个人各端着一碗米饭在默默进食。

林森几次想要搭话，幼青一概置之不理，所以呢，有了当前的场景。

第五章　明明知道 雪不是白的

转眼，圣诞节来临。打开网页，铺天盖地的降价信息，大街小巷，同样促销活动应接不暇。虽说在国外呆过两年，林森对圣诞节还是没有太多亲近感，排队购物的事他懒得去做。

各个大小商家吧，可能充当的是皮条客的角色，精心准备了各式各样的货物等待男人们购买，去进行社交活动，去讨取女人们的欢心。男同胞多半应该感谢商家，至少目前为止没额外收取中介费用。

今天，好不容易跟汤圆妹约见面，晚七点，西单地铁站 A 口。说是七点钟，妹子七点十分还没到，苦了他六点四十就赶到的诚意。七点一条短信说下班迟了在路上，七点十五分一条短信说快到了，七点二十二又一条短信说马上到，结果七点半才出现。

好在妹子没让他失望，本人比照片上还要漂亮一点，身材苗条，眼神清澈，脸上有一点婴儿肥没褪去，肉嘟嘟的很可爱。汤圆儿名字叫木青，正是因为脸上的婴儿肥，显得脸圆圆的，林森给她起了这么个外号。

“呀呀！不好意思，我迟到了，对不起！”

“没事儿，我也到不久，你怎么脸上都是汗，刚才赶路跑的？”林森打开包，递出了一块纸巾。

木青不好意思地笑了，显得很是腼腆，接过纸巾后一分为二，一块用来擦汗，另一块攥在手里。

“我爱出汗，平时喝水也多，不好意思啊。”

“没什么不好意思的，不用这么拘谨，咱俩认识的时间不短了，放松点儿。”林森善意地笑笑，尽量做到友善。

“我遇到陌生人容易紧张，然后就更爱出汗了。”

“那也没事儿，我这儿纸巾多得是，还有一包呢，尽管用！”

“那多不好意思，第一次见面，这样很不好吧，我丢人了，哎呀！手心里全都是汗，不好意思。”

“别再说不好意思了，你再说我都不好意思了，好像在拐骗一个未成年少女。”他心里感到好笑，妹子简直像个受到惊吓的小兔子。

“其实我早就到了，在下面不敢出来，来来回回走了好几趟，怕遇到坏人，还是第一次这样跟陌生人见面。”木青低头，不敢看对方。

“呃……我有那么可怕吗？现在见到了，感觉怎么样？”

“没有啊，现在感觉挺好的，不是我想的那样。”说着，抬起头来，向林森这边瞄了一眼。

“那就好，其实我起码看起来像个好人。走吧，咱们找个地方吃饭，饿了！”等了半天，肚子早空了。

“有水就行，这会儿感到口渴，想喝水。”

“是该补充点儿水分，你流失的太多了。”

大悦城七楼，俩人找个顾客不是太多的餐厅，名字叫莎拉，看起来气氛还不错。林森点了一份 XO 酱炒越南河粉，一份蜂蜜鲜多士，一份萝卜糕，一份蒜茸芥兰，给对方叫了一杯橙汁，自己要一瓶青岛啤酒。

“平时在哪逛街，对西单附近这片熟吗?”

“没有，一般宅的时候比较多，买衣服现在都网购了。”

“宅着做什么呢，打游戏、看韩剧，跟朋友们聊天吗?”林森随手拿起水壶，倒了两杯柠檬水。

“不玩游戏，韩剧偶尔看吧，也不知道做了什么，时间就那么过去了。”

“你这叫‘不知道做什么时间就过去病’，相对容易治疗，找个男朋友基本就好了。”

“好啊，以后给我介绍一个!”

要是换做三年前，林森准会郁闷，自己费了半天的劲没得到认可不说，对方张口却是让帮着介绍别人，为他人做嫁衣的事他可不愿意干。

现在嘛，他已经知道了女孩说这句话的含义。一方面，你可以当做它没含义，很多人属于有口无心；另一方面，可能是一种巧妙的试探，过关与否，还要看接下来的表现。

“没问题啊，我给你看看手相，看看你姻缘。”没等对方拒绝，他起身坐到了木青旁边，拉过右手仔细端详。

“先说说你财运，”林森指着大拇指第二个指节，“这里的横纵纹代表财运，纹路越多越深越好，你这里的线相当干净，可能不会发大财。”

“呀！这辈子没指望发财，不要太穷我就满足了。”

“没有太阳纹，大概也不会成名，但你有创造纹。”林森用手指了指小指和无名指连接处，“这个指缝之间延伸出来的线代表创造天赋，你这里有两条线，一长一短。”

“还挺准的吧，我从高中到大学一直学画画，学了七年多。”

“接着看看婚姻线，三条主线最上边的是感情线，小指根部到感情线之间的纹路是婚姻线。”

林森边说边用手指，有模有样，妹子的手算是被他摸个够。

“你自己说说，上面什么情况？”一个好的故事讲述者不能一味地自己说，必须让听的人参与进来。

“看到两条线，一个长一点，比较明显，一个浅一些。”

“对，完全正确！从纹路上来看你感情经历比较简单，不会有太多感情问题。长的这个代表以后的婚姻，比较稳定，短的大概是前男友了，你们之间交集不大，在一起时间应该不长吧。”

其实短的线未必是前男友，林森纯属自己的理解加上即兴发挥。手相的书只看了个皮毛，忽悠妹子还勉强可以，真实水平差得远了。

服务员端菜过来，满满一托盘。餐厅这节奏有意思，不来算不来的，一来就全部上齐了，倒简单省事。如果全北京的餐馆都能这么个方式上菜，会省下多少人力物力。

“我大一的时候交过一个男朋友，他家是山东的，后来大二他转到另一个系，我们分手了。”

“好好的怎么分了，转系不至于吧？”林森边吃边问，进食速度没因为说话而减慢。

“他嫌我啰嗦，啰嗦起来没完没了惹他烦心，然后主动提出分手。”

“我没听错吧，嫌你啰嗦！那你得是多啰嗦啊，能到分手的程度？”他感到好笑，这样的分手原因还是第一次听到。

“分手就分手了，舍不得他父母，叔叔阿姨对我特别好，他们俩都是当地的初中教师，看起来很和气。”

“父母都见过了？”分手竟然舍不得对方父母，听得有点晕。

“有一次国庆节期间去的，他不想带我，我逼着他的。叔叔阿姨给我做了很多好吃的，有炸酱鸡、芝麻排骨、荠菜春卷……”

“看来你被各路好吃的收买了，这点儿出息。”

“他们还开车带我去吃海鲜，海星星、海兔子、夏威夷贝、海胆、鱼子酱，很多以前没吃过的东西，样子看着挺奇怪的。”

“注意到没有，说起吃的来你眼睛都亮了，闪闪发光。”

“分手的时候叔叔阿姨骂他了，说他不懂事，不懂珍惜，还说我是个好孩子，后来断了他两个月生活费。”

“这些你怎么知道的？”林森听得不耐烦，竟然跟刚认识的妹子谈她前男友的父母，这事儿不太对劲。

“后来他告诉我的，我们复合过一次，时间很短暂。最后彻底分了，他明明有了新的女朋友还在骗我，脚踏两条船。”

“父母再好也不顶用，这事儿俩人合不来其他的都白费。”

“还是舍不得他父母，对我那么好，人又那么体贴，比我自己的父母对我好多了，会有被温暖的感觉。”

“傻孩子！他们对你好是建立在你可能是未来媳妇的基础上，可能也有点儿对你的喜欢，一旦关系不在，一切就都没了，空中楼阁。”

“我知道，但还是舍不得，我有多舍不得你可能不明白。”

“缘分不到，我相信你值得更好的，以后会有人对你更好，放心吧！”

“不知道，我不确定，就是舍不得。”

也许前男友嫌她啰嗦是有原因的，第一次见面，对着自己呢，妹子自顾自地缅怀起一对远在千里之外的中年夫妇。而且他发现妹子竟然哭了，眼泪稀里哗啦流到了下巴，这叫什么事儿吧，顿感一阵头重脚轻。

他坐到木青旁边，想安慰几句，但鬼使神差地拉起她的手，从侧面抱住肩膀，妹子也没有拒绝，顺势靠在他肩上。他从未想过以这种方式获取一个姑娘的芳心，如果这样都行的话，让花言巧语的家伙怎么混得下去。

说归说，哭归哭，该吃的还是要吃。木青情绪稳定后，慢条斯理地对待剩下的食物，逐个消灭。吃每样东西，她都能联想起另外一个吃过的，由萝卜糕说到萝卜饺，炒河粉说到米线、米皮、鸭血粉丝汤……

“亲，说实话，吃东西在你的人生中能占多大比例?”

“呀呀！能不能不这么问，好丢人。”木青的脸红了。

“随便说说，吃都吃了，也听你叨咕了半天，你要是说不重要我可不信。”

“多大比例啊，我也说不清楚，就是感觉不能吃东西的话给我什么都不换，我就是个吃货，对了，我最爱喝汤。”

“喝汤不错，有利于身体健康，爱喝什么汤?”说完这句话，林森马上意识到自己的失误，但为时已晚。

“鸭血粉丝汤，鸭肠鸭肝新鲜的，粉丝要耐煮的；莲藕排骨汤，北方的莲藕不行，我家那里的莲藕煮了是清香的味道，熟了不会变黑；不过瓦罐汤才是我的最爱，咖喱系列、泡椒系列，煨什么都好吃，当然，火候很重要，火大容易破坏食物的味道，讲究小火慢煨。”

“在北京恐怕不行，快餐比较流行。”好不容易，林森出声打断。

“南方生活节奏慢，人们不着急。所以说嘛，大城市里没有美食，大家心浮气躁，一个比一个着急，怎么能吃到好吃的呢，做东西需要耐心。”

“吃饱了吧，我们走?”瞧这势头，无论他说什么，都能引出妹子一堆后续，离开餐厅可能是明智的选择。

无论什么时候，西单的人流量恐怕都是北京购物街最大的。约会、做生意、看电影、购物、吃饭、逛街、打发时间。从古到今，从坊市到市集，再到购物街，人们的活动性质几乎没变过。群居动物，多么喜欢凑热闹的物种。

地铁上，木青止住了话头。没别的原因，上下眼皮打架。林森坚持送她回去，木青推辞了一下便没再拒绝。在公主坟站转车，换乘十号线，继续坐五站，到达丰台站。

从地铁站出来后，两人穿过一个小区，一路无话。林森在心里琢磨着，什么原因让话多的妹子沉默了，地铁上如此，出来后也是如此，是夜色掩护下的暧昧，还是啰嗦累了？

也许，是时候自己应该做点儿什么了！也许，对方也一直在等待自己做点儿什么。现在，他早已不是当初的青涩少年，心里盘算半天还犹豫不决，甚至忐忑不安，几次的恋爱经历足以教会一个不那么笨的男人明白如何在恰当的时机采取最恰当的努力。

而行动的方式，最好既合理、又意外。他本来落后两三步，打定主意后稍稍提速，抓起木青的胳膊，扳过肩膀，趁着对方迟疑的当口把她抱进怀里。

返程的时候人很少，近十一点，大家该回家的差不多已钻进被窝取暖，一个人，两个人，也许多个人一起，谁知道呢。

林森颇有几分志得意满，这次相当轻松地攻下一座城池，外城已经能跑马了，内城暂时不能放肆，不过他一点儿也不着急。要相信，无论男人还是女人，都是有需求的，虽然需求有所不同，碰巧能满足对方的，就算是有缘了。

以前交往过的几个女友都属于成熟的类型，木青的单纯给他的感觉像是再次回到了校园。这个感觉，无疑是林森不曾有过的。难得的错位感，自然带来新奇的体验。

冬夜里，抱着刚刚认识的女孩儿在僻静的街角亲吻一个小时以上是一个怎样的过程，林森刚刚有所经历。热血沸腾，完全没有寒冷的困扰。想起大一跟初恋女友在网球场的两个小时长吻，这次总算找回些当年的风采。

新的朋友，尤其新的恋人之间，在最初交往的时候彼此都在努力表现出自己最好的一面，比如谦虚、乐观、富有同情心；同时也在克制自己不那么好的一面，比如肤浅、世俗、愚蠢。

新的人，带来新的故事、新的生活、吃的东西、穿的衣服、听的音乐、看的电影、不同的语言特征、个人的思考方式，甚至走路的习惯，皮肤的颜色，从未使用过的词汇，身体的味道。

每遇见一个人，像是刷新自己一样，好像有了改过自新、重新做人的机会。遇到稍微投缘的人，仿佛自己得到了命运之神的特别垂青。人们会开始努力修饰自己，表演另外一种可能。

可悲的是，大多数人把它当成了临时出演，很快放下了伪装，回归到本色，该愚蠢的继续愚蠢，该自私自利的继续自私自利。少数人通过努力，把出演时间推迟得长一些，以求有所改观，既是对另外一个人的重视，也是对自己的付出。只有极少数的人，真正做到了克制，在上演另外一种可能的同时，完成了对自己持续的改造。

如果有可能，林森希望自己成为极少数人中的一个。至于克制嘛，也不是不能付出的。对自己刷新一番，是件挺有意思的事。

过了圣诞节，元旦尾随而至。公寓提前两周就发布了举办跨年晚会的通知，由于整个公寓人数众多，每两层的人员在一起庆祝。

依照林森的意思，他才懒得报节目，耍耍嘴皮子还行。从小到大，表演才能对他来说是缺少的，人贵有自知之明，不想去触那个霉头。幼青为了赚取积分，硬拉着他报名，沟通无效，最后她自己报了个节目。

最近一周，没少忍受对方的讽刺挖苦和白眼攻势。感觉吧，倒也不错。凡是能让疯女人不爽的事他都会产生兴奋点，愿意去实施和推动，何况这事完全因为自己的不妥协，更是暗爽。

疯女人表演什么节目，他不知道，知道的话也许会暗中搞点破坏。这个想法不是没有过，后来鉴于一点公心还是放弃了，毕竟赚取公寓积分这件事有利于他本人，不能出力也不至于去拖后腿。一点底线还是要保留的，人在做，天在看，不然可能运气会一点点变糟糕。

元旦三天假，真是无聊。木青回家了，耳根能清净几天，但高频次、大剂量的啰里啰嗦突然从耳边消失，还真别说，稍微有点不习惯。人的惯性真是可怕，无论好的还是不好的，喜欢的还是讨厌的，一旦适应了，条件发生改变，都会有点突然的感觉。

回家，不是特别必要，林森不愿意回家。这不是他跟父母关系不好，而是有自己别扭的地方。老大不小，一事无成，别说光鲜亮丽了，小康都做不到。说是在北京工作，祖国的首都，实际混得怎么样自己清楚。

亲朋好友、左邻右舍，加上小区的大爷大妈们，见面就是每个月赚多少钱，买房子了吗，买车了吗，女朋友干什么的。一堆密集问题的轰炸之下，每次狼狈不堪。虽然父母没有给他施加任何压力，能养活自己饿不死就行了，但面对成群的问题，实在让人头疼。

标准，想要逃脱这些标准一遍遍的衡量和挑剔，何其之难。也许有一天通通满足之后，才能不屑一顾，所谓的站着说话不腰疼。

元旦，意味着过去一年的终结，新一年的开始。每当这个时候，难免有一些烦恼的情绪。什么年度总结，年终报告，年终绩效，又是一堆的条条框框的表格和条理清晰的衡量标准。人不成功的时候，真是怕了这些东西。企业高管和取得了一些成绩的精英们，对这些应该亲近度高得多吧。

吃不到葡萄，自然只能自己反酸水了。谁不想吃葡萄呢，谁不想拥有优渥的生活？看着地铁、换乘隧道、公交车，写字楼里那些匆匆的脚步，不甘的眼睛，也就知道了大部分人的选择和答案。一切，没有平白无故。

只好努力了，以自己可以接受的方式，以自己可以容忍的方式，以自己还能承受的方式。在北京这样的一个遍地是黄金的城市，贫穷大概也就意味着无能。除此之外，说来也没意思。

北京，多么现实的城市，因着它现实，所以残酷而美好。只有这样的地方，才有资格容纳如此多的年轻人，从天南海北来到这里，大梦一场。挣扎着、努力着让梦想成真，或者梦醒离开。

跨年晚会八点才开始，还有几个小时。疯女人去排练了，林森一个人在家，连个噪音都听不到。无聊的时候，噪音都成了稀罕东西。噪音响起，起码能花费时间找找源头在哪里，人为噪音，趁机鄙视一番；要是冰箱运转的启动音，倒能增添一丝生活气息；要是来自不明的地方，稍微有趣点了，虽然知道同样的声音也许不会出现，还是忍不住抱着试试看的态度来探寻一番。

搜索的时候，不由自主地聚精会神，小心翼翼。蹲下来瞧瞧沙发下面有什么东西没；趴在桌子上看看有没有裂缝，木头的纹理走势，闻闻气味；注视一会儿电视机外壳，也许冷热不均导致的；去卫生间看看马桶，水管是不是裂了；厨房巡视一圈厨具，煤气灶能不能否正常运转，启动、关闭。虽然声音的源头未必是这些，不过一旦搜索的模式打开，就会忍不住对房间里的一切产生怀疑，势必要探个究竟。

当然，不出意外的话，最终的结果都是不了了之。一个突发的声音没有那么容易找得到。除非它是持续的，至少也要响上两三次，才有可能捕捉得到，所以手机铃声是持续的，喊人也要多喊几次。

百无聊赖，正好冰箱空了，下楼到超市逛逛。逛超市这项活动他比较喜欢，放松身心，外加接地气，尤其一个人在房间里闷得时间长的时候，超市里面人来人往的氛围，顿时感觉不一样。

看看琳琅满目的商品，形形色色的人，各有各的乐趣。两相比较的话，林森更喜欢看人。大家在挑选货物时若有所思的状态相当有趣，有的皱眉，有的翻来覆去地看，放进购物车里好像做了重大的决定，还有走几步后悔了再放回去。

男人女人一起逛，一般女的冲锋在前，男的推车在后。女的遇到犹豫不决的问题看向男的，摆出一副不耐烦样子多半是老公，几句话之后女的把东西放回去；而满脸堆笑的多半是男友，他们喜欢用纵容彰显男士风度。家长和小孩的组合也比较有意思，孩子看中某个东西向家长征求意见，大多是孩子妥协，当然，家长有时候在孩子的哭闹声中败下阵来。没能如愿的孩子，一步三回头的可怜兮兮的劲儿，让人同情。

女人比男人感性的多，感性思维在她们那里占据主导地位，所以女人的购物车通常比男人的货物更多，很多东西也会不经意地出现在购物车里。购物的时候，理性思维对她们来说是最稀缺的东西。

人要是缺钱吧，逛超市也是一件伤感情的事。很多东西都想买，但不得不货比三家，选一个性价比相对高的，再牺牲点质量，向标签上的价格妥协。这样的感觉，发工资的前一周感触最深刻了。

最后的步骤是排队结账，不像国外一些发达国家，国内目前还没能实现自助结账。很多人认为这是极其无聊的一个过程，赶上高峰期可能是一种折磨。不过林森不同，排队自然有排队的乐趣，他的乐趣在于别人的购物车。

一个人的购物车里，要堆放的都是油盐酱醋等生活用品的话，多半是个家庭骨干，家里的事需要操持；如果饼干、薯片、各种小零食一大堆的话，不用说也是个宅属性的，而且很可能单身；蔬菜水果多的，顺着手臂看向脸蛋，一般皮肤错不了；满是卫生纸和姨妈巾横七竖八的，情况不明，不是自己血量过于充足，就是家里的女性成员为数不少；罐头、香肠、面包、方便面一堆的，肯定是单身无疑了，而且这样的人不会自己做饭。

对于别人的购物车，在某种程度上来说跟看别人的媳妇似的，让人难免产生窥视欲。一个人的嗜好，当前的状态，生活习惯，购物车里都会有所体现。也许可以说，那个不锈钢结构推的是自己。

在调料、蔬菜、水果、生鲜、粮油、米面等各类货物当中，做了几十、上百次选择，最后挑出了这么一些东西，每个选择都有背后的原因，每个原因都来自个人需求。每个时期、每个阶段、甚至每一天，都会有不同的需求。

轮到他结账了，从购物车里拣出两盒避孕套，扔给收银员大姐。大姐扫码、收钱、找零，一气呵成。开始头也不抬，临了瞄了他一眼。

吃过晚饭，消磨一会儿时间，临近八点的时候，晃晃悠悠走到活动室。现场布置得还不赖，一旁是自助的酒水饮料，还有水果、沙拉、甜点等，每个人 50 元的活动费大概值了。

中间舞台前边挡着大大的帷幕，多少制造出点儿神秘气氛。九楼和十楼加起来接近两百人，除去少数不参加的，也有一百开外。想起了高中时的元旦联欢，他还费劲巴力地做过一次主持人。北京有一点好，人多的地方，倒也不缺少秩序，大家各行其是，玩手机的玩手机，瞄妹子的瞄妹子。

八点钟，音乐准时响起，听前奏有点耳熟。再仔细听，不像音响播放，应该是现场演奏。帷幕分开，向两边退去，原来是阿大和阿三两个家伙，在一起喝过几次酒了，舞台上感觉完全不一样。贝斯手比较眼生，这哥们儿的光头闪闪发亮，还有一个鼓手，穿着红色短袖 T 恤。朴树的《平凡之路》，难怪旋律熟悉，电影《后会无期》主题曲，去年跟不同妹子看了四五遍。不论电影如何，歌曲相当的带感，像裹着坚硬外壳的蜗牛，从远方赶来。

徘徊着的 在路上的 你要走吗 via via

易碎的 骄傲着 那也曾是我的模样

沸腾着的 不安着的 你要去哪 via via

谜一样的 沉默着的 故事你真的在听吗

我曾经跨过山和大海 也穿过人山人海

我曾经拥有着一切 转眼都飘散如烟

……

阿三的唱功林森见识过，现场发挥的更好，他适合这种缓慢抒情、低声吟唱的曲风。演唱完毕，周围的掌声此起彼伏。乐队下场，一男一女两个主持人上台，让他意外的是，疯女人竟然是主持人。怪不得这几天神神秘秘的，偶尔在房间里叨咕，原来在串词。

吧啦吧啦，俩人说什么林森完全没走脑子。脑子里想的是疯女人站在台上的感觉，怎么说呢，漂亮！他竟然不由自主地被吸引几分。用手拍了拍脑袋，不对劲儿，肯定饭吃多了，磁场紊乱。

他更愿意相信，这个应该跟舞台的光环效应有关，站在上面，乞丐也能变成有魅力的乞丐，甚至发号施令的国王。

第二个节目是二胡独奏，拉二胡的是个妹子，好像是晚林森一期来的，只是拉起二胡来不像妹子，狂野程度更胜汉子。好吧，看来到这里的除了不正常的，还有更不正常人的若干分级。

技艺倒是不错。妹子下场，上来四个形状怪异的哥们，几位造型非常人可比，单看外表就都具有艺术天赋——一个比一个呆。报的节目是三句半，还真别说，三句半气质错不了，也许就需要这样的货。接下来的事实证明，几位大哥没有让大家失望。

兄弟姐妹大家好，羊年马上要来到，我们先来拜个年——新年好！

咱们说段三句半，说得不好请包涵。不管表演好不好——不能跑！

俺们几个话挺多，大家不要嫌罗嗦，希望能够捧捧场——鼓掌！

结伴之家是咱家，幸福连着你我他，兄弟姐妹都欢乐——呵呵！

结伴之家真是好，男男女女素质高，公寓上下一条心——协调！

公寓规矩是不少，贵在房租也不高，吃饱穿暖就不用——搬家！

你是男来我是女，我是男来你是男，你是女来我是女——随便！

二室一厅小家居，电视冰箱洗衣机，配套设施样样全——爽翻！

时间之屋不寻常，春夏秋冬四季转，逼格甚高是哪里——食堂！

伴侣任务很不错，青春正好身体壮，扶弱济困帮帮忙——发光！

伴侣手环真奇妙，大家每人配一个，十秒限定不能破——折磨！

帅哥美女做老伴，只能看来不能摸，要想接近怎么办——滚蛋！

……

还有很多单身狗，没有女友怎么办？这个事情不能急，一切交给公寓办。

今晚就是好机会——联欢！

这事我很有经验，女孩来了我试验。干什么？

好马就要配好鞍，女孩素质我把关。不早说！

羊年是个吉祥年，祝福话语说不完。祝大家！

七星高照！八方进财！九九同心！十全十美！

在娱乐精神匮乏的当下，哥几个的付出让人感动，祖国处处是花朵！奇葩要是开得好，完爆温室花朵不在话下。

两个主持人不满足于单纯的节目表演，中间穿插进游戏环节。

选出十对伴侣，第一关，由一个人光脚背着自己伴侣通过十米长的指压板；第二关，选一个人将放在额头上的饼干吃到嘴里，本人不准用手，伴侣可用下巴辅助；第三关，俩人背靠背夹着气球返回指压板另一侧。比赛的结果看完成时间长短分胜负。

不用想，游戏环节纯属整人。一个人光着脚在指压板上走尚且硌得慌，何况背着一个人。两个人的重量叠加在一起，下面的人苦头有的吃。这种蠢事，林森当然躲得远远的。

没等他的鄙夷之情绕大脑一圈，幼青突然出现在面前，不由分说拽着他上台。这疯女人，今天看在她穿得比较顺眼的面子上忍了，被动接受总比主动犯蠢说得过去。人被逼的情况下，做什么事都情有可原。

幼青拽林森有两个原因，主动上台的人不多，需要带动气氛，另一方面就是报复了，指压板的游戏她是始作俑者，提出的时候多少带了点儿附加目的。能让对方受折磨的事儿，她当然高兴去做。所以，宣布完游戏规则后，立即下台拉人，很怕跑了正主儿。

结伴之家这里跨年进行得热闹的时候，别人也没闲着。贱哥在死缠烂打之下，终于约到闫瑟去三里屯某酒吧跨年。他的策略很简单，不表白，不给对方拒绝的机会。与其冒着被人家拒绝的风险，不如把风险平摊在每一句话，每一个短信，每一个动作上面。

怎么说呢，他宁愿使用一种几近无赖的方式，经常性地找各种理由去接近，分分秒秒、时时刻刻去腐蚀，从语言上挤兑、占点儿小便宜，到走路时肢体有意无意地接触，一点一点去渗透。想想看，千百年来，仅仅是风吹日晒，地形地貌有着多么大的改变，地球都承受不住的力量，一个妹子就能禁得住？这个他怎么都不信的！

“你经常逛酒吧？”闫瑟没有喝酒，在喝柠檬水。

“哪儿能呢，也就偶尔来，这地方都是朋友介绍的，口碑不错。”

“明白了，那就是有很多逛酒吧的朋友。”

“这个嘛，也不能说是多，算有几个吧。”

“我想到一句话，物以类聚，人以群分。”

“是啊，所以咱们在一起——喝酒。”贱哥笑意浓。

“谁跟你在一起了，你还能好好聊天吗？”

“在一起喝酒，我不是有点口吃嘛，后半句说的慢了。”

贱哥继续陪笑，心里有点儿得意，嘴上占便宜也不错，这年头靠嘴吃饭也是一种本事。

“平时怎么没见你口吃，骗三岁小孩吧！”

“平时是平时，这不是见了美女心情激动，一激动就容易肌肉抽搐。”贱哥尽量让自己说得真诚。

“油嘴滑舌的，大家都说油嘴滑舌的人靠不住！”

“大家是大家，大家还说及时行乐、见好就收、有缘千里来相会，走过路过不要错过之类的。”

“我暂时不需要买菜，你也不用费尽心思吆喝。”

“哪儿能呢，一日三餐离不开蔬菜瓜果，不然肯定会营养不良。”

“营养不良也不能饥不择食，你说对吧。”

“肯定对，您说的东西，对的不能再对了，比标准答案还标准。”

“我不喜欢跟别人说话的时候，对方总顺着我说。”

“您多心了，这不叫顺着，叫追随真理的脚步，团结在党中央周围。”

“别说党中央，这词儿我敏感。”

“怎么了，说说又不犯法，别吓我，你不会是外国特务吧！”

“特务你个头，知乎上看的，如果卫生巾不叫卫生巾，还能叫什么？答案有二十多个呢。”

“你这么一说我想起来了，好像有藏经阁、大姨夫、吸血鬼之类的。对了，还有挡中央。”

“行啊，也不是不求上进，对女人的事挺关心的嘛！”

“您过奖，看个知乎也不叫上进，上进的人也没太多时间看。”

“好，是谁刚才说什么追随真理脚步的，这么快就开始反对了。”闫瑟扭脸，满是不高兴。

“您可错怪我了，刚才你不让我顺着说，所以……”看到对方不高兴，贱哥直接理解为撒娇。

“没让你顺着，但也没让你反着说啊！”

“不正着也不反着，您让我怎么说？”

“怎么说是你的事，我可管不着，也教不会你。”

两瓶啤酒下肚，贱哥有点儿小兴奋，他属于喝酒上脸的类型，平时喝一瓶脸就红了，何况今天跟妹子一起，血液循环顿时提速。

“说真的，上次分手是什么时候的事？”贱哥压低嗓音，摆出一副既关心又八卦的架势。

“什么真的假的，这属于个人隐私问题。”闫瑟拒绝回答。

“那我先说我的，作为买卖交换怎么样?”

“先说着吧，你也不能强买强卖，我一边听一边考虑。”

“大一的时候处了一个，在一起四年，毕业之后分了。”贱哥说的是实情，虽然很多人会质疑一句不经意的话的真实性。

“这是从认识到现在，听你说的最靠谱的一件事儿了。”

“我没那么不靠谱吧……”

“应该很多人问过，我再问一次也不嫌多，为什么分?”

“这个问题嘛，放在咱们的买卖之后回答，童叟无欺，我肯定不抵赖。”

“小气！我的经历也比较简单，大二到大四，然后突然发现他劈腿了。”

“有这么漂亮的女朋友也劈腿，这哥们儿够可以的啊。”

“问题是他劈腿的对象远不如我，印象中个子不高、病病殃殃的一个女孩儿，当时挫败感相当强烈，郁闷了很久。”

“也许人家有特殊偏好，就喜欢这种的，男人的口味儿多着呢。”

他大概能猜到几分，像闫瑟这样强势的女人，做她的男朋友肯定压力不小，两个人平时的关系也应该是男的供着女的，必须随叫随到的那种。妹子把自己看得太重了，这也是很多女人的通病，难治。心里这么想，嘴上可不能这么去说，得罪人的事儿他绝对不干，何况还是女人。

“大男子主义，把女人当你们的猎物是吧，以为想吃就能吃吗?”

“您冤枉我了！我绝对属于小男子主义，二十多年来尊敬女人、爱护女人，惟女人命令是从。”

见对方说得有趣，闫瑟笑了。“你喜欢什么口味儿的?”

“我吧！甜的、辣的都不吃，喜欢咸的，多放盐，最好姓闫的！”

"我要是个软妹子就从你了，可惜我不是。"对于贱哥的健谈，闫瑟感到很有趣，慢慢放松下来。

"我知道你不是，所以——那个吧，咳咳!"贱哥一句话说得磕磕绊绊。

"所以什么，你又犯口吃了吗?"

电话铃突然响起，打断了贱哥的思路，不然今天他借着酒劲儿也许会违背了自己一贯的原则，做出表白这种傻事。看号码是同事一妹子，他赶紧做贼心虚地调成静音。

"怎么不接？老情人的电话吧。"

"瞧你说的，我一向洁身自好，情人都没有，哪来老的新的。"

"脸皮够厚，撒谎连眼睛都不眨，有前途嘛!"

"对人怎么这么不相信，你怎么知道我撒谎?"

"手机拿过来我看看!"闫瑟说着伸出手，支在桌子上，眼里含笑。

"还是算了，我刚才上厕所没洗手，上面脏着呢。"贱哥暗叫不好，今天算遇到较真儿的了。

"我说什么了，想你就是做贼心虚!"闫瑟撇嘴。

"美女你疑心好重，难道是前男友劈腿的后遗症?"

"不会说话别说，没人当你是哑巴!"说着，脸色顿时冷了下来。

贱哥嘴贱惹得闫瑟不快的时候，公寓的跨年晚会气氛达到了高潮。本来游戏环节选十对伴侣，结果大家情绪高涨，上来二十多对。

林森和幼青意外地创造了三十八秒完成的记录，从始至终无人可超越，遥遥领先地拿到了第一名，外加赚取了冠军奖品——两个大号的海绵宝宝。

看疯女人高兴劲儿，林森被传染几分，毕竟他也出了力，付出了相当的汗水和智慧，还有运气，这运气用来买彩票说不定能中个几万，今天说浪费就浪费了。想到这里，感觉有点失算。走下台，功成身退，到餐饮区抓起几个圣女果塞嘴里，吃完又抄起一个橙子，算收回点儿利息。

大奔上台，没想到这混蛋有一手，恰恰舞跳得相当不错。跟他一起搭伴儿的，不知道从哪里淘来的一个妹子，堪称风骚入骨。将近一米七的身高，穿贴身旗袍，料面上不少亮片，从远处看去像鳞片一般，小身段柔软的很，扭动起来简直像是蛇精化成人形，要人老命。

几个才艺展示节目过去，又到了游戏环节——性别大作战。规则倒是不复杂，选出两队人员，每队十个人。一队在幕后露出身体的一部分，其它的部分用黑布挡住，每个队员展示一次；另一队人在台前根据这个猜测对方是男是女，所有人一起猜，最后少数服从多数。

要说想出这个主意的，绝对是个祸害人的主。不过这种跳脱的娱乐精神嘛，却很符合林森的调调。上台折腾他不愿意，作壁上观十分乐意。看下去，台上这帮家伙为了输赢可真是拼了。

一个丰满的哥们儿用自己的胸脯挤出了一对爆乳，起码有 C 罩杯，加上白嫩的皮肤，相当有欺骗性。但敌方狡猾，多数断定是男的。接着是一条小麦色胳膊，条条肌肉彰显着主人的力量，绷上劲儿更是威武不凡。黑布揭开，没想到是大奔的老伴儿，女汉子一个。一条水蛇腰扭来扭去，黑布的遮盖下魅力非凡，谁料想是个男的。

紧接着又是一对爆乳，也是 C 罩杯左右，猜测的一方方寸大乱，要不是规则不允许，恨不得上去摸一把，争执一番后还是猜错了，谁想到妹子竟是本色出演。虚则实之、实则虚之，为了输赢连兵法都用上了。再后来尺度越来越大，黑布里露出半个屁股，白白嫩嫩像两个山东大馒头。关键人家上面还有一个玫瑰纹身，鲜红夺目。猜测的一方争执不下，差点大打出手。

双方卯足了劲儿，花样百出，稀里哗啦节操碎了一地。有心人拿着扫把扫扫，估计能收个几十上百斤。而这个游戏收官的时候，观众已经笑得死去活来几次，旁边的桌子、椅子差点被拍烂，木质结构里面说不定已变成碎渣儿，惨点儿的可能变成流体。可怜的桌椅，大家高兴不高兴都要拿它们发泄。

距离十二点还有将近半个小时，节目虽然丰盛，大跨度的时长之下宣告储量不足。林森倒没什么，低头看手机，节日什么的，难得跟亲戚朋友发信息往来，虽然形式主义多了点，多少还有些作用，别以为全中国人都是傻子，明知道白费还去做。世俗，虽然俗了点儿，既然还在人世混，没法跳得开。当然，跳得开的，不是大仙儿就是傻子，一般后者泛滥成灾。

可惜，想静一会儿的愿望被一嗓子道破。疯女人和男主持人一唱一和在台上鼓励大家自发上台贡献节目，声称公寓给额外增加累计积分。啰里啰嗦说一堆，没人理会，疯女人竟然点了林森的名。

他哪里有什么才艺展示，从小到大，他都缺乏这个所谓的才艺基因。画画吧，面目全非，歌唱的话不知道跑哪儿去了，凡是高点儿的音都上不去。

报复，赤裸裸的报复！自己都不知道才艺，疯女人更不知道了，怪自己平时的所作所为，弄得积怨不浅，换自己可能也会寻衅滋事。台上台下的目光们集体扫射过来，明晃晃的。没办法，硬着头皮上了，这时候不能被看扁。他狠狠地向挑事儿的人盯过去，映入眼帘的满是幸灾乐祸。

至于表演什么，走这几步路的时间里，飞速地头脑风暴，每个齿轮紧紧咬合，临近过劳状态。要说自己有点儿什么具有表演性的专长的话，读课文不错。在这读一篇课文呢，肯定不行，也没课文读。对了，朗诵！这个勉强凑合了，起码能蒙混过关。

走到音响处，用手机搜了一首笛子配乐，也不管什么名字了，节奏舒缓点儿的都行吧，连上音响线，等音乐开始……

声音消逝的地方

在一个遥远的村镇
人们不用任何言语
风吹进石头
化作石头的纹理
雪花淹没整个村庄
所有人呆在屋里
等待远方的消息
而我不知道 世界上有你
而我不知道 世界上有你

他自认为状态还不错，语速控制得比较缓慢。够意思了，虽然内容少了点儿，哥们儿今天把自己压箱底儿的货都亮出来了，本来这点诗行是准备讨老婆用的，不行的话也就这样了。

朗诵完毕，配乐继续，笛声清扬。林森左右看看，拔线拿手机，抬腿走人，几秒钟过后，台下的掌声响起。

在大家的注目礼中回到座位，还真是不习惯，像学生时期去讲台领自己卷子，拿了高分的那种。得意是难免的，没丢人就好了。至于报复疯女人的一箭之仇，计上心头。

幼青的心情有点复杂，随着那个讨厌的人朗诵，她不知不觉入境了。没想到，一向不靠谱儿的人也能读出这么好的诗。她不愿意相信，宁愿朗诵的人是个路人甲乙丙丁，谁都好，是他就是感觉别扭。

林森撺掇几个平时说得上话的，几个人喊主持人来一个，主持人以身作则，主持人是美女，主持人最给力，主持人前凸后翘……反正挑好听的说，沾点褒义的词儿都往外扔，不信她脸皮厚熬得住。

来一个节目，幼青自然不惧，平时去 K 歌她是麦霸的级别。虽然她看得出是林森在使坏，也不介意。大方登台，随便挑一个拿手的就是了。

a la claire fontaine 泉水何其清澈

m′en allant promener 我以漫步踟躇

j′ai trouve l′eau si belle 水光何其娇艳

que je m′y suis baigne 我以沐浴身心

il ya longtemps que jet′aime 我思君良久

jamais je ne t′oublierai 永不能忘

sous les feuilles d′un chene 华盖荫荫之下

je me suis fait secher 我得以擦拭身体

sur la plus haute branche 枝繁叶茂深处

un rossignol chantait 闻得夜莺啼声

il ya longtemps que je t′aime 我思君良久

jamais je ne t′oublierai 永不能忘

……

幼青全程用法语来唱，嗓音清澈，感情饱满，加上曲调优美，虽然不理解她唱的内容，大家也都听得出神。

别人也许不知道，林森碰巧知道这首歌来历，2006 年年末上映的电影《面纱》片尾曲，那时他还在大一，青涩又多情，充满恋爱的幻想，被这个电影赚了不少的眼泪，还动笔抄写过几遍中文歌词。

不得不承认，疯女人唱得很好，再不得不承认一次，她好像长得也蛮不错的，平时竟然没发现，貌似也不想去做这个发现。坏了，今天算大大失策，竟然对敌方产生好感。

一曲完毕，大家发自内心地鼓起掌。赶巧，新年倒计时音乐也在此时响起。所有人站起来，神情普遍比较激动，伸长脖子一起高喊——十、九、八、七……三、二、一!

2015年终于来了，每个人都将面临新的故事。大家表现得激动的原因不明，好像马上有好运降临到自己头上一样。两眼放光，面红耳赤，半张着嘴巴，甚至毛孔都舒张了不少。

所谓的元旦毕竟只是一个时间节点而已，人为区分开来，做好做赖，似乎跟这个没有关系。而兴奋点之所以存在，也许跟在电视上看无聊娱乐节目差不多，很多人卖力在逗你开心，尽管那些人不具备幽默感，甚至有所欠缺，但是不咧嘴笑笑说不过去。

如果笑笑只是一个配合的、过场的表情，那么整件事情就容易理解多了。在一个相对文明的社会里，有节制的善意还是能生存的，它支持了很多形式主义的合理性，并且引发群体性事件。

与此相反，滥用的否定句相当可恶。否定自己吧，多少意味着敢于正视缺点与不足，经历人事磋磨之后的一点进步和成长。但习惯性地否定别人会被一些人借以作为抬高自己的手段，他们只是为了否定而否定，里外都采取不配合的态度，并且这种手段还能在相当多的情况下能够得逞，虽然在明眼人看来它也没有如何高明，甚至低级可笑。

有一段时间，林森感觉自己就像入了这样的状态，看什么都不顺眼，遇到点东西就想挑三拣四一番，不找找毛病心里不舒服，不递上几句带刺的话不显水平。说是个人渣吧，有点儿愧不敢当，不能吃又不能用的，如果实在要做个什么渣儿的话，宁愿做一块粪渣，起码能给土地施点肥，土地里长出的的西红柿、茄子、辣椒或者胡萝卜，说不准就有自己的一份功劳在里面。

人渣，最没有前途的职业了。做人渣容易没朋友，没朋友不方便泡妞，泡不到妞没有成就感，没有成就感容易丧失希望，没了希望会产生憎恨，憎恨起来会报复社会，报复社会吧什么都做得出来，最后在监狱了此一生。

所以，他放弃了短暂性的人渣倾向的尝试，收拾好自己所有颠三倒四、七上八下的小念头，小心翼翼地对周围的人和事采取配合的态度。该笑的时候就笑，该同情的时候采取惋惜的态度，人家高兴的时候坚决不能愁眉苦脸，哪怕女朋友被对方拐走了。

元旦过去，一切还是照常进行。照常的意思，就是起床、穿衣、刷牙、洗脸、吃早餐、剔牙、赶地铁、消化不良等等的一系列动作，一样都不能少。

如此看来，过与不过节日未见得有区别。也许，心里会有一个暗示，从此是新的一年，多一点压力。稍微上点儿年纪的，可能没那么喜欢新的一年了，他们用三四十年，甚至六七十年的人生经验认识到，不过如此。

李实从小在北京长大，到现在为止，除了外出旅行的那么几次去了南方几个城市之外，基本固守北京大本营，好像浑身上下都长满了根须一样，紧紧地扎在周围的生活中，离开北京的氛围，他会感到不舒服。

对他这种在大城市成长的人来说，节日的概念就更淡薄了。老爸在实验室赶项目，老妈跟他在家，平时两个人两道菜，过节，想起来的话加一个，想不起来也就想不起来了，后补不可能。这次凑巧，属于想不起来的一次。

最近他耳朵发炎，看医生说是中耳出现了问题，可能是游泳的时候感染到。中耳发炎对他直接的影响就是有时听声音出现环绕立体的效果，音量会放大一些。从家里到单位的五站公交车路程，发动机的震颤，外面汽车的鸣笛，售票员大姐不耐烦的嗓门，拥挤时人群的吵闹，刹车时车轮的摩擦音，所有声音变得强烈了，但他自己像是被隔到了这个声音体系之外。

这一刻，他竟然感觉周围的世界有些陌生。马路不是原来的马路，高楼不是原来的高楼，公交车也不是原来的样子，身边的人就跟不认识了，他们说的语言自己竟然听不懂，有的在快速交谈，有的在激烈争吵。二十多年来，从未有过的恍惚感，像是小时候第一次去陌生人家里。

身为一个北京人，他从未仔细地辨别过北京到底是一个什么样子，或者说它应该是什么样子。他把它当作自己生活的地方，上学的地方，现在工作的地方，亲戚和朋友在的地方，如果这些不存在的话，北京还是不是他的北京？这个问题，第一次出现在考虑当中。

不过到了单位，他的一点负面情绪立刻烟消云散，这个地方有他喜欢的氛围，更有他喜欢的人。上班第一天，例行早会，项目经理刘姐面色不快，等人齐了，一张长脸已经阴云密布，他有种不好的预感。

果不其然，会议半个小时，点名批评两个人。一个是A组组长王唯，一个是B组的蓝幼青。王唯全组业绩下滑，身为组长领导不力，批评幼青的原因是因为一次间接的粗心大意，给公司造成了将近十万元的损失。

所谓间接的粗心大意，就是直接负责人是公司的重要人物，没法批评，作为配合人员的幼青没有及时发现错误并指出，所以必须要出来负责，也就是捎带着背黑锅。

背黑锅是个问题，重要的问题是替谁背黑锅。要是普通员工的话，对象尚能感恩图报，说不定从此多个好朋友；要是公司领导的话，赶上运气够好，也许会有升职加薪的意外收获。

当然，幼青不懂那么多办公室政治，她表面上做出来一副接受批评的样子，心里却全然不觉。刘姐是她讨厌的那一类人，虚伪、势利、假清高，能做到项目经理大概凭借着见风使舵和不是那么优秀但还算卖力的工作能力。

人在屋檐下不得不低头的道理她懂得，所以人家说什么都得接着，但对于她讨厌的人，无论所作所为怎么样，都当没发生过，所谓的耳旁风，吹一阵子就过去了，何必在意。

陌生人和讨厌的人，有时也许会以粗暴的，或者不太文明的方式行事，强加于人，但他们无法真正做到伤害，能伤害的一个人的，永远身边的是朋友或者最亲近的人。毕竟，隔空发力和近距离捅一刀是两回事。

笔记本上的圈圈画了一个又一个，画满了一张再换一页，一次早会浪费了两页纸，多少有点儿负罪感。两页纸，存在木材成本，上面印刷图案，有油印成本，附带环境成本、运输成本、人力成本……

越想越觉得对不起两页纸张的付出。纸张本无罪，奈何人们要在它们的脸上画来画去，深深浅浅、杂乱无章，还带有烦躁、气恼，甚至恶意情绪。不过据说喜欢画三角形的人逻辑性强，善于分析；画直线的人精力充沛，平时一般闲不住；画波浪线的人思维灵活，善于找突破口；画圆形的人善于制定详细计划，而连续画圈圈的人通情达理，潇洒乐观。

这个据说，据谁说的想不起来，好像在哪看过一个心理学分析的小文一篇。心理学，心理咨询师，多么美好的行当，善于给各种奇怪的人和奇怪的行为寻找尽量合理的理由。

散了早会，李实本想安慰幼青几句，但见她没事人一样，神情里似乎还带着几分得意，这完全出乎他的意料之外。在他的理解范畴里，挨了批评难道不应该沮丧一点。不愧是自己喜欢的人，处处与众不同。

午饭的时候，李实得知了一件事，同事小程被诊断出白血病。小程的工位在他旁边，从小程口中，他证实了这一点。可能是出于想和幼青说几句话的心理，他随即把这件事告诉了幼青。

再次出乎意料的是，幼青火急火燎地找到小程当面问，得到对方的证实后，跳过中间态，她直接泪崩，眼泪哗哗地连成一串。见到幼青的反应，小程倒是有几分尴尬，她不想弄得尽人皆知，不希望那么多人同情自己。

“青姐，别哭了，我不想让所有人都知道。”小程拉着幼青的手说。

“是啊，领导，别哭了，小程会不好意思。”李实也劝了一句。

像没听到两个人的话一样，幼青的眼泪更多了，不断地往出涌，李实递上的一张纸巾都堵不住，很快湿透。

“青姐，今天是我最后一天上班，留个笑脸给我！再说我还没挂呢，你不能哀悼得这么早啊。”小程笑着说。

听到小程说的话，幼青终于破涕为笑，止住哭势。

“死丫头没心没肺的，这个时候还开玩笑。”幼青拍拍小程的脸颊。

“最近眼泪我看多了，自己也哭了几次，以后想开开心心的，不能有一天不开心，怎么还不都是混日子。”

“小程——”幼青一阵哽咽，拉着对方的手。

幼青实在不擅长在这样的情况下组织语言，劝慰的话说不出口，感觉不过是一点儿漂亮话，毫无用处。

“没事的，请假这一周我已经想开了，跟很多人比我已经够幸运，很多漂漂亮亮的孩子还不是几岁、十几岁就挂了，我吃吃喝喝混二十多年赚了不少，走了好像也没什么遗憾的。”

“别这么说，好像在告别似的。”虽然小程说得轻松，幼青心里很难过。

“我就是在告别，辞职后把想去的地方走走，好吃的吃个遍。其实我们本来就不存在这个世界上，活的每一天都是赚，你们继续赚，我不太贪心，可能稍微早点收手。”

“嗯，想怎么折腾就怎么折腾，吃成个胖子，玩成个疯子，有什么我能帮忙的尽管说。”

“你现在就能帮我，把眼泪擦干净，给大爷笑一个。”小程拍拍幼青的肩膀，做出轻松的样子。

“死丫头，老娘今天给你个面子。”说完，幼青抹几把眼泪，收拾下表情，从皮下肌肉挤出一个笑脸。

“瞧你笑得，多勉强吧，大爷不满意可不能给赏钱。”

“谁要你的臭钱，过来我看看，这位爷胸肌不小嘛，好大的两坨肉。”说着伸手搂过小程。

李实发现自己不适合旁观了，借口去厕所走开，两个女人笑成了一团。女人果然是一个奇怪的物种，多变不可捉摸，刚才明明眼泪挡不住来着，状态切换也太快了一点儿。

对于小程，他是同情的。人之所以同情，大概是物伤其类，会想到万一不幸发生在自己身上怎么办。

至于同情的程度，也许来源于概率的估算，有的人认为自己遭遇不幸的可能是万分之一，有的千分之一，百分之一，甚至十分之一。有的人认为离自己很远，有的人认为离自己很近。越认为不幸可能发生的，越会产生强烈的同情心，接近感同身受。

李实估算自己的程度，大概在万分之一到千分之一之间的地带徘徊着，靠近千分之一的部分，跟小程是他同事而且坐在相邻工位一个多月有相当大的关系。换一种说法，他很难产生强烈的同情心。

像幼青那样听到小程的病情立即泪奔的程度，就算是自己老妈现在就病了，他恐怕也达不到。所以他很羡慕，羡慕生活中自己之外的一个人，她的情感竟然能如此的透明化，可以不用复杂这个词去形容，可以不用顾忌能够阻挡很多人的一些东西，比如权衡利弊，再比如别人看法。她想哭就哭了，然后想笑就笑了，随心所欲。

复杂的情绪开始出现在李实的考虑中，他没法不复杂，这复杂中不排除自卑，为自己不能产生足够的同情心理而感到惭愧。认真地回想，记不起什么时候开始变成现在的样子，而这也不是一时半会儿就能改变的，有点无力感。

至于原因，也许是太自我了，多年的学习经历让他掌握了两耳不闻窗外事的能力，排除一切干扰之后直奔目标，屡次的成功经验让他这一能力不断得到强化，同时，也悄无声息地损伤了对外界的感知。

这样的暗伤属于多年积劳成疾，直到今天才意识到。好在时间还不算太晚，改变自己，那就从真正喜欢一个人开始。为了幼青，他什么都愿意做。李实好像隐约地明白了他为什么选择喜欢幼青，而不是别人。

不过，李实不知道——喜欢一个人是件有利于自己的活动。在这项活动中，最大的得利人还是自己。比如说我喜欢某某，说的是故事主人公我，动作是喜欢，宾语是某某，猪也好，狗也好，人也好，只是一个对象。

能够喜欢一个人，产生喜欢的感情并且施行喜欢的行为，证明故事主人公我具备正常人类的特点，适合在群居动物聚集的环境当中生存。一个男人喜欢一个女人这件事，可以作为正常性取向的有力佐证，毕竟它跟一个男人喜欢一个男人不同。

此外，在喜欢的过程中，故事主人公我享受到了美好的感情体验。尽可以去飘飘然地美化自己，所有缺点理解成可以提高的潜力，所有愚蠢想象成爱的表现，再美滋滋地去美化对方，彪悍的妹子甚至幻想成小绵羊，丑女幻想成温柔贤妻，加把劲儿的话，多少镜头都塞得进来。

喜欢是一种当下的体验，没人要求它是持续的感受。现在喜欢一个人，明天喜不喜欢，过几天以后喜不喜欢都不好说，时间上没有限定。因为某些原因喜欢，也可以随时因为其它的原因不喜欢，原因不够牢靠。

一个人喜欢某某，但不一定只喜欢某某，他同时可以喜欢其他的能够取悦的东西，或者其他人，就像喜欢吃苹果的同时喜欢吃香蕉一样，橙子、西瓜和桃子也不会拒绝。

喜欢一场，它不属于低劣的行为，也谈不到高尚，它保护了故事主人公我的一切自主权，大开方便之门，尽可以便宜行事。喜欢，也就是众多情绪中的一种罢了，高看它一眼也许自讨苦吃。

第二天，公司总经理老周决定为小程募捐。老周用带着闽南腔的普通话讲了一段号召大家行动的话，大意是钱多钱少无所谓，员工在公司工作一回，从感情上来说，作为公司应该有所表示。具体到200多号人，每人有几分心意表示几分，多了不嫌，少了不怪。

幼青默默下楼，在取款机取了7000，月初刚发工资的缘故，刚刚枯竭的银行卡有了点货，不然她也拿不出这么多，留下2000多做生活费。她感到自己能力有限，平时工资月月花光，没能多存一点儿。7000块的作用，可能对一个白血病病人来说微不足道。

也许，自己以后该存点儿钱了，这样月月花光应付起来突发情况颇感无力。万一自己哪天病了，工作也丢了的话，又该怎么办。闫瑟说女人年纪越大越没有安全感，似乎有那么点儿道理。

捐款的事归财务部管，她敲开财务部的门，主管收钱的黄姐不在，坐下来等。左右看看，财务其他几个人忙自己的事，捐款名单在桌子上，幼青忍不住扫几眼上面的明细。高管们捐几百、几千的都有，老周捐了一万，下面员工普遍是几十、一百、两百的。李实旁边的数字是四百，员工里算多的。

偷看之后幼青后悔了，心情不好。相处一年多的同事，有的人竟然只捐了几十块，并且还是平时工作有交集的人。心里一阵愤恨，偌大的北京城，人情竟然凉薄至此。

几十块钱能买个什么，一顿午饭的钱，同事一场只值一顿饭钱。难道家里揭不开锅了，也有亲人生病需要钱？这倒是有可能，每天大家穿得整整齐齐来上班，谁也不知道背后有着怎么样的故事，也许是京城巨富每天花天酒地，也许是负债累累地艰难度日。都有自己的难处吧，拿自己的标准去衡量别人似乎有点儿粗暴的意味。

黄姐推门进来，幼青听到声音，及时把目光从名单挪开，然后把自己从念头里拽出来，说明来意，把钱从包里拿出来递给对方。黄姐是多年的老员工，四十多岁的女人，出于一个工作多年的财务人员的稳重，她没说什么，用点钞机点钱，记录明细，最后让捐款人签字确认。

不表态归不表态，黄姐一直用赞赏的眼神看着幼青，直到她神游天外般地走出财务部，然后忘记关门。

进入一月份，北京的冬天有了一些寒意。在不缺少食物、不缺少冬装，当然也不缺少空调的城市，寒意就显得单薄了。不像多年前，北方的冬天冷得可怕，吐一口唾沫都不能拖泥带水，不然有冻在嘴上的危险。平地撒尿也要小心鞋底，以免被刚刚离开身体的尿水结成冰冻住。

雾霾仍然存在，就像姑娘们的大姨妈一样，每个月都有几天。赶上身体状况不好，多徘徊几天的情况也不是没有。天气晴好的日子依旧难得，如果阳光明媚，朋友圈则变成了天气的实时播报。

有人说，城市里的天空是同一块天空。想来也差不多，周围布景普遍是横七竖八的高楼，加上蓝天白云和模糊了镜头的阳光，能看出本质区别的也算是一项高强的本事。

下雪了，眼睁睁地看着它从白色变成灰色，再变成黑色。城市里的雪与纯洁无关，可看的只是飘落的瞬间，落地之后，与灰尘纠缠在一起，落魄成了泥水，混迹在大街小巷，每一个角落。

那些口口声声说热爱雪花的人也踮起脚尖走路，爱得小心翼翼，保持距离。一辆辆车驶过，泥星四溅，被殃及的路人龇牙咧嘴地咒骂着，恨不得司机生孩子缺少某个重要器官，开车的司机们则心疼自己的车，沾了满身泥污。

雪继续在下，周围的人加快了脚步……

第六章　种一棵树 不敢开花

在人生的大部分时候，你还没有取得成功，虽然积攒了浑身的力气，但有待时间的考验和加冕。在这个时候，就是会被一些人侮辱，他们可能是你的亲戚、同学、密友。

当然，也许是你给他们展现了不堪的一面，把美好的一面不经意间留给陌生的人。地铁上你给大爷大妈让座，大街上给迷路的人指引方向，工作上给新来的同事提供帮助。

林森最怕接同学电话，尤其是询问近况的电话，明明知道对方多半是关心，但一旦对方说到最近怎么样，他就一阵头大，而不出意外的话，这句话是必然会被问到的焦点。

不感兴趣的话题只好敷衍，硬着头皮对付，时间长了，敷衍也走出一些门道。最近怎么样——最近牙疼，着急上火，没有女人啊。最近怎么样——最近经常做噩梦，想你想的。最近怎么样——最近听说某某结婚了，他那个傻瓜都能结婚，老子还没女人。最近怎么样——最近公司有个傻逼向我借钱，借了两千块，还了一千八。

反正最近总会有各种无关痛痒的情况发生，拎出来几个顶上几句好了。或者顾左右而言他，转移话题；或者斗转星移，以彼之道还施彼身，把问题丢回去；再或者隔山打牛，最后风马牛不相及。

出于对混得不好的朋友的理解，他已经很久不给朋友们打电话了。电话里跟朋友聊天感觉有些别扭。首先，不能公事公办，简单直接。其次，也没有情感或者身体上的强烈迫切性。日复一日，朋友们消失在了通讯录里，一个个换了城市、换了手机、换了号码，失去联系。

对一个男人来说，在情感和身体上有着双重迫切性的人，自然是女朋友了。两个人呆在一个陌生的城市里，抱团取暖，或者抱成长方形、三角形，或者平行四边形都行，只要柔韧性够好。

男朋友和女朋友的关系，说来也不复杂，就像小时候两个能玩到一起的小朋友一样，你的零食可以毫不犹豫分给对方吃，对方的玩具也能分给你玩玩，然后面对外来者采取抵制态度，情侣关系等同于战略同盟反第三方协议。

城市里的爱情，已经很难界定质量好坏，是软是硬，是高是低，是鲜嫩可口还是入口即化。在北京生活，每天像是在空中飘着，越来越强烈的漂浮感，半夜醒来会被恐慌折磨得睡不着。在宇宙中漂浮着，恐慌像是一个具有压迫感的球体高速旋转靠近，令人窒息。

遇到一个陌生人，需要向对方解释自己是谁。这个过程像摸黑化妆，在一个昏暗的房间里，根本看不清五官，只能凭着感知描眉画线。最后眉毛是否画歪了，或者粉底打多了，口红缺了一块，睫毛膏进了眼睛都有可能。

突然间，灯光亮了，这张脸完全暴露在对方的视线里。可想而知，这样一张深浅纵横、浓淡不均的脸多半不会被喜欢，不被讨厌就烧高香了，能看得上眼的，少之又少，实属缘分，或者对方审美能力出现偏差。

每个人的初衷都是想描得美一点儿，得体一点儿，人们不会故意丑化自己，但是这样的努力，未必向着好的方向去发展。解释自己是谁这件事儿，越来越是一个力气活儿。

偶然又偶然的一天，幸运女神垂青，化妆技术猛地提高，画出了一张还不错的脸，而对方恰好买账，那么沟通有了进一步的可能。这时候，该说点儿什么呢，聊天的内容也是个问题。你找几个感兴趣的话题，我找几个时事热点，双方期待让对话顺利进行下去，为此不惜反复练习。

在有限的人生经验当中，话题是有限的，新闻是有限的，咖啡杯里的咖啡是有限的。这些聊没了，接下来如果还愿意继续聊的话，就该转向情绪的一面了。一旦模式开启，聊天的内容退居其次，语调成为态度的风向标，情绪的宣泄，在陈述的语调当中一点点进行。

再进一步，如果一方摆脱语调的限制，升级成为零零碎碎、点点滴滴，外加不厌其烦话家常的节奏，那么因大量对话而看起来暂时停止的时间就会重新开始流动起来，听力恢复，头脑清醒，触觉复苏，视线慢慢聚焦。那么，两个人或者上床睡觉，或者再次变成陌生人。

至于林森，大脑没有经过多少思考的努力，他毫不犹豫地选择了前者。睡觉是一件好事，自己睡能恢复精力，跟可爱的女孩儿睡，不但能恢复精力，还能在一番或者几番的劳作后，释放压力，恢复那么几分信心，至于什么材质的信心，倒是说不清。

木青长着一张圆脸，额头圆圆的，眼睛圆圆的，唯一带点儿棱角的是下巴，走势出来点尖儿。小学课本里说某某脸蛋像红苹果，在见过的所有人当中，恐怕没有比她更合适的。搭上这么可爱的妹子，算是男人的福分。

“林妹妹，我想你了……了……！”

“这么想啊，瞧你舌头都大了。”

“是呀，就是想抱抱你……你……！每次想你还都打喷嚏，刚才打两个，真的好奇怪。”

“发个照片看看，舌头真的变大了吗？”

“是呀……呀……！又打了一个喷嚏，我这是怎么了，快告诉我！”

“这个先不说，舌头变大了倒是能把一件事情做好，想不想知道？”

“什么啊，你说什么呢？说话不要说一半儿。”

“关灯了告诉你，附耳过来。”

“啊！什么呀！你去吃屎吧！”

“屎不好吃，我又不是果树，吃了也长不出瓜果梨桃之类的。”

“过来告诉你一个秘密，咪咪想你了。”

“丫的，大半夜的竟敢挑逗我，你不想活了是吗？”

“没有挑逗啊，我养了一只猫叫咪咪，是它想你又不是我想。”

“你还蹬鼻子上脸，哎呦喂，就快扛不住了，你再不能这样了，不利于身体健康，也不环保，不符合国家政策。”

“瞧你没出息的样儿，在外边儿我怎么能放心呢！”

“你还倒打一耙，这是你挑起的，我纯属配合，别挑事儿啊。”

“林妹……妹……，我饿了，我饿了……了……！”

“说多少个了都没用，大半夜的少找事儿，您那肉胳膊肉腿，前胸后背的，不看看多少肉了，悠着点儿吧！”

“自己做饭经常吃不饱，总感觉在外面吃地沟油炒的菜顶顶的，中午吃完了晚上都不感觉饿。”

“妹子，真是苦了你了！放心吧，以后我一定对你好点儿。”

“没啊，我只是在陈述一个事实，难道你没有这个感觉吗？”

“这辈子如果不对你好，我感觉自己说不过去！”

短信聊天跟微信打字的语境不一样，手机通话跟微信语音的感觉也不同，每一种方式都有自己的特点。

短信聊天像是打飞机，目的性特别强，讲究措辞简洁、精确制导，属于结果导向型。发短信花钱，打飞机浪费手纸，说不定还腐蚀键盘，从能源消耗性来说，相当不环保。

微信聊天像嗑瓜子，越吃越想吃，俩人黏黏糊糊嗑起来没完没了，东拉西扯、生搬硬套都好，不用顾忌逻辑和措辞，你一句我一句，重要的是接下去不冷场，一般有始无终。

手机通话像做菜，有铺垫、有层次、有步骤，所以备料、火候、先来后到，一个都不能少，操作还是挺累的。吃完饭刷锅洗碗，聊天也不能跳过整理环节，一顿话语丢过去，最后总要礼貌性地寒暄上几句，甚至展望未来——明天晚上，不见不散！

微信语音通话随意多了，两个流浪汉逛街的节奏。一会儿你来主导方向，一会儿我决定做什么，信马由缰。街角倚着睡一会儿，逛商场看看美女大腿，跟饭店服务员聊几句没边儿的，挖一块鼻屎看看有几个边线，尽可以花时间比两个人谁更无聊。走着走着，噗通掉下水道里，那是手机意外来电。

接老同学电话这件事虽然可怕，但是接到结婚邀请的电话更加可怕，多年的哥们儿，时间允许的话不能不去。心甘情愿的一面是能跟几个哥们聚一聚，叙叙离愁别绪，硬着头皮的一面是自己的生活很不稳定，人家的娃娃都能满地跑了。

时间：下午 5 点；地点：地球、天津；人物：大学同学，们。婚礼这种事不能提前太长时间去，不然好奇心泛滥的某某某某肯定把你烦个要死，虽然大部分人出于礼貌的寒暄，少部分人出于关心，人家没有想惹点儿麻烦的意思。约摸着提前半小时，不多不少，早了卫生间抽两根烟，晚了还有部分剩余可用，进可攻退可守。

回国这几年，婚礼参加十来场，程序惊人的一致。司仪致辞，证婚人宣读结婚证书，父母上台，新人交换戒指，新人给父母敬茶，双方父母讲话，新人单位的领导讲话，朋友讲话，开香槟、交杯酒，切蛋糕、新人和客人合影，婚宴正式开始，新人退场换礼服，最后逐桌敬酒。

我国的新郎新娘多可怜，一生中如此重要的一天被同一套单调又乏味的模式打发了。当初咬牙切齿誓要与众不同，为了标新立异不惜纹身、染头发、打鼻环的兄弟姐妹们，为一晚上不回家，绞尽脑汁编造出几十个借口的花样百出的兄弟姐妹们，一个个含着幸福激动的泪水向这套模式屈服，用一场仪式作为纪念。

作为理解的部分，时间可能不多，人民币可能不多，精力可能不够，想法可能不好，形式可能不重要……要用列举这个方式的话，原因可能还有一些。但是，好歹俩人等了二三十年，加起来五六十年，也许只结这一次，这个理由相信就足以打败以上所有的并列成分。

林森不止一次幻想过自己的婚礼，不过没有设定新娘，只是在形式和内容上希望有所突破。电影《真爱至上》里面的桥段不错，乐队的灵活使用能提高观众兴奋点。《婚礼傲客》《结婚证书》《结婚大作战》《四个婚礼和一个葬礼》《我的盛大希腊婚礼》等等的内容都可以参考，甚至《葬礼上的死亡》也颇具启发性。只是别像《毕业生》里面抢别人的新娘，或者在婚礼上自己的新娘被别人抢跑，估计都不是怎么愉快的经历。

永展带着老婆孩子来赴宴，几个月大的小屁孩成了大家关注的焦点，令人最震撼的画面莫过于原来整天讨论足球、游戏和女人的昔日的混蛋、今天的奶爸们，在十分热烈地讨论着幼儿头发的疏密程度和抱孩子的正确姿势，并且轮流示范，每个都声称自己有独门秘诀。这让人产生强烈的错觉，要不是掐腿还疼，林森会怀疑自己是不是不小心跌进了异时空。

冒着冷汗，好不容易挨到新人来敬酒。晖哥这个贱人又起了幺蛾子，宣称大家聚一次不容易，敬酒太客套，太无聊，层次也太 low 了。然后忆苦思甜，想起七八年前在食堂拼饭，今天是当年以九两米饭获得第一名宝座的那家伙的婚礼，在场的怎么能不敬几碗白米饭。

说到兴头，大家开始跟新郎拼米饭！新郎猛干三碗米饭恶心了，直呼自己年纪大了不复当年风采。夫妻自然是要一起上阵，新郎挂了新娘代劳，没想到连吃两碗直接喷了，礼服上沾满饭粒儿。这下可热闹了，绝对算得上是场难忘的婚礼。

等所有人都吃恶心了，晖哥开始感情戏，解释为什么要干饭。酒是在外面要喝的，饭是在家里面吃的，来的都算是家人，不是客人。敬几碗饭也是要让两个新人知道结婚了要顾家，不要总去外面应酬，多在家吃饭！

这个混蛋家伙！做了几年的电子产品销售，口才简直是不得了，声情并茂，极具煽动性，感染力一波接着一波，新娘含泪把碗里的米饭吃得干干净净，在场的几个女生也跟着眼泪汪汪。

拼完白米饭，费了半天劲儿，到头来酒还照喝不误，平时兄弟间可以照顾，新婚的时候不能放过，一杯两杯三四杯，五杯六杯七八杯，后面也不知喝到了多少杯，新人虽然是两位一体，最后也招架不住。世间所有的事，无外乎需要一个合适的理由。

哥几个参加完婚礼，从电梯出来有点儿晕，林森和老蔡见一个穿着超短裤的美女从眼前飘过，露着二指宽的臀丘，性感撩人！俩人勾肩搭背，鬼使神差地闻着味跟了过去，走出十来步听到大家喊，原来俩人走错了方向。相视一笑，老蔡冒出来一句——他们这些俗人找的是出口，咱哥俩找的是入口！

没错！你茫然无措，每天活在梦里一样，走到哪里都像是梦游，就是因为还没有找到生活的入口，基督教里面叫做什么来着，窄门！在外面犹犹豫豫，左右徘徊，内心纠结，挤不进去门还说什么白菜茄子辣椒胡萝卜，一切的一切全部都属于白搭。

搭京津城际列车返回，车速有点儿快，接近350公里每小时，眼神有点儿飘，手机信号时有时无。木青在微信里吧啦吧啦说个不停，林森跟她说头疼一会儿聊，她继续说，跟她说信号不好一会儿再聊，她换短信继续说，说话的势头没法阻挡。手机调静音放裤子口袋里，靠窗户迷迷糊糊。

第二天上午，天灰蒙蒙的，像是要下雪。林森跟贱哥在公寓附近小店坐着，边喝小酒边聊天。

“最近你的觅食行动怎么样?”

“甜蜜地苦恼着，你也帮我分析分析。”贱哥眉头皱得老高，快能把额头给顶出去了。

“分析什么，闫瑟给你出什么难题了?”林森来了点儿兴趣。

“为难死哥们了，她给我立下三不准条约——不准亲昵，不准开过分玩笑，不准表示爱恋。”

“你平时怎么得罪人家了，都到了设立条约的程度?”

“没怎么得罪，你还不了解我吗，没事儿斗斗嘴，开开玩笑，再套套近乎，反正舍出来一张脸了。”

“也许人家嫌弃你太贱了，追姑娘也不能身段放太低，有时候必要拿着点儿，隔几天联系一次，别太主动了。”

“道理我都懂，关键时刻忍不住，一天不联系都觉得缺点儿什么，怕妹子被别人拐跑了。”

“我擦！得失心太重，我开始不看好你了。”

“没办法，就是喜欢她，喜欢就会很在意，谁让我没遇到别人呢。”

“说老实话，你都喜欢她哪方面，哥们给你参考参考。”

“学历高、身材好，长得也不错，有什么理由不喜欢？”

“按照这个标准，那可是多了去了，满北京城你喜欢的人能排出去几公里都不成问题。”林森愕然。

“关键吧，我说话时不时冒出的几个英文单词她都能听懂，还能在关键时刻反唇相讥。”

“我嘞个去，真是服了你了！让我怎么说你呢，大哥你几岁了？”

“你不懂，这属于个人小趣味，能挠到我痒痒肉，就是对这样的女孩儿喜欢得不得了。”

“厉害厉害！虽然我完全不懂，但是不影响佩服之情。”

“最近有个情况让我很烦，你来帮我分析分析，她说还有个男生在追求她，三十出头，有车有房，跟她说在家给她准备了一套女士睡衣，还说随时欢迎她来做女主人。”

“臭流氓！不费一兵一卒，直接发动物质攻势！”

“谁说不是呢，俩人认识没多久，这样做明显属于流氓行为。但问题是妹子说她有些感动，还告诉了我。”

“我擦！这个——情况好像有点儿复杂了，信息量不小。”

“谁说不是呢，想起来这句话我就恶心，吃不香睡不好！”

根据林森的分析，闫瑟之所以说这句话，试探的可能性不大，多半她本人就这么想的，女人的逻辑一向神奇。他猜到也不能明说，看贱哥已经够烦心的了，雪上加霜属于愚蠢的行为。

送走愁眉苦脸的贱哥，来到二楼 B 区排队，等待心情小屋开放。

林森心里有些期待，前几天报名的时候看到疯女人也报名，他用两张《开心麻花》的话剧票贿赂了管理心情小屋的哥们儿，把他跟疯女人安排到一起。

再过五分钟，三百秒，他就能如愿以偿。刺探一个人的秘密，何况是疯女人的秘密，这件事越想越兴奋。住一起几个月，他总感觉疯女人有不为人知的秘密，就算没秘密，娱乐一下也不枉他忙活一场。

时间到了，申请的人被分成两队，一个接着一个入场，既不知道同一个队的人去了哪个房间，也不知道对面阵营的人是谁，从理论上来说，具有了相当严格的保密性。

房间的主题是愤怒，墙壁上有一组图案，一个愤怒的卡通形象占据宿主身体，愤怒不断发展壮大，愤怒在肆意妄为，给宿主带来了很多烦恼，愤怒遇到了宽容，也遇到了理智，宽容和理智的联军把愤怒打败，宽容和理智结合在一起，过上了幸福的生活，子孙满堂。看完漫画，林森笑了，不知道对面的墙壁上是什么图案，他这边说教意味十足。

“哥们儿，你好！”林森先开口，滤音功能把他的声音传得严肃一些，完全没有想象中的随意性。

“你好，你怎么知道我是哥们儿，不是姐们儿？”

“直觉！现在的女人都被男朋友哄着，社会地位高着呢，愤怒的相当少了，除非这个女人又胖又丑。”

“你这么说话容易得罪人吧，直觉一般靠不住。”

“就算她不胖也不丑，整天保持愤怒恐怕也不是严格意义上的女人了，愤怒能促进雄性激素大量分泌，后果嘛，你应该知道的。”

“我感觉你说话有偏见，而且像在套话。”幼青听得生气，转念又不想计较，“既然分到一组就好好聊吧，接下来进入主题。”

“对不起，我这个人有时候确实有点偏激。”林森想自己得转换一下说话的风格，不能被发现。“那我们聊聊主题，你为什么愤怒呢?”

“也说不上愤怒，我讨厌我的伴侣，或者说老伴儿，说起这个词儿浑身都要起鸡皮疙瘩。”

“这样啊，他怎么惹着你了?”林森满脸黑线。

“感觉他总是跟我作对，说话讨厌，那张脸也讨厌，做事儿更讨厌，反正就是不顺心吧。”

“你那么讨厌他，他知道吗?”林森感到一阵好笑。

“不知道吧，可能也知道一点儿，没给过他好脸色看，但他那个人脸皮厚，油盐不进就说他那样的。”

“姐们儿，听你语气好像真的是个女的，我为刚才的话道歉啊。”

“谁说我是女的，你爱怎么想随便，反正我不可能承认。”

“我感到奇怪，你说讨厌他，但好像也不是太讨厌，有没有可能是你喜欢上他了，自己却不知道呢?”他说这句话的目的，纯属想索性把水搅混，然后趁机浑水摸鱼。

“绝对没有可能！就算母猪上树、江河倒流我也不会喜欢他那种人的，千万别开玩笑，不然跟你急!”

“对不起，再次道歉！不对，好像是第三次道歉了，你别跟我一般见识啊，我这人不太会说话，小时候语文没学好。”

“没关系，我这人一向大度！说说你吧，为什么选择愤怒?”

“我也说不上愤怒，就是喜欢上一个人，那个人却讨厌我。”林森这么说，自己都觉得演技成分太多。

“悲剧！你的情况还不如我。她是个什么样的人呢，是男是女?”

“是男是女不重要，说到什么样的人，你让我想想怎么形容——性格有点儿古怪，心地却不错，胸有点小吧。”

“你要是喜欢人家还嫌人家胸小，太俗了吧。”幼青听得不舒服，因为她的胸就小，小就小了，但不容侵犯。

“没嫌弃啊，我就喜欢胸小的，为国家省布料，降低犯罪率、离婚率，还能降低人口出生率。”

“这些——好像不是严格意义上的优点吧，听着怪怪的。”

“这些不重要，重要的是我喜欢她，胸多小都喜欢，即使凹进去也无所谓，你能理解吗？”

“好样的，这才对嘛，比只懂得看胸的那些蠢货强多了。”幼青拍拍胸口，为那个女孩儿感到庆幸。

“不敢当，其实我也挺俗的，大家喜欢的我也喜欢，她长得漂亮，身材苗条，歌唱的也挺好。”

“能理解，大家喜欢的你也喜欢说明审美能力正常，都讨厌的你却喜欢就是重口味了。”

“重口味也不错，跟你抢的人少了，别人怎么看无所谓，重要的是自己开心，你说是不是？”

“话虽然这么说，我们又怎么能真的不在意别人眼光呢，比如一个人不可能把自己所有的事让大家知道，也不可能不穿衣服走在大街上。”

“也算是吧！问个问题，你来北京多久了，为什么选择北京？”

“来两年多了，为什么选北京我也不清楚，当初稀里糊涂就来了，没去想过前因后果。你为什么来北京？”

“跟你差不多，稀里糊涂来了，呆了两年时间爱上它了，人海茫茫，你随便找个角落一蹲，谁也不认识谁。”

“你做过什么坏事，还要来北京东躲西藏？”

“呃——倒也没有，就是想过自己的日子，不想跟那么多不相关的人来往，就这么简单。”

“看来你还是有故事，说说吧，有什么伤心的或者丢人的事。”

“姐们儿，你太犀利了！这都能让你给猜到！哎，一言难尽啊！”

既然对方有意配合，林森当然不介意多撒几个谎伪装成秘密，因为一个秘密通常能引出其他的秘密，作为交换或者什么都好。

“我前女友意外怀孕，直到我带她去打完胎她才说孩子不是我的，是我一个朋友的，还说不告诉我不公平，他大爷的！告诉我难道就公平了吗，你说悲剧不悲剧?”

“哈哈，知道的还不算太晚嘛，如果人家生下来再说你就傻了。”幼青忍不住笑了，过滤后的声音有点怪。

“怎么你好像听完了挺高兴，还能不能有一丁点儿同情心了?”

“同情你不是骂你吗，这事儿不算个事儿，就当那朋友替你检验产品质量了，证明质量不过关，不用在她身上浪费感情和精力。”

“没错，我俩分手他们俩在一起，我又帮他检验了两次质量。”

“你们三个人的关系真乱，我说你报复心理怎么那么重呢?”

“这个没办法，我是天蝎座嘛，哪儿那么容易咽下这口气，有仇必须要报，不是不报，时候未到。”

“可怕的星座，以后我要离天蝎座远一点儿了，提高警惕。”

“后来吧，发现自己这事儿办得很不地道，自己把自己彻底恶心到了，所以就躲得远远的，以前的朋友也不想见了。”

“还行吧，总算能良心发现，继续乱下去不知道糟蹋几个孩子呢!”

“挺后悔的，为自己感到悲哀，人生高度从此被拉低了几个档次，奋力挣扎也回不去了。”

“别往心里去，再找一个好姑娘，然后好好对她不就得了，你这都是小意思，男人应该大气点儿!”

“这都是小意思，你有什么大事件，也给我说说?”林森抓住机会，开始了进攻的节奏。

“我的事——我不知道该怎么说，还是不说了吧。”

“你这就不对了吧，我那么丢人的事都跟你交代了，你还有什么不好意思的，当小三破坏别人家庭之类的，没什么好顾忌的。”

“不是，我的情况比较复杂，说出来怕你不信，我也没跟任何人说过，包括几个好朋友。”

“我又不知道你是谁，公寓这套程序挺隐私的，以后就算走个对面我也认不出来你。说吧，我就当听故事了。”

幼青沉默了一会儿，还是决定说出来，既然有了一个安全的渠道，她也可以借此释放下长期憋在心里的压力。

“好吧，其实我从来没有恋爱过，一次都没有。我跟正常人不一样，小时候生过一场大病，女性生殖系统没有发育，不能跟男的做那个，当然也不能生孩子，你能明白吗?”

幼青说的话让林森的心彻底乱了，他短暂性地失语，心里特别难受。本来是自己的一场恶作剧，却让他大大意外。

他相信，疯女人说的话应该是真的。可怜的女孩儿，自己平时居然那么对她，一种负罪感瞬间将他吞噬，然后再嚼上几口。

“喂！喂！跟你说话呢，能听到吗?”

“啊——能听到！语音系统刚才信号不好，有点儿杂音。”林森整理下情绪，急忙回话应对。

“嗯，有可能吧！我刚才说的话你信吗?”

“我——我愿意信，”林森想安慰几句，马上又放弃，“我是说无论是不是真的，我都愿意信你。”

“怎么呢？你说话的感觉变了，是不是开始同情我了?”听到对方这么说，幼青还是有几分暖意的，甚至有点儿莫名感动。

“没有，反正你说什么我都无条件相信，这样不好吗?”

“不好！你连基本辨别是非的能力都没有的话，你信我有什么意义，我说我是巴菲特的私生女你也信？”

“信啊！为什么不能信，二十多年前巴菲特突发奇想找个中国妇女生孩子完全有可能。”

“这倒也是，信我就对了，虽然你想法有点儿奇怪。我说那位，突然想跟你交个朋友。”

“真的假的，你敢吗？敢的话告诉我你名字和房间号。”林森说这句话时候是心虚的，一旦对方说了，他还真不敢说。

“不敢，我开玩笑的，见了面以后怎么做人。你可以告诉我你名字和房间号，哪天我高兴了说不准去找你。”

“我也不敢，现在发现公寓的规定相当牛掰，在谁也不认识谁的条件下聊天最好了，完全放得开。”

“我感觉你还没放开，好像有事瞒着我，是不是？”凭女人的直觉，幼青心有点儿慌，虽然不明原因。

“又被你猜到了，我瞒着的事很多啊！内裤是三角的还是四角的，爱吃苹果还是香蕉都没告诉你。”

“奇怪，感觉你跟我认识的一个人说话有点像。”

幼青说完，林森心里猛地一哆嗦，女人的直觉真的可怕，看来自己还是不够小心，一定要多一些伪装。

“这不奇怪，这辈子所有遇到的人都是故人，上辈子肯定见过。”

“有道理，如果我没猜错，这是佛教的说法吧！”

“是啊！我相信缘分。每个人都有自己的角色，这辈子我的角色可能是听你聊聊人生，然后消失在人群里面，下次见面彼此都不认识对方。”

“听起来有点儿难过，咱们聊点儿开心的吧，别这么压抑。”

“还是说说你，肯定有过不少男孩追你，一个个都怎么拒绝的？”

“这你可问对人了，远的不算，从大学到现在起码有二三十个，不过拒绝人不是什么好事，好像老娘招蜂引蝶似的。咳咳，拒绝的关键嘛，就是针对不同人对症下药……”

幼青在滔滔不绝地讲述着她的光辉历程，林森盯着显示屏上的人形卡通图案，见她一会儿歪着头，一会双手托脸。

人生终究是凶猛的，身体里面都藏着一个猛兽，突然有一天不知道从哪里冒出来，狠狠咬上你一口，轻者致残，重者丧命！

像疯女人这么好的姑娘，居然不能谈恋爱，不能结婚生子，不能像一个正常姑娘那样过成立自己的家庭，该有多绝望。

如果换成自己，别说不能跟女人睡觉了，就是精子不能成活都没法儿接受，也没法儿挺起腰杆做人。平时看她没心没肺的样儿，还以为不知道天多高地多厚，怎么能想象得到她一直背负着命运的不幸。

所谓绝望，不是希望渺茫，而是一点儿也没有。一个人失去希望的最终结果，通常沦为麻木的行尸走肉。反过来看，疯女人除了偶尔脾气有一点儿古怪之外，其他的不但正常，而且超出了常人的指标，一天天乐呵着呢。想到这，不免生出由衷的佩服之情。

显示屏上转化的卡通图案里，他发现了一种力量。一个柔弱的姑娘带着自己的不幸独身一人漂在北京，她没有被巨大的不幸抽掉勇气，反而从哪个不起眼的角落里挣扎着满血复活，光彩夺目。这种无与伦比的力量不得不让人抬头仰视，甚至顶礼膜拜。

与疯女人相比，林森产生了自卑情绪。他一个身体健康、四肢健全的男人还时不时地迷茫，对生活中的困难软弱无力，心情不好了还要通过跟女孩儿上床来调节激素分泌。来北京两年时间，总结起来就是个软蛋，买一块豆腐撞死都属于死不足惜。

时间到了，两个人终究谁也没有挑明身份。一个在天马行空地在犹豫，一个左思右想着压根儿不敢。

幼青聊得很愉快，对面的那个人说话挺有趣，虽然有点颠三倒四，人也还成，做到坦诚就不容易了。当然，这样的想法是在她距离事实很远的情况下。谎言，之所以有魅力，是因为当事人不知情，陶醉在未知的陌生当中幻想自己的剧情，倒也未必是坏事。

如果她从一开始就知道对面的人是自己讨厌的人，对话根本不可能进行下去；要是中途知道，绝对会愤然离开；对话结束后揭开真相，不暴走起来把林森大卸八块才怪。从目前的状况来看，任何时候获悉真相都对两个人不利，容易使关系陷入危险的边缘。

人活在数不清的谎言当中，有的能分得清，有的分不清，同时也在有意或者无心地制造着谎言。一个人需要经历很多的谎言，从身旁溜走，或者穿心而过，也许才能顺利地度过一生。

很多时候，谎言制造者要比坦白出真相的人承受得更多一些。知道真相A，说出真相A，并不复杂。知道真相A，想到B，想到C和D，甚至E，然后说出F，这个过程就颇费脑力了。谎言，有时比真相实用得多，相较于真相的笨拙和木讷，它能轻而易举地让双方获得快感。

好的或不好的谎言，区别在于出发点和产生的影响。如果出于善意，也产生了不错的结果，那么无可指责。

但是，谎言的土壤里意外时有发生，埋下一颗种子，不知道会长出什么样的果子。在谎言的两端，对于制造者和承受者来说，都是不可预测的。

第七章　你的自闭 我的历程

偌大的北京城，人来人往。常住人口 2000 多万，加上流动人口大概 3000 万左右。3000 万的人，每个人都有自己的心事。要是都怀有怨念的话，在京城上空交织，恐怕形成一个强烈的负能量场，幸好事实没有那么糟。

木青最近心情不好，北京的生活，让她有点想退缩了，本来在家随便做一个银行职员或者教师都可以过的无忧无虑，却在北京心甘情愿地被没人性的老板压榨，听人使唤成了理所应当、顺手的事。

为什么老板可以这么没人性呢，长着一副慈善的面孔，却想尽办法压榨你。六点下班推迟到八点，八点之后又十点，有个月连续两周加班到了凌晨两点多。说是为了满足客户要求，东西改了又改，为什么不能在满足客户的同时考虑一下员工的状况呢，还要想方设法找理由告诉你是行业惯例。每月三千多块的工资，她不想把命搭进去，犹豫了许久，选择了辞职。

辞职报了一个培训班，想把动画基本功重新提高一些，顺便考虑往平面设计方向侧重。培训费用一万五千块，以往的积蓄不够用，前段时间腿上脉管炎复发，看病吃药花了不少。辞职不想让父母知道，自然不能寻求支援。从表哥那借了一部分，跟林森借5000块，好算凑齐了。

上半个月又发现培训班比较坑人，教的知识过于基础，取得的进步十分有限，根本不能满足提高能力的需要。原则上不退款，左说右说，软磨硬泡，眼泪都用上了，退回来一万块。就是这一万块，引起了一场风波。

林森每个月的工资恨不得半个月花完，自然没什么存款，借给木青的钱是他向朋友借的，为了木青学习，从来不跟朋友借钱的他伸了手，退回来的钱自然想尽快还回去，毕竟借别人钱让他浑身不舒服。但他不想让木青知道自己的窘境，只好找个借口。约好晚上去过夜，电话打前站。

“我说，小汤圆，今天或者明天给我打4000块钱，朋友有急事跟我借钱用。今晚我过去找你，大概7点到。”

“我讨厌你，每次都是爱和我提前说时间，我也给你说了不要这样。你来，什么时候来这是你的事，不是我的事。”

“好了好了，提前说一声不是让你有个心理准备嘛!”

“你别来了，把你卡号发给我，我给你打。现在赶紧去找个优秀的女人吧，我小平民一个，不能给你带来什么。我也发觉我不该谈这个恋爱，把学习给落下。找人还是找个门当户对的才是好的，以后也不会有太多问题和矛盾，咱俩之间有差距，即便一时合适，也别强在一起。我也说过很多遍了，我跟你不相配，跟你条件相当的会更适合你，会让你省更多心，别因此影响你工作了。”

“打住！你先等等！小汤圆，这都哪跟哪啊！怎么七大姑八大姨都出来了，跟刚才说的有关系吗?”

“还清你，咱们各自回到各自的生活上吧，我也不想老是因为这弄的心里不舒服，我也不想再耽误自己的学习时间，别过来找我别碰我！微信我一会儿删除你，不会再加了，电话也屏蔽，以后有什么事发短信说。你也别埋怨你朋友这个时候问你借钱什么的，钱也都不是什么大事，是我老觉得自己不适合你，是真的不适合……”

“干嘛删除我微信，还屏蔽我，你要学习的话怎么现在不学习，啰嗦这么多不相关的，是不是在发神经?”

“我学习是我的事，咱俩之间得先撇清，我也得事先讲明白了。不是我的，不适合我，条件再好也不会强跟，因为我条件一般。不和你说了，以后有事短信，感情上，小汤圆的什么一律别说，没事别打扰我了。我现在也有我的恋爱自由，你也是，我不会管你，你也别管我。”

“你还能停一下吗，听我说几句，大姐！大哥！大妈！大爷!”林森简直要崩溃了，电话另一头的人估计得了失心疯突发症。

“我不该谈这场恋爱，失了自己的心和学习。我怎么能跟你这样的比我成熟很多的人去谈呢，社会太现实！还是我第一个男朋友好，我现在也明白他当初跟我说的话，不舍却又很无奈，而我很伤心很生气。过去了，现在想回头也不可能，我那时没有给自己留任何后悔的机会，不再想太多。收心，从此咱们各自好自为之吧!”

“你知道自己在说什么吗，大姨妈来了？还是大姨妈跟大姨夫携手都来了？我听不懂你说的，前言后语有什么关系，前男友是好人，分手伤心，社会现实，跟我有半毛钱关系吗?”

“我给你我银行卡账号和密码你自己给他转吧，我不想弄。我卡里也就那么点钱，无所谓！给我留点吃饭钱就行，因为我家里现在有人生病了，我弟弟这段时间也要花钱，我也毕业有段时间了，不能再问家里要钱。卡里钱你可以随便用，这卡以后也就给你了，我到时候取几百块就够我吃饭了，饿不死人，希望以后你能放过我。”

“别啰嗦了，我想你了，一会儿给你道歉！今天是出去见一个客户顺便出来，我出发了，大概半个小时能到，一起去吃烤肉。”

“工作重要，你要因为我不顾你工作，我看不起你。一个女的不值得你这样，我可以怎样，你不能。再说我也不饿，吃不进去东西。没必要觉得有什么抱歉的，我好了，正常了。到了发个短信，我把银行卡给送过去。”

半个小时后，林森出现在木青楼下，打电话发现被屏蔽，无奈只好发短信。再过一会儿，木青出现，眼神躲闪，不正眼瞧人。从口袋里拿出银行卡塞给林森，转身就走。

林森当然不会轻易允许这样的情况发生，快步跟上。两个人一个想走，一个想留，出现的场景就是娇嗔怒斥加上软语相求，搂搂抱抱夹杂着挣扎反抗，正面相拥又换成背面双手拖拽，看得周围的大爷大妈指指点点，恨不得年轻个几十岁亲自上阵。

尽管是冬天，也撕扯出一身汗。俩人的坐标来来回回，一会儿向东，一会儿向西，位置却几乎没有移动，也就是物理学上说的忙乎半天，做的都是无用功，所有动作的总和相当于零焦耳。倒是林森隔着衣服，把木青身上出于需要拖拉的部位和出于使坏心理作祟却于礼不合的部位上上下下、前前后后摸个遍，脸上还挂着一副请你正常点儿的表情。

最后，林森不得不使出欲擒故纵的手段，撒手放木青离开。在走了九十七，或者九十八步的样子，收到对方的短信——你为什么放我走？是啊，为什么放走，为什么呢？为了能在最大程度上节省力气，用技巧战胜固执的情绪。所以，收到短信之后，果断飞奔而回。接下来，俩人之间发生了这个城市里很多男男女女在天黑之后都要完成的步骤，一个本科生和博士生在学位上做不到的事，略有不同的是，像《美国X档案》里，男主爱德华·诺顿的黑人朋友绘声绘色描述的那样，一场带有情绪的性爱。

人与人之间，语言说不通的时候，再继续说多少都白费，在这个关口，也许可以考虑转换路线，用感情，用金钱，用肢体，或者用器官。哪个在当前背景下最合适，不妨从工具箱里翻出来试试。当然，屈从于一次性爱之下的和解不能从根本上解决争端，它只是让冲突的关系暂时缓和，用身体空间换取一点儿时间。接下来，一方丧权辱国做出妥协，或者双方签订城下之盟。

最近，结伴之家谣言四起。有的人说公寓管理不严，公寓人员里里混进不少同性恋，影响不良。有的人向公寓纪律部反映，内部有几个女的招揽生意，严重破坏了风气。还有的人说伴侣手环的监督力度并非不可解，浑身裹着保鲜膜或者塑料袋、透明雨衣照样能顶风作案。

关于这几个谣言，林森选择完全无视。公寓的规定里面根本就没有涉及个人性取向问题，喜欢男人，喜欢女人，还是猫啊、狗啊、黄瓜啊或者胡萝卜的都无所谓，完全属于个人偏好。喜欢吃黄瓜的，凭什么不让别人吃苹果呢，简直太霸道了，不符合自由社会的范儿。

再说说事业心很强的几个性服务提供方，人家的所作所为也无可厚非。结伴之家本身就是一个小型的社会，社会自然有不同的圈子，多种多样的需要，无论哪朝哪代，也没见能彻底取缔了妓女这个受欢的职业，它根植于广大人民的人性深处，需求广泛而旺盛。公寓方自然睁一只眼闭一只眼了，既不能去严厉打击，也不能发扬鼓励，不然一部分男性成员的身体健康堪忧，生活费堪忧，人模狗样的社会形象堪忧。

至于裹着保鲜膜之类的道具来作案，他倒是保持极大的好奇心理。塑料确实能起到绝缘的作用，皮肤不直接接触的话，手环就感应不到两个人身体的接近。理论上说得过去，但仍旧存在技术问题。透明雨衣太厚，估计接触时隔阂明显；保鲜膜材质滞涩，摸起来也毫无质感；最薄的的塑料袋吧，勉强能体会身体的温热了，弱点在于韧性不牢靠，很容易戳破，质量不过关的话，口水或者其它体液沾上去，可能造成化学物质中毒，风险性较高。

哪里有压迫，哪里就有反抗。为了反抗压迫，奴隶推翻了奴隶主，无产阶级推翻了地主阶级。为了反抗性欲，男人推到了女人，或者男人。伴侣手环的存在，是为了公寓的运营规则，从客观事实上说，对所有成员构成了压迫，但用保鲜膜的方式来做出直接的反抗，还是相当具有幽默感的。

结伴之家的活动室，总有各路的咖办一些 Party，品酒 Party，美食 Party，相亲 Party，宗亲 Party，车友 Party，动物爱好者 Party，甚至什么柏拉图 Party，纽扣 Party 都有，似乎在某一领域高深莫测，让人望尘莫及。

今天是读书 Party，思维出现混搭，林森想起在澳洲南部维多利亚州一个小农场里打工遇到的韩国哥们儿阿俊。阿俊在性事方面热情颇高，随身携带的两个移动硬盘里都是 A 片，号称库藏多年的精品。

澳洲南部干旱少雨，适合水果生长，白天大家去农场顶着四十多度的高温采葡萄，累得一身臭汗。农场位置偏僻，条件落后，几乎与世隔绝。干活回来后用从河里抽上来经过简单过滤的水冲澡，水质浑浊，洗完了身上会沾着一层细密的沙子，女人洗到什么程度不清楚，男人们从不敢翻开包皮深度清洗，担心寄生虫安家落户。

住的是类似工地上工人住的铁皮房，两人一间，闷热得很。简单填饱肚子，几个人从冷库里拿出啤酒，开始吹牛聊天。阿俊说他一直梦想着开一个 Masturbation Party，也就是自慰派对。男男女女，老老少少，各个国家的友人都来参加。黑色的、黄色的、白色的、棕色的，各种皮肤的人欢聚一堂，来一场自慰盛宴。

阿俊从未交过女朋友，一般通过自助式解决，实在熬不住了就去花钱找专业服务。问他为什么，声称是处女座的洁癖，感情要专一，结婚之前绝对不谈恋爱，以便在婚后一心一意，夫妻吵架了也能摇杆儿挺直——咋了，哥们儿没有前女友，没有暧昧过，还有什么不满意？

这号人物的坚持，恐怕有点儿份量，你没法说自己比他高明。三年不见了，不知道这家伙有没有实现，愿他梦想成真。

得知疯女人的身体情况后，再见到她本人，林森感觉世界变了，自己的心态也变了，他几乎收起了平时那副你能怎么着的表情，开始正视这样一个与众不同的女孩儿。

心里不拧着劲儿，看人自然顺眼多了，可以客观地正面欣赏，趁着她在厨房做菜或者在客厅收拾东西的时候。一对眼睛特别明亮，怎么说呢，像夜空中竟然挂着两个太阳，你知道是矛盾的，但是找不到其他的比喻来代替。

一个奇怪的念头突然出现，他在设想和疯女人真的组建一个家庭会怎么样？画面开始浮现，他坐在沙发上看电视，一边喝啤酒一边吃鸭翅，作威作福的架势，而她在厨房刷碗，或者跪在地上擦地板，嘴里不停抱怨，你个死鬼怎么那么懒，下个月不给你零花钱。这样的画面，也不是不能和谐相处。

念头迅速拉回，他想到幼青的身体问题，弯弯折折，最终也绕不过去的坎儿，不能生育，也不能过夫妻生活，怎么办？自己能不能接受，自己接受了家里父母能不能接受。想到得知真相的人都要用这样的标准，甚至更多的条条框框对幼青进行审判，林森心里一百个不舒服。在一起生活了几个月时间，作为她的老伴儿也好，朋友也好，都不忍心看到。

他不想把自己的念头理解为同情，同情是一个有距离感的词汇，感同身受他做不到，只能尽量设身处地——如果是自己，希望怎样被对待？可能会对嫌弃的目光很敌视，对质疑的目光很反感，对怜悯的目光很不爽，对淡漠的目光更淡漠。还真是不一件轻松的事，可想而知，疯女人多年来在如何小心翼翼地淡化自己，与生活保持距离。

好像是一堆人在吃日式铁板烧，大师傅在面前拿着两个铲子对付几样海鲜，只看见师傅从竹篓里拿出一个螃蟹，青色的外壳，两只小眼睛，感觉受到了侵犯，几条腿死命地蹬来蹬去想要挣脱。突然你感觉跟这只螃蟹似乎是同类，不只它在挣扎，你同时也在挣扎。师傅果断麻利地一刀两断，再几刀肢解，压到铁板上，蟹肉跟滚烫的铁板接触，滋滋直响，冒出一股股油烟。你心里猛地抽搐，完了！同类就这样轻松地被干掉了。

林森这几天尽量避免跟幼青说话，还有直接眼神接触，一方面呢多少有点儿做贼心虚，另一方面，他尚未找到一种合适的语气，变得温柔了有鬼，以前那样找茬儿的势头他也拿不出，新的语气正在摸索当中。

如果说男人的直觉像章鱼的触手，坚韧有力，那么女人的直觉则像暖海海域的海葵一般，上百条纤细的触手在水中伸展，随着水流的走向浮动，一丁点儿的水流变化都足以引起它的察觉。

最近，幼青察觉到空气中的氛围不对劲儿。如果让她找到一个时间节点的话，大概自从五天前开始就变了，但她一时间无法准确地捕捉到飘荡在空气中的所有信息。吸了吸鼻子，她打算来一次房间的大清扫，以期找到能诱发变化的原因，比如只是一块烂香蕉皮，或者干脆地毯式的突击，用抹布把出现在视线里的物品里里外外、通通擦拭一遍。

她患有整理癖，从小到大爱干净，在不干净整齐的环境中，感觉像身上寄生了几只跳蚤那么难受。所以，她同样执着于清理自己的身体。每天洗脸、刷牙、洗澡、洗衣服，定期理发、挖耳屎、剪指甲、换床单。经常性地收拾厨房，打扫卫生间，清理衣柜……如果说是对一种仪式感的偏执，可能相差不远，清理之后，心情变得明快，被雨水清洗过的松林一般。

她还有一个偏好，就是广泛性的恋物癖。对身边的东西都会妥善对待，不过有时演变为购物欲，柜子里面成堆的鞋子、衣服和床头排成队列的小摆件承受着这个偏好的烦恼。

桌子上的陶罐，倒出里面的杂物，湿抹布由里到外慢慢抚过，拐角处、花纹、边沿、罐底，干抹布清除水痕。电视机旁摆的三不猴，三只小猴子分别蒙上眼睛、堵着耳朵、捂着嘴巴，寓意非礼勿视、非礼勿听、非礼勿言。瓷质的材料，做工精细，但细致的纹理容易积灰，用水冲洗，面巾纸吸干。墙角的两个盆栽、衣架、鞋架、凳子，一路擦过去……

擦拭每一个物件的时候，手掌里捧着的仿佛是自己，它们有温度、有色彩、有形体、有重量，不善于沟通，只能活上一辈子，不会繁衍后代。如果活得足够小心呢，不发生焚烧或者磕碰的意外，寿命比她能长一些，只是换了主人之后，不知道将要面临怎样的命运。

想到这儿，她多少理解了古人陪葬文化。那样一个物质匮乏的年代，生产力低下，材料单一，没有流水线，一切靠手工制作。一个物件从选材到制作完成，耗时耗力。一个人一辈子里用了那么几件东西，自然感情深厚，离开时难以割舍，不忍它们颠沛流离，所以只好随身携带了。

如果能有其他的东西成功地转移注意力的话，女人不是对一个问题揪住不放的物种。这也顺便说明了为什么女人之中很少有哲学家产生，诺贝尔奖得主中只占有不到百分之五的比例。她们的兴趣点广泛而繁多。幼青在一番辛勤劳动之后，已经忘记了初衷，转而洗衣服洗澡，窝床上看剧、吃薯片。

她喜欢那些故事主人公一般意义上来说出离常人界限的电影，带着伤痕跳舞，或许是潜意识里想要从中获取一点儿慰藉的可能。《自闭历程》《不一样的爸爸》《叫我第一名》《天使爱美丽》《阿甘正传》《初恋五十次》等等，尤其2010年的《自闭历程》，上升为她的最爱。

患有自闭症（阿斯伯格综合症）的坦普尔从小便受到同龄人异样目光和嘲笑，她害怕周围对自己的反应，害怕人多的地方，与人沟通存在障碍。这样的孩子的成长历程要比普通人艰辛得多，不仅对自己，对家人也一样，她对肢体接触一直怀有恐惧，四岁以后，妈妈再也不能拥抱自己的女儿。

坦普尔在进入农场的时候，意外找到了生活的另一种打开方式。牛群的叫声，天花板上电扇的转动，马克笔与纸张摩擦的声音，在她耳朵里都相当于雷鸣般的轰响。很多时候她陷入困扰，被惊吓得不知所措。后来，她终于发现了那台安抚牛用的“挤压器”，出乎意料，能使牛平静下来的木夹板对坦普尔也有着很大的帮助。大学校园里，“挤压器”成了同学们消遣的笑料，但早已习惯了周围冷嘲热讽的坦普尔毫不示弱，用行动捍卫了那台能给自己安全感的工具。

一句台词感触颇深——Nature is cruel，but we dont have to be。自然是残酷的，但我们不必如此。生活在一些时候是残酷的，但人与人之间却可以有温暖。都是女人，幼青难免动过两相比较的心思。跟坦普尔 PK，她们两个人大概各有优劣吧。

坦普尔存在沟通障碍，她的行为举止在人群中很明显，活在嘲笑当中。自己的缺陷是隐性的，目前为止藏得很好，从始至终只有自己在烦恼。坦普尔的天赋和才华要超出众人，大脑精于构图和计算，在设计方面硕果累累。自己除了生理问题之外属于普通人范畴，大都市的小职员一枚，说优秀谈不上。坦普尔的缺陷可以通过努力克服，她终究会有人爱有人疼，跟某某人建立自己的家庭，生几个孩子。自己终究像一株植物，不会结子的那种，不过有阳光、有空气、有蓝天、白云和美食也能穷开心。

近一周的时间，她发现了一个苗头，公司李实应该是对她有好感，步伐虽然不大，但有着从幕后走向台前的倾向。比如原来买早餐就是买早餐，现在要加上几句关心的话。看她的眼神，本来无关联的那种，看几眼低头，现在好像要从中得到某种回应才能罢休。这些表现，让她感到压力一点点逼近。

说到感情经验，她只有残缺的一点儿。上大三的时候，自己好像隐约对学生会的李建新有好感。一个寝室的小美表现出极大热情，先是当众开两个人玩笑，后来做了大量说服工作，一步一步让自己由一点儿好感确立为喜欢。谁料想事实竟然是小美自己暗恋李建新不敢表白，之前的所作所为竟然是拿自己做一块问路的石头，想要探明男生的心意。后来又不知道小美怎么猛然醒悟，发生什么不得而知，没多久人家两个人开始出双入对。

当时她很想原谅小美，毕竟是一个寝室的姐妹，抬头不见低头见。她对自己使的一个又一个手段虽然不能说光明正大，但拐个弯儿也能理解为对爱情的不懈追求。甚至幼青在心里为小美设想了很多不得不这样做的理由，试着做到原谅，可惜对方始终没有给自己一个借口。不说话不沟通，避免发生交集，后来从宿舍搬出去了，再后来听说也分了。

从小美身上，幼青认识到了女人的可怕和愚蠢。为达到目的，竟然工于心计到那样一个程度，完全以自我为中心，不顾及别人的感受。但她同时也是愚蠢的，自己虽然失落了一阵子，但很快就忘了，也做出了几次和解的姿态，小美却没能过心里那一关，不断地陷于不好的处境。不是所有人做了亏心事都会感到惭愧，有的人在事情发生之后更硬气了，世事难料！

仅有的一点经验，几乎无法作参考，她多少沾上点儿发情受挫后遗症。李实是怎样的人，她不清楚，最不擅长看人了，在没有重大恶行曝光之前，感觉大家都是好人，笑起来都是善意的。一个念头告诉她说，李实人老实，家世好，工作能力又优秀，外貌说得过去，从现行的标准来看够可以了。另一个念头说，不能接受，其实她也知道，无外乎是自己履行不了妻子这个标签所附带的义务。如果走了狗屎运，自己真能找到个陪伴一生的人，会是什么样的呢？狗屎八成是稀的，大概也不是一个正常人，不是脑袋里缺根弦就是心理有病，然后能陪自己疯啊、闹啊、哭啊、笑啊之类的奇葩。一个影子突然闪现过，那个惹人厌的家伙，幼青为自己闪过的念头恶向胆边生，恶心的恶！

上周四林森走了一回狗屎运，碰到一个客户买了七十万的基金组合，他提成赚了将近两万块。不过钱来生灾，立马摊上事了，木青租的房子出现状况。房子在双桥附近，周五晚上房东兄弟俩强制赶人，且拒绝退款。

兄弟俩一个叫边塞，一个叫边迪。他们在通州有十多套房子出租，一般租给年轻的女租客，两个人配合着进行骚扰活动。弟弟边迪称哥哥是企业家，在全国各地做房地产生意，德高望重，单是北京就有多处房产，平时哥哥忙由自己打理一部分。然后找各种借口进女孩儿们的房间，修修桌子，敲敲衣柜，换一个窗帘，送一把椅子，坐在人家床上有一句没一句地撩拨。给姑娘们发的短信通常是——房间哪里住不习惯的？需不需要换一张桌子？我们做朋友好吗，知心的那一种？你一个人住不感觉冷清吗？这么辛苦给你安窗帘也不说请我吃顿饭？请你看场电影好吗，顺便聊聊？

在遭到拒绝之后，他通常说——其实我挺喜欢你的，怎么就气我呢？怎么就不理解我呢？人家姑娘说谢谢你的喜欢，不好意思，我有男朋友。他回答得蠢得不能再蠢：没事，按时交房租就行！哥们儿的智商可能受过伤！遇到脾气不好的妹子跟弟弟吵起来，哥哥边塞就会以调停人的身份出现。他的句式是——听说你跟我弟弟有点矛盾，我们出去聊聊，给你们调节一下，不然怕你一个女孩子吃亏，我是为了你好！如此这般，卖弄所谓企业家的成熟稳重和公平正义假面孔，哄骗女孩儿们上床。如果两个人的伎俩都被拆穿，遭到严厉拒绝，他们转而恼羞成怒，兄弟齐上阵骂人家一顿，动手把行李扔楼下，扫地出门。

真正的业主是来自安徽的富商，付款后一直闲置，最近想要把房子利用起来。之前兄弟俩凭借着跟物业的关系，再借用点儿流氓手段，把房子临时租了出去，赚些歪门邪道的钱。现在着急把房子清空，收到的房租又不想吐出来，雇佣几个流氓恐吓住户。报警也宣告无效，证据不足之类的说词。

这种事儿摊上算倒霉，短时间内抗争上诉什么的根本耗不起，指望有个超级英雄出来拯救大家不可能。小猪短租网上找了个地方，临时租一天。周六帮木青搬家，整理、打包、租车、搬运，楼上楼下倒腾，到了新地方继续倒腾着。锅碗瓢盆，油盐酱醋还好，最多的是衣服和鞋，装了几大箱子，一个女人的行李几乎抵得上三个男人。周日找到新的住处，再把上述过程重复一遍，帮木青付了七千多块的押金和房租，下午回去时候筋疲力尽，倒床不起。

一头倒下去，睡得很沉，回到了初中时代。学校公布栏上贴着红红的喜字，旁边是一封邀请函，林森同学将举行大婚，届时欢迎全校师生参加。每个班级参加人数不得超过18人，望各班主任组织本班的同学，维持秩序，不得打架斗殴，不得谈情说爱，酒水免费，餐费自理。

婚礼现场，班主任刘老师和校领导们轮番发言，高度赞扬了林森同学的吃苦耐劳精神和优异的学习成绩，尤其为他能在少年时代迎娶新娘感到骄傲和自豪，出了这样德智体美劳样样过关，且身心全面成熟的同学，学校全体师生喜闻乐见，衷心献上祝福，白头偕老，早生贵子!

多余场景直接跳过，他迫不及待赶到洞房。床上坐着两个女人，蒙着红盖头。怀着忐忑的心情，走上前去，掀起来一个盖头，是当时同桌孟若丹，皮肤白皙，眉目含春，脸蛋相当之美了。心脏扑腾扑腾地，越跳越快，明摆着天上掉下来的齐人之福，人要惜福，拿着盖头的手开始颤抖。接着掀起另一个盖头，疯女人的脸出现在眼前，满含笑意，红烛的光晕下，眼睛跳跃着期待的火苗。

意识里突然明白了自己是在做梦，美美的竟然空欢喜一场，疯女人不可能用这样的目光看他。一句话没说，果断给自己一巴掌，现实中的一巴掌也结结实实地拍到脸上，清脆而响亮。

缓神儿几分钟，脑袋昏沉沉的。手机闹钟响起来，七点钟，起床洗漱，排便，穿好衣服下楼，消灭一个鸡蛋灌饼一杯豆浆。赶赴车站，过安检，打卡，麻木而机械地挤上地铁一号线。车厢里闷热窒息，挤得想吐。不知道哪位大哥还是大姐的腋下核泄漏，混着旁边的煎饼葱花味儿，持久而强烈地刺激着他的呼吸系统。每一次到站车门打开，里面的浑浊空气得以释放，才能大口地呼吸上几次，车门关闭，再调整为小功率呼吸，节能减排。忍了几站实在是胸闷气短，中途下车，赶下一班的，不然怕憋成内伤，死得冤枉。

到了公司，大概来了一半儿的人，每个人趴在自己格子里面，好像在忙点儿什么。似乎手里倒腾点儿东西，不空闲下来，就能发财一样。大厅三百多平米的空间，一百多人，平时除了小组成员开会交流之外，组与组之间交流少得可怜。开工了就忙着打电话，回访，整理客户资料，浏览行业信息，如何在茫茫人海中有效地开发自己的客户。好一群可怕的人，大家一门心思寻求客户，其它的一概不予理会，试图用一台电话对抗整个世界！

战斗状态当中的一天，时间是飞快的，六点开小组总结会议，每人发言总结一天工作得失，最后经理总结性发言，批评指正，鼓励大家扬长避短，继续保持昂扬的战斗姿态，不达目的誓不罢休。六点半左右下班，打卡，人人逃离写字楼，加入晚高峰的地铁大军。

地铁通道里面的人流，跟蚁洞里面的蚂蚁几乎没两样，数量众多，杂而不乱，秩序井然，没人想过扔一颗炸弹，也没人打架斗殴，或者泼浓硫酸。林森跟在一个大妈后面走一段，嫌走得慢切换路线，在夹公文包的男士后面亦步亦趋，无聊了再继续更换路线。一个穿着皮裙的妹子，身材十分惹火，两个臀瓣仿佛会说话，谁料众里跟她千百步，蓦然回首，妹子让人想要吐，满脸的痘痘争奇斗艳，奇峰迭起，偏偏雀斑还来凑热闹，可怜的妹子。

全身心失望之后，双腿慢下来，内心失落，脚步虚浮。一阵恐慌感意外袭来，万一地铁通道大面积塌陷怎么办，一片黑暗，怎么办？人群如何快速疏散？不行！他现在要出去，不出去可能交代在这里，立刻！马上！一秒都不能再等了，转身拨开人群，逆向行走。

瞬间，一张张脸扑面而来。疲惫的眼睛，挂着红血丝，不耐的表情，考究或者随意的各式衣装。被妨碍到的，龇牙咧嘴，好好的姑娘脸都变形了，中年大哥更加可怖，做出不友好的推搡。仅仅是一点不便，好像多大仇似的！人群怎么了，不让一个公民逆向行走吗？我是你同胞，你不爱我吗？此仇不共戴天了吗？出去！想要出去就必须出去，谁也别想阻拦！

走出地铁，呼吸着新鲜空气，一顿折腾值了！去小卖店买一包兰州，坐马路边儿抽两根，吞云吐雾，连续猛吸几口，故意呛到肺里，引起一阵咳嗽，呛出一点儿眼泪。十分钟过去，没听到坍塌的消息，再接着抽两根，还是没消息传来，看样子今天不会发生事故，暂时安全。

站起来，踩灭烟头，搭地铁回家！

第八章　曾因酒醉鞭名马

临近年关，寒冷在整个城市漫延。在北京生活，像被龙卷风抛到空中。也许下一刻用过的姨妈巾会拍到脸上，恶心得想吐，一个电饭煲砸到腿上疼得你浑身抽搐。也许呢，好运突如其来，让你晕头转向。

林森被好运砸得迷糊糊的。手上一个客户，中年大妈，连续维护了三个月，一分钱没投。每周三次例行问候，微信留言，健康常识和天气变化之类的暖锅。没想到突然买了一千万的基金组合。四十多万的提成打进银行卡，看着短信提醒上的一连串数字，天旋地转。

有钱了干嘛，买车！二手车交易市场买了个宝马 320，又从车贩子大哥手里买个牌照，跟主人签订协约，然后过户、上保险之类杂七杂八的东西加起来一共花了 17 万。零八年的车，行驶不到九万公里，保养状态相当不错，白色的车身简洁大方，总体还算挺满意的。两年前考的驾照，再摸车几乎是生手，晚上开出去遛了一周才找到点儿感觉。

有了车，业余生活丰富起来，呼朋唤友，聚会频频，胡吃海喝。更多人绝非小富即安，而是小富即炫，以前每个月干巴巴那点儿工资勒紧腰带过日子时候的节省劲儿完全抛在了一边，明知道那么俗不可耐的生活还是一门心思想要试试。还没吃，吃过了不想吃，不在一个档位。浑身上下长满了肠胃，都想要吞吐一番，你也不知道自己的胃口在哪。

从后海喝到三里屯，三里屯再转战簋街，晃晃悠悠找代驾，兴奋劲没过的话KTV唱到天亮。说句找揍的，揣着钱真累，是件力气活儿。AA制多麻烦，别啰嗦！什么支付宝转账！账单赶紧拿来，服务员买单！我买单你磨磨蹭蹭，难不成看上了哥哥舍不得让走，直说嘛！我也喜欢你腿型！妹子体重多少，看你肯定不过百，工作辛苦也要注意身体，为下一代着想啊！要不咱们加个微信，给你转账行吗？顺便交个朋友。多个朋友多条路，不吃亏！

斜靠在后座，想吐吐不出来。代驾大哥问走那条路，不是废话嘛，长安街！曾因酒醉鞭名马，生怕情多累美人！没美人也要打马！师傅慢点开，我打开车窗抽马！随即伸出头，把车门拍得哐哐响。见了凉风，哇地一口吐出来，接着又呕出几大口。妈的，值了！老子吐尽长安街！

第二天醒来，上午十点，口干舌燥，憋着泡尿，头疼欲裂，浑身脱力，干脆不想起床。如果一泡尿能通过目视的方式，从眼睛里射出来到垃圾桶里就好了，当然最好能拐个弯，控制下流速，别溅到外面，再缓一会儿，恢复力气再起来洗垃圾桶也认了。

虚弱的时候就会产生严重的幻想，怪不得霍金想象力那么丰富，尼采的文字那么大力度。据说希特勒当年失去性能力，痛苦挣扎，激素分泌严重失调，没准发动第二次世界大战就是暴走的性欲作祟，在女人身上无法施展了，所以向世界人民发泄。现实世界的软弱，催生强大的意志力，以便在精神世界里做一个巨人，或者一个独夫！

当然，这么远的东西跟生活没半毛钱关系，膀胱胀痛，不得不挣扎着滚起来，挪到卫生间解决。洗个热水澡，从周身毛孔排出些酒气，进去几分力气。手机调了静音，七八个未接电话，十来条短信都是木青的。

十来天没见面，林森有意躲着，倒不是有点儿小钱就怎么样了，不能同富贵。曾经遇到的女孩当中，没有人比木青更可爱，但妹子不少想法和做法过于幼稚，很让人抓狂，没法解决就只能妥协，妥协多了就想要逃避，采取所谓的冷暴力，冷暴力用得自己也怪辛苦的。不回电话、不回短信，她的反应也不是一个正常的反应，一个人在大段大段地臆想、抒情：

短信1：我有点够了，你想要时间，我给你足足够的时间，以后你自己好好想想，我是否真的适合你？不是赶紧放手，我在我爸面前服软还有回头的余地，不然过了这个时间我就真的没有回旋的余地。你是不错，但给我的感觉就是虚，在一起还好，不在一起了完全感觉不到你的存在。咱俩是完全的独立，毫无关系，只有我一个人在拼命抓紧那根绳子。你心态不好，怎么处理你所遇到的问题是你的事，我是根据你的态度行事。我不可能每次都厚脸皮，厚的次数多了就厚不下去了，不值得，也没那个必要了。你87年的，比我大三岁，按理应该更懂事，而不是这样。我赌输了！

短信2：我腻歪现在这样，每次这样后我就会变得麻木，走在大街上不知道该往哪个方向走。我想的很简单，想要的也不多，别把你的情绪带给我。因为我会因此难受好几天，我只想做个快快乐乐的人。不能大事化小，小事化无吗？能用和平方式去解决干嘛要用烟火方式解决，这件事到此为止吧！

短信3：别理我，我一个人待一会儿就会好，或者睡个觉就会好。你记着我不开心或者哭了的时候，千万别理我，我自己会好。如果理了反而会火上浇油。你忙你的吧，我没事儿……别破坏了我的好心情，我这会儿很好，不用担心啊，一点儿都不用，记住了！你记性不好。

短信4：我以后不去你那里了，就你这样，去了我也不会有好心情，惹人烦还去什么。好好的心情被你破坏了。我没想到我的好心在你看来不值一提。一会儿我就把你删了，把你电话和微信删掉，就是让少联系的。没把你删掉时，也没见你打过几次。你自己烦，别把火烧到别人身上……

短信5：别理我，春节什么的我不在意，在这里我没家人。我要出去玩啦，会提前走，去南方一个城市，我回来再理我吧。一个月别理我，越走越远就越走越远，我也不想再去挽回，散了说明咱俩有缘没份。吃亏的是我不是你，放心。你去找能改变你的那个人吧！

短信6：其实跟你谈，我损失最大，可惜回不去了。之前是百分百属于你，但现在不，有人对我足够好过，他温文尔雅，阳光，走哪里照亮哪里，能驱走你心里的阴霾。上上周就在想如果咱俩分了，我会一无所有，除了自己，而你还有很多，不敢再把心都给你，要抓紧学习。能走到结婚，或者失败，最后损失最多的都是我。我没气你，这是我心里的想法！已经有点后悔了……以后还是这样，不是我想要的。

短信7：我不管你改没改，我是有改变，以后咱俩是怎样的结果。我都不后悔自己对你所做的，我会后悔自己浪费时间。你每次说我心胸狭隘，我心胸真的狭隘吗？我每次生气不是在夸大一件事，而是在考虑这个人这样是否真的适合我，而且还是我对他束手无策的，如果你是我，你会怎样做？估计早就分了，我知道，一定是这样的，我一阵冷笑……

短信8：知道你就是这样的人，我生气有用吗？我都是在考虑这个人是否真的适合我，而我又不想放弃，骗自己说你会改的，或者自己下次再遇事了就躲掉。你觉得有用吗？恋爱不是我一个人的事，不然我做再多都没用。

短信9：我很讨厌你这样不说话，把我惹毛了就跑，一声不吭，就像夜里面往湖里扔石头，看不见一个水花，我不开心！我讨厌这样的折磨，你还不如痛痛快快地给一刀，我会佩服你是个爷们儿。

作为一个资深理科生和电影爱好者，对语言逻辑关系和故事剧情发展合理性还算有点坚持。面对木青这样长篇累牍的短信，集合妄想、假设、哀怨、迷茫、演绎、患得患失于一体的大量信息，脑袋里像是被强行塞入了一吨的烈性炸药，在打开手机的那一刻，连环爆炸。

妹子不应该做动画方面的工作，做编剧再适合不过了。你说她傻吧，她却能猜到六七分心事；说她对你一心一意吧，偏偏还用什么温文尔雅的帅哥刺激人；说她斤斤计较，对你的缺点还算能包容一些；说前言不搭后语呢，人家按自己的逻辑说得相当来劲儿；说她以自我为中心呢，也能在某种程度上做到克己奉公，当然，公母的公，不是公众的公。

故事进行到这里，林森知道，自己的恋情又一次失败了。人生在世，有件事特别伤心，就是突然发现刚交往没多久的女孩儿虽然有千般好处，但你就是不能跟她结婚。想跟什么样的人终老，挖空心思也猜不到。猜不到只好凭感觉尝试，然后，一次又一次沦陷。

而冷暴力的使用，大概是心底想要体面结束一场恋情的信号。心里想着也许远了就淡了，慢慢就散了。只是感觉相当之糟糕，既对不起人家妹子，也对不起自己，当年仰着头迷恋天空的少年，今天的婚姻欲不满足者。这套流程简直就是恶性循环，害人害己！所谓幡然醒悟和良心发现，也不能从根本上对解决问题有所帮助，徒增烦恼罢了。

一条新的信息跳进来：咪咪想你了，它想让你摸摸它，亲亲它，再惩罚它！刚刚看完，紧接着又一条进来：妹妹也想你，说不上来的感觉，大概是痒痒的吧！今天你想我吗？想我就去，不想就不去！

面对这样柔情似水的妹子，此时此刻，心里成百上千条虫子爬来爬去，啮噬啃咬！不行！咬牙忍着，忍过去！相忘于江湖是相识一场最好的报答！电话响起，一看是贱哥，哥们儿终于办了件人事，成功转移注意力！十分钟后，俩人在楼下面馆碰头。

让林森颇意外的是，贱哥一副灰头土脸的样子，情绪低沉，往日的淫威完全打落凡尘，菜还没上，只顾闷头喝酒。看对方这架势，半月不见，一声不响跑来，来了又不说话，准没什么好事发生。不说就不说，情绪没酝酿到位，问也没用，几杯酒下去，不倒苦水才怪！

“哥们儿，我完了，没戏了！”贱哥开口说。

“怎么了，闫瑟肚子被别人搞大了？”林森立马想起闫瑟的影子。

“操！没那么严重，但我也没戏了。”

“说说吧，怎么个没戏法儿，肚子没大我感觉就有戏。”

“她说一次旅行能考验两个人在一起合适不合适，我俩周五晚上到的天津，住在海河边上的酒店。我带她听相声，去天后宫，逛五大道，吃海鲜，折腾两天回来了，但是完全没达到预期的效果。”

“行啊，进展挺快！你们俩住的一个房间？”

“我倒是想，当初订的一个标间，但人家妹子死活不干，到地方临时又开了一个房间，我也是心软，太尊重女性。”

“两天时间，整整两个晚上，就没发生点什么？”

“这我也想，但就是没来得及发生。有一天晚上逛街回来，大概十点多吧，旅行包里我备着一瓶冰葡萄酒，想玩点儿浪漫。天很冷，风很大，出去找了几个地方都关门。最后找到一家日式餐厅，吃的炸牡蛎，烤多春鱼，一个蔬菜沙拉，吃得很美，酒喝得很美，人就更美了。”

“赶紧的，说剧情发展，然后又怎么样了？”

“一瓶酒喝光，然后结账走人，都有点脸红心跳的感觉。她穿得少冻得发抖，等红绿灯我抱着她帮她挡风，过马路牵着她手，相当飘飘然了。房间在十二楼，电梯里我一直盯着她看，就用那种眼神，你懂的。”

“看看什么的可以跳过，直接说你主线故事！”

“问题酒不够了，喝的不够劲儿，还没意乱神迷，后悔当初没多带上两瓶。妹子不让我进她房间，我也没别的办法啊，之后就各回各屋。”

“大哥！别告诉我就这么结束了，你还能再操蛋一点吗？”

“听我说，回房间洗个澡，躺床上胡思乱想，我不甘心啊，就用酒店电话拨她房间的电话，第一次没接，第二次接了，哀求了好一会儿，妹子终于同意让我过去聊聊天。”

“一切进展都很顺利，多年功夫也没白练嘛！”

“进门一看，妹子穿着黑色短裙，针织毛衫，那个美啊就别提了！但我当时困意上涌，眼睛睁不开，聊几句就回房间睡觉了。”

“你确定不是在开玩笑？”林森用看怪物一样的眼神看着贱哥。

“开什么玩笑，我像开玩笑的人吗？”

“你像！简直太像了，不是玩笑我接受不了，大哥你逗我呢吧！”林森满脸的难以置信，拔高几个声调。

“我承认是你哥，但这次还真没逗你，事情经过就这样，句句属实。”

“都到这程度了，怎么就不能把她办了，平时那骚劲儿哪去了？”

“唉！别提了，肠子都悔青了，后悔当初没下手。”

“然后呢，为什么说你玩完，她给你什么信号了？”

“回来一直不理我，短信、微信都不回，刚才电话告诉我她已经确定关系了，但那人不是我，悲剧了！”

“牛逼！速度真够快的，看来同时还跟别人试好。”

“我靠，哪里来的词儿？听着真他妈刺耳，示好？”

“尝试的试，相好的好，就是确定关系前俩人尝试在一起，聊聊天，吃吃饭，或者睡睡觉，看看合不合拍之类的。”

“靠！我他妈属于没试过去的，问题出在哪呢，想不通。”

“你煮过饭没？一锅夹生饭，吃着难受，扔了可惜。”

“好像明白点儿，你的意思我没上她就罪大恶极了？”

“大哥，您终于明白了！这个吧，女人有的时候要当女神供着，千依百顺！有的时候要当婊子对她，简单粗暴！不然你还真搞不定。”

“这话你怎么不早说，现在知道他妈也晚了！”

“我以为你早就知道，以为你江湖经验丰富，以为你如饥似渴，谁想到关键时刻还玩起了清高，砸了也不亏你！”

“我不是想小火慢炖嘛，咱是冲着过日子去的。”

“什么都别说，你这是马上要煮熟的鸭子飞了！”

“飞就飞了，能咋办！现在找也找不回来了，算我倒霉！”贱哥一脸苦相，丝毫没有嘴巴上说的轻松。

“偌大的北京城，鸡鸭鹅成群，长了烧火棍，还怕没烤肉吃嘛！”

“说得轻巧，去哪吃，我现在就饿，穷凶极饿！”

“收起你那副可怜相，出去开开荤，放开了吃！”

俩人开着车奔赴后海，平时都是来喝酒听歌，跟陪酒小妹们没有深入接触，这次象征性地喝了一杯，直奔主题。一楼的乐队很吵，反复唱着花儿乐队的歌，最膈应花儿乐队，好好的听着头疼，恨不得赶紧离开。有的酒吧表面障眼法做足，隐藏的皮肉生意才是重点。

哥俩到二楼挑人，十多个看着还不错，大多浓妆艳抹。贱哥挑了一个风骚的，林森怎么看长得都有几分像闫瑟。他挑了像学生妹的，扎着马尾辫，化妆最少的一个，看着感觉貌似出道时间不长。

讲好价钱，两个小时，每人八百，其它的不再额外收费，照魔都的消费水准，不贵！酒吧的风格是不在自己的地盘作案，遇到扫黄也撇得清。林森提前付款，打点好酒店等问题，跟小妹去房间。

说到作案，这还是第一次，以前无非听狐朋狗友聊天瞎吹。这次的初衷纯属是想要安慰贱哥，至于自己，本想打一个掩护，跟小妹聊聊天就好，没打算亲自动手实战操作。

“帅哥，咱们怎么做?”小妹倒是直接，可能出于职业素养。

“咳咳——不是你不漂亮，我没打算做，出来陪朋友，咱俩聊聊就行了。”这么说算是心里话，但心里没点儿痒痒也是假的。

“别啊！钱都付了，你多吃亏。再说我也不会聊天，多累人，还是做简单，不然两个小时多无聊啊！”小妹带着惋惜的语气，可见职业道德。

“没事，我平常做得多了，不差这一次两次，聊天你嫌累咱俩就这么呆着，不说话也没关系。”

“帅哥，你这是想折磨死我吗？干坐两个小时，你杀了我吧！给你说说项目，你听了就感兴趣了，胸推、地球、丝袜诱惑、小螺号、毒龙钻、回马枪，你想玩什么吧，可以任选三个。”

“得得，钱都已经付了，又不退款，不用折腾就拿钱不好吗?”别说，妹子说完他确实躁了，什么是地球、回马枪，没听说过！

“头一次遇见你这样的，行吧，聊聊就聊聊，谁让你付钱呢，付钱的说了算，下辈子我也一定要有钱。”

“下辈子太远了，如果这辈子就有钱你想做什么?”

“我想想啊，先要开一个烧烤店，我最爱吃烤肉。”

“挺好，到时候我可以去捧场，别忘了给打个折。”

“然后呢，开一个台球厅，我也爱打台球的帅哥，再开一个美容店吧，女人不能不美，再——再干什么没想好，反正有钱就能干。”

细看小妹长得有那么一点像《蓝色骨头》里面的黄幻，电影忘了讲什么的，只记住一个黄幻，火辣又性感，野性十足。

“钱总会有的，好好干，攒着，攒到一定数额就能折腾点东西了。”

“攒钱? 别开玩笑了! 挣钱不花还攒什么，谁知道哪天出门挂了!”

“你好有危机感啊，不过说得有道理! 妹子你是个理科生吧，好像相当善于逻辑思维。”

“姐姐地地道道的文科生，外语系的，主修英语，二外是法语。”

“厉害厉害，看来逻辑能力是天生的，我怎么就想不到! 有没有人告诉过你，你是一个人才?”

“我都是人才好多年了，也不见发财，要不哥哥你帮帮我?”

“你想让我怎么帮，多介绍几个朋友捧场可以，还有什么?”

“帮我熟练下业务，积累工作经验，锻炼体力，出汗排毒都行。”

“妹子，你说的这些好像都是同一件事! 聊天也不白聊，能锻炼口才，口才好了方便忽悠人，说不准哪位大哥一高兴就扔上个几十万的。”

“几十万没想过，几千就行了，要不你给加点钱，咱们玩点儿过火的?”

“别吓我！妹子，聊天就行。你遇没遇到过变态的客人，有特殊要求那种，像火烧藤甲兵什么的。”

“什么火烧，没听说过。变态的还没遇到，就是办事时候有的人喊我姐姐，鬼哭狼嚎的，有的让我喊他爸爸。还有的爱说脏话，看着人模狗样的，脱了衣服立马变禽兽。”

“喊爸爸，这个YY一下好像挺刺激，大哥很有想法，也许他女儿长得漂亮，在家整天只能看不能吃，憋坏了！”

“你还挺懂的，你们男人都一个样，没一个好东西！”

“这你就说远了，哪个女人不想被摸大腿，哪个男人不想去井里打水，一个巴掌拍不响，说是做坏事也两个人是协同作案。”

“懒得跟你争！对了哥哥，你有女朋友吗？”小妹问道。

对方这一声声哥哥叫的，林森听着心里像是被小猫抓了后背，电流成群结队地爬过后腰。

“曾经有过，现在也有，怎么突然问这个？”

“做别人女朋友的女孩最傻了，免费跟男朋友上床，分手了什么都得不到，活得多可怜，你说傻不傻？”

“这么说离谱了吧，不能什么事都用商业眼光来看，大部分人还是受情感来支配的动物，利益是另外一回事。”

“我前男友，我们在一起八年，从高中到大学毕业，有天突然跟我说分手。问他为什么，说没感觉了，说不想再耽误我。八年！不想耽误我，耽误了八年。感情值多少钱，说没就没了，一分钱都不值。”

“八年抗战啊，日本鬼子都打跑了，两个人却不能在一起，确实挺伤心的，哥们儿这事办得挺不地道。”

“别提伤心这俩字，听着反胃！在我看来凡是伤得深的都曾经插很深，床单滚多后遗症，低眉又叹息的，想想都恶心！”

“伤得深——这话没错，醍醐灌顶啊！以后我再遇到个人说她受伤很深的，估计没法和谐相处了。”

“怎么样，哥哥，想不想窃取八年抗战的胜利果实，伸手就能摘。”

不等林森做出反应，小妹边说边脱衣服，速度之快令人佩服，脱到只剩内衣，转过身背对着他，乳罩三个挂钩只剩一个……

林森把贱哥送回西红门附近的住处，自己开车返回公寓。夜里十二点，路面车辆稀少，车开得舒服，油门能踩得深一些。对面一个车开着远光灯，近了会车时还开。祝他老婆别人睡，老公不能跟她睡。

前方十字路口红灯跳绿灯，刚减速就点了一脚油门。而林森没注意到的是，左前方飞速冲出来辆黑色奥迪，想趁着黄灯的尾巴抢过去，对方速度之快，视线里隐约出现个黑色影子，等他发现来不及了。

他的速度也不慢，刹车只踩了一半。哐地一声巨响！两车相撞，车头撞上了对方侧翼副驾驶的位置。右侧肋部狠狠顶上方向盘，一阵剧痛，强忍着疼痛挂到P档，眼前发黑，晕了过去。

再次醒来，肋骨处疼痛难忍，耳边环绕着嘀嘟——嘀嘟的报警音，第一反应不会被警察抓走了吧，不就是撞车嘛，又不是自己违背交通规则，难道撞了什么大人物。再看身边两个穿白大褂的人，才反应过来是救护车。第一次上救护车，还挺新鲜，不过此时没有欣赏的心情。

“别乱动，医院马上到了！”看伤者醒来，旁边的医护人员说道。

他自然不会乱动，提不起丝毫力气，眼前还是有点发黑。听声音是个女的，不是很温柔，可能为夜间出班不满，不然应该在值班室嗑瓜子。

“医生，我怎么样，死不了吧?”声音显得虚弱无力。

“尽量别说话，离死还远着呢，断了两根肋骨，出血已经止住了。”

女医生语气居高临下，但对林森来说无疑是个好消息。转念一想，擦！两根肋骨，没法上班了。钱来还真是生灾，没那么平白无故的。

“谢谢，多谢！回头请你吃饭。”他嘴上客气道，这么说是想讨好，希望搬担架的时候下手轻点儿，能少疼一点儿就是一点儿。

“哥们儿，你还是担心自己吧，最好闭眼休息。”旁边男大夫开口说，语气比较和善，貌似是个脾气好的。

林森闭上眼睛。这男的为什么语气和善，大半夜的被折腾出来不是应该相当不满吗?难道……难道他跟这女的有一腿，在值班室被女的逼着做点什么，但最近肾虚无力，这时一个电话把他解救！看来，自己似乎歪打正着做了件好事，难怪啊！十有八九！不是他想小人之心，此时此刻，只能胡思乱想转移注意力，停下来肋骨处的痛感就张牙舞爪。

旁边的两位医生，绝对不会想到病人在这个时候还有心情编排他们，画面还如此不堪。知道的话说不定不顾职业操守，直接把他扔下救护车，在寒冷的冬夜里自生自灭。

半路上男医生问他家人联系方式，家人远在一千公里外，大半夜的，不可能通知他们，知道了平白惦记，伤好了再说。不知道抱着什么心理，最后把疯女人电话报给对方，有点儿怪异的幸灾乐祸。疯女人会有什么反应呢，接下来有没有端水端饭的可能?想着想着，昏睡过去。

到了医院，还不能马上进手术室，这是一家小医院，听护士说叫莲花池康复医院，医生在赶来的路上，好在不用排队，住院方便。

手上插着管子，不知道是什么药液，无聊了数药滴。一滴、两滴……数到八百一十八滴的时候，幼青出现在眼前。行色匆匆，带着急慌慌的表情，显得很担心的样子。

看到疯女人，林森鼻子没来由地泛酸，眼圈发热，意识到自己的状况，赶紧收敛情绪。自己这是怎么了，一个人受伤了就这么软弱吗？随便见到个人像多年失散的亲人似的，恨不得对方给自己一个拥抱，最好在额头亲上一口，说声——亲爱的，你受苦了！我会好好照顾你的！从此床上床下，端茶递水，拉屎撒尿，我毫无怨言！

“哎哟！我说有的人不是好得瑟嘛，活该受罪！”当然，事实经常事与愿违，幼青一开口，打破了林森的一系列幻想。

“我都这样了，您能有点儿好话嘛，我怒极攻心箭创崩裂而死谁负责，算你的还是算我的？”

幼青坐在旁边的凳子上，玩味地看着对方。刚才正在做梦，一阵电话铃把她拉回现实，医生说林森出了车祸正在赶去医院的途中，确实吓得不轻，再听医生说只是骨折，两个月就会恢复，紧张的神经才放松下来。虽然看着眼前这个混蛋心里很同情，嘴上却不依不饶。

“还箭创崩裂，你痔疮崩裂了也尽管来，死活都跟我没关系！”幼青探过头，用只有两个人能听到的声音说。

“我——”林森本想要反击两句，一时想不起来，被气得肌肉紧绷住，牵动伤口，疼得龇牙咧嘴。得！今天流年不利，自取其辱！谁让自己平时多行不义，没少得罪人家。

被幼青用眼神鄙视了一会儿，只好闭上眼睛，眼不见心不烦，这次自己算是栽了，从心理到肉体，溃不成兵。虽然眼睛不看，也感觉有一把刀子，穿过衣服，钝刀子割肉。挨上一会儿，终于轮到手术。

林森进手术室的一刻，幼青放下玩笑的表情，流露出关切。怎么说林森也是她朋友，虽然人混蛋了一些，不是通常意义上的好朋友，好歹还是结伴儿的伴侣，她不会袖手旁观。看不顺眼算不顺眼的，朋友出事她必须到场，何况那家伙现在受伤正虚弱着，需要人来照顾。

缴费、取药、护理、洗衣、吃饭，需要人的地方多了去了。没听说他在北京有亲戚，朋友多是男的，大概能指望得上的人只有自己了。难道他把自己当成了亲人？现在为止不见别人出现。被信任的感觉还是不错的，想到这，幼青差点笑出声。好吧，既然信任了她，虽然这信任不怎么值钱，还有几分讨厌，但信任了就得任由自己来摆布！这就是信任的代价！

她问了医生，手术大概一两个小时。取了药，办理好住院手续，选了个单间。小医院就是好，人少床位多。独立卫生间，有电视、冰箱、洗衣机，带陪护床位，每天才二百元费用，堪称业界良心。大医院招蜂引蝶，大家找关系托人才能挤得进去，这家医院却像藏在深闺人未识的女子，寂静安然。

由于剧烈撞击，林森的肋骨骨折算稍微偏严重点的，医生采取了局部麻醉。他没有昏迷，但手术室灯光太亮，照得发晕，索性闭上眼睛。就算睁眼也看不到医生的具体操作，从他的角度，只了解手腕极其以上的部分的动作。

不过，长久以来他相信，人的五种感觉是相互通联的，输入与输出都要经过同一个中转站，视觉、听觉、嗅觉、味觉、触觉，只要有意识地忽略四种，剩下一种的能力就会得到加强。所以，此刻味觉用不到，封闭视觉，忽略嗅觉和听觉，把全部注意力放到触觉上，慢慢地感受，接近……

痛感，微乎其微，但肋骨被外力触碰，引起其它部位的联动，身体尚能收到信息。而且麻醉后对一个部位失去感觉，这个部位的直观感受是冰冷的，仿佛从身体剥离出去，缺了一块，不知道全身麻醉晕过去的前一刻是什么滋味儿。迷迷糊糊睡着，醒来的时候医生大概在进行收尾工作，他看见了护士递过来的半月形缝针，跟以前在电视里看到的差不多。但愿医生是个谨慎的人，在缝合之前别把鼻屎、止血棉之类的杂物留在他身体里。

目前，他还想保持完璧之身，不想内环境先于外环境出柜……

第九章　肋骨断了 早点回家

中午，医院，病房，窗前，一人，躺卧，发呆。左思，右想，求解，不解，困惑。腿酸，眼胀，口干，舌燥。这个人自然是林森，住院第二天，医生说至少住院十天，真够受的！

一个人无聊了做点儿什么，跟自己的身体做游戏。当然，不是左手或者右手跟某个部位做往复运动。站在窗前，一动不动，试试能坚持多久；眼睛保持睁着，不眨眼，看看能坚持多久；嘴巴闭着，舌头顶着门牙，能坚持多久；屏着呼吸，不呼不吸，能坚持多久。几个动作齐头并进，最先坚持不住的是呼吸，其次眼睛，舌头，最后是身体。貌似，有时整体比局部更容易操控。

幼青躺在陪护床上酣睡着，脸带着笑，貌似包藏祸心。午后的阳光从窗子照进来，打在身上，正好从鼻尖处分割，光线的作用，看上去加重了她满足的倾向。晚上折腾到四点多，多亏了她跑前跑后，林森心里是感激的，甚至有一些感动。但看看周围的一堆东西，分分钟想要去草原跑马。

粉色的保温水杯，粉色的牙刷牙缸，带着Hello Kitty图案的大号粉色拖鞋，两条粉色的毛巾，粉色的脸盆，印着梅花鹿和小狐狸，粉色的双层饭盒，粉色的垃圾袋，粉色的香皂盒……有的是水粉色，有的浅粉色，有的是俗不可耐的大粉，从这些东西的用途和尺寸上判断，很明显买给自己用的。

真不知道是应该感谢她的体贴周到，还是绑起来用鞭子狠狠抽上一顿。自己一个男人，怎么能用这么多粉颜色的东西。怀疑她大概《律政俏佳人》看多了，不对！干脆就是恶心人，后者的可能性要占上风。粉色！这辈子最恶心的颜色就是粉色，粉色让他联想起跳蛋、振动棒、内裤、护士服，A片里的大部分元素。晚上超市一般不开门，还真有可能是在“性事良品”采购的，说不定老板给打了五折！无良女人，蓄意报复一个病人！

话又说回来，自己目前似乎没能耐反抗，或者说反抗不是一个理智的选择，以后需要求着疯女人的地方多着呢，洗衣服、买饭，跟医院打交道之类的，乌七八糟。人有时候就是太理智，因为理智，不能辱骂看着反胃的老板，不能把小人一脚踢翻，不能强迫迷恋的妹子上床。天下大乱时候多疯狂，那么地不需要理智，占山为王，肆意恩仇，看上那个富家千金，绑到山上招呼！

麻药的劲儿早过了，肉体的疼痛提醒着过去的糟糕，精神性疼痛可能来得更强烈一些，因为要是咬手咬嘴唇，再幻想把眼前睡着的这个人用满清十大酷刑不那么残忍地轻轻抚过，比如刑具都套上粉嘟嘟的海绵外套，幻想着折磨其他人，疼痛感此时能降低到最大程度。

这个道理大概跟美学上的移情作用有相通之处，移情是把美好的事物跟自己发生关联，在自己身上发生，继而得到精神愉悦和美好的体验。反过来，他是把自己的疼痛想象着转嫁给个体之外的人，疼痛得到缓解。只是吧，心理状态属于偏阴暗的路子，医生不会提倡。

看一个人，目光有不同的输出力度。用眼角捎带着瞥一眼，斜着眼睛瞧瞧，对准一个人正视过去，整个面部肌肉绷紧看，咬牙瞪眼上半身都发力去看，攥着拳头、屏着呼吸、大便都险些要挤出来全力以赴地看，输出的功率大小当然不可同日而语。

这会儿呢，攥拳头没力气，咬牙会牵动伤口，林森在尽可能地调动所有方便调动的力量，用第三种强度，把目光打在幼青的脸上，以期她从梦中惊悸而起，给自己倒口水喝。肚子也饿了，他闻到了楼道里传来的饭香，需要食物的填充，维持各项生理功能的正常运转。

幼青揉揉鼻子，像是要醒来，事实却是翻一个身，转过去继续睡。可能梦中感应到有不明物体的探视，来者不善。她的反应，让林森大为失望，用力看人也是很累的好不好，白费了半天的力气!

情急之下，他果断采取对策，用鼻音哼唧！像吃了毒老鼠的土狗那么哼唧，像浑身长满了虱子没处洗澡的赖狗那么哼唧，像发情了却找不到母狗的公狗那样哼唧，像被全天下母狗负了的公狗那么哼唧。果然有效果！等他哼唧到第四乐章变奏的时候，睡觉的人终于醒过来。

“什么声音？你听到没?”幼青睡眼朦胧。

“什么什么声音，你睡觉打呼噜知道吗?”幸好，他及时切断了发声。

“不对！本小姐睡觉从来不打呼噜，我好像听到一条狗快死了在呻吟，声音特别的渗人，医院有人养狗吗?”

“有没有狗快死了我不知道，我只知道你再不给我打饭我就快饿死了，新陈代谢减慢，伤口也得不到恢复。”

“对不起，小女子有眼不识泰山，这不是病号大人嘛，病号大人在上，都还有什么吩咐，小女子一定照办！”

林森有一种不好的预感，对方本不该这么配合。

“吩咐——不敢当。”由于喉咙干燥，说到一半儿嗓子发生了变音，像太监似的尖细，又带了点儿颤音。

“我饿了，麻烦您去食堂打饭，感激不尽，下辈子结草衔环来报答。”

“不用下辈子，多简单的事儿，现在就能做到。”说完，起身扯一块卫生纸，揉成一个长条，再弄成圆形，接口处打结。看到这里，林森哪里还猜不到对方的意图，真是个祸害！

“你想干什么？”他声音紧张而急促。

“你那么聪明，怎么猜不到呢？来吧，不是说报答嘛，用嘴衔环，维持十秒，我立刻下楼给你买饭吃！”

“哈哈，你肯定不是认真的，别闹了。”林森笑了，笑得有多不自然自己很清楚，而且笑得很软弱，比驴打滚还要软。

“你那么聪明，应该知道我不是开玩笑，公平交易，童叟无欺！”幼青脸上笑意甚浓，提前播报了计谋将得逞的快感。

“咱都是成年人了，能不能商量商量，用一种比较成熟的、体面的，双方都能接受的方式？”

“不好意思，我腿突然特别酸，好像谁把白醋灌进去了。”说着栽倒床上，“哎呀，酸到脚了，站不起来，要不你帮我叫个医生看看？”

林森感到嗓子特别堵，像早起还没喝水就连吞了两颗鸡蛋，咽是咽不下去，想吐却吐不出来。

“乳酸不酸，要不要吃点乳酸菌素片，我给您讨两粒儿。”

“太小了没感觉，你得先花一笔巨款帮我丰胸，怎么样？”

“工程难度大，造价高，没准儿还会出现工程事故，塌方之类的，我看我还是选衔环吧，你把那个拿来!”

“本来呢，你要是稍稍示弱，说几句求饶的话这事儿就算了，既然你这么不领情，还主动请求，那就立刻执行！少一秒都不行!”

“不就叼块卫生纸嘛，内裤袜子我都尝过，不差这一口。”

“好，很好，特别好！有担当，大丈夫!”

一边说着，幼青把纸环递给林森，严厉的目光随之递过去，抬起胳膊用手表开始计时。

衔环的人嘴上说得硬气，心里怎么能没有屈辱，想到黄巢大哥不如意时候的顽强斗志，勉强自慰——待到秋来九月八，我花开后百花杀！杀气！看向对方的眼神顺带挤进去杀气。黄巢大哥赋菊，好像又有点不吉利，一个男人，不应该跟菊花扯上过多关系，菊花的属性终究是脆弱的，不可见的，无法进退自如。农民起义者，很少有不被统治者残酷镇压的。

计时的人自然得意，直接忽视对方不善的眼神，十秒钟的事，硬是给拖到了十三四秒的样子。无他，唯开心尔！小女子怎么着，小女子不讲原则，小女子不开心全世界都不好，小女子开心了什么都好，小女子有仇必报。这么好的机会，简直是上天眷顾!

“好了，大丈夫，时间到了，我允许你停止表演。”

“别以为我好糊弄，刚才起码十二三秒，多的几秒钟也不跟你计较，买点儿好吃的，我要吃牛肉！牛肉，知道吗?”

“你真是算计到家了，能别这么多心机吗？王勃、曹冲之流的死得都挺早的，儿女都没留下。”

“不劳您老人家操心，大学时候捐过，有后备留下，够用上几次的。”

“恶心，跟有的人交流每次都不是愉快的经历，问题他也不会去反思反思，一直变本加厉讨人嫌，也算本事了。”

“承蒙夸奖，多谢了！您真的可以去买饭了，别忘了牛肉！”

“鸡肉是吧，好了，记住了，一个男人婆婆妈妈的不像话！”

话音刚落，幼青起身拿包，推门离开。林森躺在病床上，脑袋里回想刚才的战斗过程。自己似乎在玩火，培养一个越来越强大的敌人，无论从战略还是战术上，敌方明显在成长。一场场战役打下去，己方的优势在减少！

忍辱负重暂时宣告成功，虽然过程有点儿曲折，自尊受到点儿挑战。大丈夫，没说的，应激反应下，自然是能屈能伸。人要用多少谎话骗自己才能顺利地度过一生？不知道！关键是自己相信，并且作为坚持下去、苟延残喘的理由。理由，任何事情只需要理由，一个就好！

吃过晚饭，在林森的请求、恳求和哀求之下，不是碍于刚手术完差点儿跪求，幼青回公寓帮忙拿电脑、书、充电器等平时经常用的杂物。没多久贱哥来到医院，拎了几大包水果和零食。

“哥们儿，受苦了！你躺在这里我像是罪人一样，弄得我特愧疚！”说着，脸上愧疚多得快挤不下。

“赶紧打住，别来这一套，跟你没关系，撞车这事儿纯属意外，遇到傻逼谁都没办法不是。”

“不行，我还是愧疚，宁可躺这里的是我。”

“别肉麻了！说起因是我带你出去的，要怪怪我自己。再说了，开车的哪有不撞的，早晚都会有几次，撞一次算一次经验。总不撞车的，说不准哪天一撞就把小命搭进去。”

“怎么样，医生说多久能康复出院，我来护理你几天。”

“出院得两周吧，完全恢复得两三个月，伤筋动骨一百天嘛！护理就算了，有护士，也有我那位，那个老伴儿，你一个大老爷们在这儿杵着不能赏心悦目，严重影响我伤口恢复。”

“行啊，老伴儿，叫得还挺亲切！那位不是看你不顺眼，突然就忙前忙后，任劳任怨了？这事儿透着邪乎，我看她对你有意思。”

“哪能那么简单，差点没折磨死我！看到周围这些粉色系的东西了没，这才仅仅是个开始，以后不知道还会冒出什么幺蛾子呢。”

“我怎么看你一点儿痛苦的表情都没有，说话时眉飞色舞，反倒是很享受的状态，没说错你吧。”

“这个嘛！我靠，既然你都看出来了，我还能再说什么呢，嘿嘿——啊！”林森想猥琐笑几声，牵动伤口。

“人太贱了，老天都不收！我基本确认了，你有受虐倾向。”

“不至于喜欢受虐，是享受那个微妙的感觉。明明知道对方讨厌你，有机会就会报复你、挤兑你，所以每一次交锋中你都要保持警惕，争取料敌先机。或者干脆就抱着服软的心理，但不会轻易让她得逞，玩几个妥协退让，有条件投降，玩累了再结束游戏。”

“我不担心你养病期间无聊了，好好玩着，别玩过火。”

“你昨天回去没事儿吧，想开一点了没有？”

“我下午辞职了。”贱哥冒出一句。

“你不至于吧，为一个小娘们就这么辞职了，你可千万别闹！”

“为了女人确实不至于，但我想出去散散心，回来换个工作。”

“这还差不多，辞了就辞了，回来找一个更好的。换个工作能认识不少新的妹子，也许就能碰上个你骚我贱的，不对！那个——你情我愿的！”

“你大爷的！我问你，目前为止你做过的最奇葩的事是什么？”

“你指的哪方面？”林森试图探寻对方如此问法的动机。

“哪方面都行，残害幼女，欺压大妈，拾金不昧，学习雷锋好榜样之类的都可以，难以忘怀，悔不当初的也算。”

“你让我想想——伤天害理的没有，没捡过大钱，后悔的嘛，想起来一个，既后悔又邪性的，还真有这么一件。”

“什么国际性大事件，来，说出来给我开开眼界。”

“那时候年纪小不懂事，跟当时女友去医院做人流，本来去什么华夏医院，听司机师傅说不靠谱就去了一个国营的。人流也算个小手术，需要填写病历单，她不好意思用自己名字，就填了我的。陪她在候诊室排号的时候，心里那个忐忑就别提了，手心全是汗。”

“牛逼！你那时候还有这么一出，继续，接下来怎么样了？”

“就是特别担心，后悔自己的恶行，让人家姑娘意外怀孕。正常情况还好，万一遇上个宫外孕什么的，需要大手术，我就罪孽深重了。幸好医生说一切正常，只是有点炎症，开了口服的药，隔一周再去就正常流掉了。但问题名字是我的，医生开门喊号，我的名字在楼道里回荡，跟大姑娘小媳妇的耳膜发生碰撞，你说怪不怪？”

“也许有个多事大妈拿个小本子，医生喊一个名字她记一个，然后当传家宝世世代代传承。”

“别吓我，说不准真有这么一个大妈，修炼的邪教功法，记下来后日日夜夜念叨，妄想得道成仙。”

“既然你不用我护理，我决定去新疆一次，明天就出发。”

“新疆最近恐怖分子活动频繁，小心被变态的给逮着了。”

“我初恋女友在新疆伊犁，我想去见她一面。”贱哥话头突然转向。

一阵时间不长的沉默，撑在了说的人和听的人中间，意味不明，但确确实实存在了一会儿。

“分手多久了，现在还有联系？”林森问道。

“四年多了，大四毕业时候分的，基本失联。但我跟她闺蜜还勉强保持联系，昨天跟她要了联系方式。”

“她近况你打听了吗，毕业回家了？有没有男朋友？”

“貌似没有男朋友，单着。听说考了个公务员，在街道办上班。”

又是一阵沉默浮出水面，像是一个意味深长的青春痘，由红肿到开始冒尖，里面的脓包尚未挤破。

“时隔四年，你想做点儿什么呢？旧病复发或者旧情复燃都挺危险。”

“不知道，我只知道，我想见她一面，我必须见她一面。”

“你想怎么见呢，吃饭，喝酒，聊天，睡觉？用什么样的方式去见？”

“没想好，提前不联系了，想突然出现在她面前。”

“为什么不联系下，也许赶上她出差、外出旅行？”

“如果提前说了，她的状态是准备好的，会设定好应对的方式，人比较理性。突然见面，在还没准备好的状态，我想应该才是最真实的。”

“能感觉到，你之所以想这么做，对她是有些期待的，如果落空了怎么办，如果实现了又怎么办？”

“还是那句话，不知道，我只知道自己想见她一面。也许只是远远看一眼，不让她知道我出现过。”

“行！我看这想法够浪的，你们东营果然盛产浪人。”

“是不感觉我特脆弱，失恋了还妄想去前女友那里寻找安慰？”

“你是想让我实话实说呢，还是说点更难听的话刺激刺激你，顺便起到曲线救国的作用？”

“您说话能少用一点儿力气吗，你那位不待见你是有原因的。”

“哥们儿，我给不了你什么建议，想去就去吧，离这么远永远是鞭长莫及，实地考察一次可能会有收获，也许人家孩子都能满地跑了。”

“那也行，捡一个便宜外甥，直接不劳而获了，我看挺划算!”

贱哥走后，林森不免感叹起世事无常。有的人走了就永远走了，有的人走了也许还会回来。有的人讨厌自己曾经喜欢的人，有的人，喜欢上自己讨厌的人。在玩弄人情感方面，命运一直乐此不疲，想要逃脱掌控的人，自以为一时得计，恰恰落入陷阱之中。

春节的脚步越来越近，以当前的状态，势必不方便回家，也不用担心怎么找票贩子买票的问题了。在一个问题上面退守，便意味着另一个问题的解决，一个需要减肥的人如果不再在意自己体重，那么从此尽可以想吃多少就吃多少，想怎么吃就怎么吃，怪不得世界上有那么多聪明的胖子。

无聊刷朋友圈，又一个风骚浪荡的妹子结婚了。妹子是来北京后认识的众多妹子之一，在一家药厂工作。平胸瘪臀，姿色一般，但性格开朗，又乐善好湿，男友众多，且能够和谐相处。借用妹子一句名言——人生要有一颗撞大运的心，摸上一百个大腿，总有一个会硬的!

这样的妹子还嫁不出去的话，简直天理不容。小概率事件，经过人为努力，早已上升为大概率事件，而大概率事件，只要给足够时间，必然发生。两个人去领证的导火索是妹子醉酒的时候说了一句话：你什么时候娶我，第一胎的名字我都想好了。

这句话被印在了婚礼邀请函上，见证了一对新人走向婚姻殿堂的传奇际遇。无论这句话是谁说的，对谁说过，说过多少次，此刻都无关紧要了。人们是善于遗忘的，善于忘记一些重要或者不重要的往事，所作所为都为当下的便利服务。所以，不会有人较真的，即便似曾相识，莺莺燕燕也不会归来。投身于繁衍后代这样的伟大事业，鬼神开道，群魔辟易，万家生佛。

你跟五十个男人睡过！那又怎么样，我都结婚了。你跟两个男人还没有分手！那又怎么样，我都结婚了。你欠我的钱还没有还吧！那又怎么样，我都结婚了。你怎么无理取闹！那又怎么样，我都结婚了。你价值观严重有问题！那又怎么样，我都结婚了。

很多问题，在结婚这个命题前失水、萎缩、风干，再蛮不讲理地添一把火，烧成灰烬。结婚的人都像是壮大汉，拎着一把菜刀，横行街头无人问。未婚的人都像是贴着墙根走的小媳妇，蹑手蹑脚，目光躲闪。很怕惹了壮大汉，一把菜刀亮出来——小娘子，年方几何？

林森想起十八岁开始交往过的那些女孩儿，她们如今身在何处，结婚了吗？过得好吗？聪明的还聪明吗？身体有没有长大？身材好的还那么苗条吗？有没有人管她叫妈？这与怀念无关，只是想起就想起来了，失联多年，分手后没再打过一个电话。

这些女孩儿，对他来说都莫名其妙地成了同一种人。好感自然是有过，喜欢固然是喜欢，但从来没有真正动心过。好感是因地制宜的好感，喜欢涉及激素性的泛滥和精神上的空虚。曾经一起聊天、上自习、吃饭、逛街、旅行，有过不少美好的共同，从青春一路走来。但他从未费多少心思追求对方，也没有相思成灾，茶饭不思。近十年时间，跟从来没有真正动心的女孩儿，就这么一年一年，一个月一个月地混过来了。想想伤口更疼了。

是的，他承认自己实际上胆小如鼠，自卑怯懦，跟女孩儿在一起的时候偏偏骄傲自大，目中无人，表情高远。女孩儿误以为他是神情忧郁，理应本事滔天。她们不知道自己担心害怕，害怕百分百地爱上谁，离不开谁，融为一体后再撕裂出去的痛苦，这痛苦，在十岁那年父母离婚的时候他就感受过了。说无意是伪装，大多时候是有意地与女孩儿保持一个设定好的距离。或者说在选择的过程中，他只选择可以保持适当距离的女孩儿去亲近，好给自己留有余地，余地多了，才好转圜。后来没想到身后的余地是多了，前面的路却越来越窄。

多么想啊！从心里最下十八层到最上十八层，都想抱着一个女孩儿，三年，五年，十年，三十年……物非了，人还是！一个具有不老气质的女孩儿，就像是一株植物，开花的不行，寿命短暂，绽放之后容易枯萎，重在抗衰老。植物当中符合的，大概只有仙人掌、仙人剑了。

这时，病房门吱地一声开了，出现在视线当中的是一条胳膊，手掌托着一个盆栽。仙人剑，一株直挺挺的仙人剑！接着，幼青的脸戳进视线，另一只手拎着几个大小不一的袋子。仙人剑被放在窗台上，然后两只手开始翻袋子。

“累死我了，让一个弱女子拿这么多东西，你好意思吗?”

“竟然是你?”说话的人明显在自言自语。

“什么竟然是我，你以为大半夜的谁还能进病房，聊斋看多了吧。”

“真的是你!”前一句话的状态还在持续。

“什么真的是我，明天带你去神经科看看，估计脑神经也撞坏了。”

林森像仙人剑一般直挺挺地看着幼青，这次没用多少力气，眼神儿里也跳出了火苗，像暗夜里原始人在洞口点燃篝火。

被看的人立马心生警觉，加快了两只手上整理东西的速度，但是背过身去，仍然觉得气氛诡异，鸡皮疙瘩指数级增长。

“盆栽挺好看，哪里弄来的?”

“谢天谢地，终于说了句人话。楼下有个大爷卖的，三轮车满满地装了一车，有十块的，有十五的，这盆十块，不错吧!”

“相当不错，我看过所有的盆栽都没有它好。”

“那是啊，也不看是谁挑的，开玩笑！”

“花盆一看就是陶制的，古迹斑驳，估计价值连城。关键植物长得也不一般，你看看人家绿得，简直天崩地裂。”

“没事吧！以后有求于我也不用这么卖力讨好，虚情假意！”

“天地良心，我句句实情！一个美丽温柔的姑娘在冬夜中可怜一位卖花的老大爷，掏出了十元血汗钱买了一盆，感天动地，所以过路的神仙略施法术把花盆变成了古董，植物也打入了仙气儿。”

“美丽温柔接下了，血汗钱倒是不至于，以后注意不要夸张过度。”

“一回生两回熟，我多多练习，经过千锤百炼，自然就水到渠成。”

“虽然明知道是假的，还是特别假的那种，但有人曲意逢迎，费心思讨好也还不错吧，以后好好表现！”

说着，幼青伸出手拍拍林森的头，像拍哈巴狗那么拍，毫不客气，拍完甩甩手，像沾了脏东西。

林森倒是没反抗，一来行动不便，二来没注意对方手上的力度和之后的侮辱性后续动作。他在全神贯注地看眼前的人，用前所未有的态度和角度去仔细看，发散联想，对比分析。

客观地讲，外貌很耐看，发型是苏菲·玛索的，嘴唇是梅格·瑞恩的，鼻子接近安妮海瑟薇的，眼睛神似高圆圆，就是脸蛋有点塌，算是朱莉娅·罗伯茨的。众多星相集于一身，相当不简单。这么一个美女，自己平时竟然有眼无珠，熟视无睹，不可饶恕的罪孽！这么漂亮的妹子，竟然都没有男朋友。瞬间，他又想起前因后果。

命运真是残酷，一个生来只为贡献肉食的母猪整天在猪圈里摸爬滚打，吃糠咽菜，浑身屎尿，一辈子都不知道咖啡、巧克力、猪肉的滋味，最后都能获得跟公猪交配的权利，顺利生下一窝健康的猪崽。一个美好的姑娘，却不能享受自己的爱情。反差强烈，令人出离愤怒。

当然，人家母猪生活愉快，吃饱了就睡，睡饱了就吃，精神充沛，肥膘日增。不苦闷，不贪求，心理健康。哪天主人开心了赐给她一个精壮的公猪，享受几场酣畅淋漓外加众人围观的性爱，就乐呵呵地生崽子了。一生就生一窝，七八个，十来个是常事。人家不撒谎，不害人，不虚荣，不出卖灵魂，出卖肉食还是被宰以后。人类很多地方都不如，所以没资格轻视母猪。

“喂，有人该吃药了。”幼青把几样药递过来。

“谢谢，帮忙拿下水，再次感谢，好人有好报！”

“好人难做，需要鼓励，来，咱们定一个规矩，以后你每次求我做事之前都要夸我，直到我满意为止。”

“这个——好像不太好吧，做好事的原则都是不求回报，而且要低调进行，你看人家雷锋。”

“别人怎么样我不管，本姑娘就这个规矩，怎么你有意见？”

“不敢不敢，既然是您说的，肯定是有道理。错了，是经过反复验证的定理！不对！是全世界承认的公理！您说一句话，月球都要围着您转。”

“最后一句话属于画蛇添足，我在地球上，月球当然围着我转，不要欺负我一个文科生没有文化。这次就算了，放你一马，以后记住了照例进行。”

“对不起，我真的浅薄，不但浅薄，还愚蠢无知爱卖弄，您千万别往心里去，别跟我这样的人一般见识。”

“过犹不及，过犹不及知道什么意思吗？你浅薄还愚蠢，那你说的话算什么，你夸的人算什么，也好不到哪去？”

林森倒吸一口凉气，这位还真是难伺候。捧得太高了不行，自己放得太低也不行，胸脯不大，毛病不少。

“以后注意，我一定改，改到您满意了为止，您看怎么样？”

“态度还是可以的，人也不算太笨，加油，前途还是有的。”

“谢谢，劳烦您帮忙倒杯水，不胜感激，我以后一定报答。”

冬夜苦寒，肋骨生疼，离家在外，形单影只，病房寂寞。有一个人陪在身边感觉不错。吃了药，林森倚床看书。虽然端着书，但心思进不去。偷看陪护床上窝着的人，捧着手机，貌似在刷朋友圈，一会儿表情严肃像审案的县官，一会儿眉开眼笑，变身天真浪漫且在生活琐碎中容易满足的少女。

看着幼青变换来变换去的表情，令他想起了曾经的一个野望。要论人的表情什么时候最丰富，喜怒哀乐通通都不是，哪个状态也比不上大便的时刻，便秘就更无与伦比了。他的野望即是拍一个专题纪录片，记录一百个人大便时的表情，名字想好了，就命名为《我在蹲茅坑》。

鉴于众人食物混杂，生物钟紊乱，工作压力大，身体素质不一，所以能飞流直下者不多，千呼万唤始出来者甚众。谷道深深，千折又百回，脱下裤子的时候，谁都抱着能一帆风顺的期望，谁料蜀道难，谷道更难！蜀道高不可攀，险峻丛生，谷道触手可及，却不能真的用手，干瞪眼，白着急！

“喂！喂！我说你干嘛盯着我脸看，还一副想入非非的样子？”

“啊——那个，谁是菲菲，我好像不认识这个人！”

“什么乌七八糟的，我问你为什么盯着我看，是不是在打什么坏主意？”

“我怎么敢打坏主意，都是好主意，我在想以后如何报答您的大恩大德！”林森无论如何不敢说实话，盯着人家脸想着便事艰难。

“你能想什么好事儿，太阳都能打西边出来。”

"您真的是冤枉我了，我琢磨出院以后给您立一个生祠，日日夜夜接受芸芸众生的香火供奉，您肯定能长命百岁，延年益寿。"

"我就知道你在想歪门邪道，不害我不罢休，立什么生祠，小女子担当不起，折寿是肯定的了，没想到你心肠这么狠毒。"

"我——我怎么解释呢，立生祠自古就有，县令啊，刺史啊为官主政一方，广布恩泽，老百姓千恩万谢给立生祠，都是德才兼备的人物。"

"不用狡辩了，我能跟人家比吗！人家是对百姓好，我是恩泽了一个坏人，是福是祸还说两说，也许会下地狱呢。"

"佛说人性本善，佛还说无不可度化之人，您老人家肯定是功德无量，从此青春焕发、细皮嫩肉、香甜软糯、芳香四溢。"

"停停停！都什么星球的词汇，听着鸡皮疙瘩掉一地。该睡觉了！"

"可我还想看一会儿书，能不能等一会儿？"

"你再说一遍，你是对我的想法提出异议？"

"不，应该关灯，理应睡觉，没有比关灯更对的事，没有比睡觉更好的行为，关得好，睡得秒，美得呱呱叫！"

"我终于知道古代皇帝为什么那么愿意宠幸太监了，油嘴滑舌，毫无底线，溜须拍马的话听得多了飘飘然。"

"我王英明，用不用奴才服侍您宽衣？"

"管好自己，再多说话让你变真太监！"

"……"

第十章　靡不有初 善良有毒

公司的新年礼物是每个员工发一台飞利浦的空气净化器，价值两千元。幼青兴冲冲地拿回公寓一试，工作时噪音太大，上网查了一番才知道是故障。然后她费劲巴力地拿回公司，想要求换一台。

李实知道后主动请缨，跟内务部的同事反映后，没想到被告知不能换，数量严格按照员工人数配置，人手一台，多一台都没有。幸好还有部门的没有下发，幸好他跟内务部的一个哥们一起打过几次篮球，关系还不错，私下里换了一台。成功搞定后，幼青问起，在喜欢的女孩儿面前表现心理作祟，他把事情原原本本地说了。没想到竟然被要求再换回来，令他颇感到郁闷。

照一般人来说，净化器换了也就换了，没准还暗自得意，但这个人是幼青。如果李实能再对自己喜欢的人多了解一点儿的话，他肯定不会这么做。他不知道自己喜欢的人心里面永远把别人放在前面，损己利人经常有，损人利己的事坚决不行。心里抵制的程度，跟小女孩抵制一只死老鼠一般。

这件事情的发生，让李实有些心慌，他发现自己的价值观是跟幼青脱节的，自己无法把握她的想法。虽然大家在一个城市，一个单位，一个办公室里办公，但是价值观相差竟然如此之大，跟不上步调的话，自己又该怎么追，可能很多的努力和献殷勤都起反作用。

最近两次约看电影，对方都推脱没时间，追问之下得知要去医院照顾朋友。朋友受伤住院，是什么样的朋友，为什么受伤，受伤了为什么需要她一个女孩儿照顾。男的还是女的，如果是男的，难道是男朋友？不，应该不是。如果是女的，肯定是特别好的朋友，自己也许可以从这个人身上打开缺口，加深对幼青的了解。欲攻其城，先下其人！

李实烦恼这会儿，林森也在苦恼。住院一周了，伤口愈合了不少，起码不像刚做完手术的时候疼痛难忍，对止痛药依赖性那么大。就在两天前，他发现阴部有些瘙痒，趁幼青不在的时候，一个人跑去泌尿科看医生。一个五十多岁的大妈，看起来有点凶，不知道称量过多少男性的根须。忍着羞耻之心拿出来给大妈看，大妈露出不屑的表情，诊断是感染，责令私生活要检点。开了口服和外用的药，简单交代几句服用方法，开口赶人。

口服的药还好，一口水下去，嗓子鼓动，简单省事。外用的是药粉，需要用水冲泡，然后拿着自己的一截东西在里面泡上三分钟。开袋，倒出，冲水，搅拌，脱裤，拿出，浸入，保持……

每做一个动作，都等于是上一次刑，摧残着所剩不多的羞耻之心。平时脸皮是厚了点儿，妹子大腿看得多了点儿，没想到放纵一次就撞了车，断了两根肋骨，另外还染上了脏东西，承受如此羞辱。看来上天给他设定的模式是绝对不能得瑟，必须夹起尾巴来小心做人。自己福薄命贱，不能怪社会。

几盒药自己每次用完还得藏起来，跟内裤内衣放一起，不能被疯女人发现，发现了不知道会怎么鄙视自己，本来印象就够差的，虱子多了只会更痒。会不会嫌弃他脏，从此撒手不管了，也不是没有可能的事。林森还不知道，他对幼青的态度，由无所谓已经慢慢转变为十分在意。

生活单调，精神压抑，昨晚做了不少梦，勉强记得其中两个。他带一个女人回到乡下老家，女人相貌看不清，身份不明，语音模糊，房子是多年前的土坯房。老爸在后面的院子里，拿着铁锹铲土。看到他们走过来，放下铁锹，纵身一跳，消失不见。走进细看，原来有一个洞口，底部有七八米深，老爸在里面哈哈笑，说跳下来吧，你小时候经常跳，现在还敢跳吗。在洞口犹豫了一会儿，不记得小时候跳过，琢磨着不敢跳，后来不知道怎么就进去了。里面大得很，足有四五十平米左右，不见有灯，光线却很亮。铁叉、铁镐、板锹等农具堆在一旁，还有用席子围起来的粮食，很大的一堆。他刚想要开口说话，梦境突然断了，跌入了下一个梦境。

地下隧道，一片漆黑，完全看不到路，有人押着他慢慢往前走。他停下对方就停下，他走对方就走，耐心出奇的好，倒也像是他领着后面的人走。环境虽然看起来情况不妙，但一点儿也没有恐怖的气氛，既不冰冷，也不潮湿。远处传来水流声，走了一会儿断了。一个声音出现在附近，对他说，我已经等你很久了，你终于来了。声音很奇怪，不带有任何音色和音调，像是一朵花没有颜色，一块蛋糕没有重量。分辨不出是远是近，是男是女，也不符合任何熟悉的人的特点。隐约感觉到，说话的人，说完没有走，附近跟着。而此时，他想开口询问，喉咙却发不出声音，张嘴只是张嘴，空做口型。一台坏了的电视机一样，只有人像，没有声音。

小护士姓宋，名字未知，问了也不说。长得不黑不白，不美不丑，不高不矮，不胖不瘦，不冷不淡，全身上下都不能给人留下稍微深刻的印象。见过了几次，林森还是记不清对方长什么样子。倒是腰臀之间发育得有点脱节，腿挪动的时候腰有点跟不上，腰跟过来了，腿又火急火燎地挪开，像是对腰部保持敌意。如此一来的结果，显得臀部仿佛有千斤重，走路带不动屁股。

宋护士神情庄严，不苟言笑，嘴唇紧闭，军队大院的铁门一样。她每天晚上查房一次，脚步轻巧，不易发现。可是她用的香水，具有撩人的气味儿，能卖力地拉皮条那种，让人想入非非，侧面暴漏了她躁动的内心。但是不清楚宋护士的心花为谁盛开，每次进门，都是态度冷冰，行动果断而迅速。好像是沾上一点儿其他男人的气息，都会对她构成侵犯，影响她的激素分泌，进而影响生理周期、卵子质量，后代的遗传物质排列组合。

林森怀疑，他是某个豪门候选的儿媳之一，被盼望着抱孙子的老年夫妇选中，不求容貌端庄，只要身体健康。宋护士每天按时作息，体温测量十次，三餐定量配置，大小便限定次数并抽样检测，食用特制配方的营养品，深蹲一百个，仰卧起坐六十，慢跑半小时，喝纯净水，吃花生油，穿特制的内衣，用指定姨妈巾，睡觉用固定姿势。然后，在未来的某一天，跟众多候选女孩儿一起参加老年夫妇精心策划的儿媳大选，指望着一路过关斩将，凭借众多优秀身体指数不断晋级，最终赢得跟某陌生男子的交配机会。

呆在医院的日子，对物质的依赖变得越来越低。电脑可以不用，手机可以放在一边，酒可以不喝，烟可以不抽，衣服只穿睡衣，鞋只穿拖鞋，地铁可以不坐，电梯可以不乘。人要是只维持基本生存，需求退化到相当之低的程度，还是比较容易苟延残喘的。但是这时候，对人的依赖性开始突显，渴望有人陪着说话聊天，渴望老朋友突然打来电话，渴望隔壁病友进来坐坐，说说不咸不淡的人生际遇。

人是群居的动物，原始人在山洞里居住的时候，一无所有，为食物发愁，为生存担惊受怕，夜幕降临，点一堆篝火，跟同伴聊聊天，多么幸福。

尤其渴望疯女人下班后赶来，拎几样小菜，最好有点儿酱牛肉，海带丝儿，白米饭。然后浑身上下憋着想要找不自在的劲头，你来我往斗上几句嘴，带上点烟火气，又不伤和气，以起到娱乐生活、打发时间的目的，最后在他的有意退让之下双方罢战休兵，低头吃饭。

心血来潮，桌上支着小桌子，点击鼠标，从C盘翻到G盘，想起好久没看的黄片，手贱一层一层点击进去。E盘，资料参考，新建文件夹3，新建文件夹6，新建文件夹5，新建文件夹9，亿万子孙。片名都很俗气，从中选了一个看起来特别俗的，《凌辱美少女体验》。

整天憋在病房里，缺乏运动，医生说血液循环加快有利于伤口恢复。打定了主意观摩一会儿，批判性欣赏，适可而止，应该对病情有利。刚看两分钟，衣服脱了一半，门口有动静，紧接着是开门声。匆忙中赶紧关掉，电脑的声音开着，幸亏还没进入正戏。

幼青走进来，后面进来一个人，李实。李实本来想请幼青看话剧，没想到她还是拒绝，理由是要去医院送饭，照顾病人。只好把票送人，买了两袋子水果，他本人跟着过来，早就想会一会医院这位，耽误了自己多少机会。幼青听李实说要跟自己去医院，犹豫了片刻，在对方坚持之下，她也就无可无不可，反正也没什么不能见人的。

“介绍一下，这是我同事，李实，今天顺道来看看你！这是我的朋友，林森，出车祸住院了。”

“你好，买的水果，一点儿心意。”李实见病人是个男的，心理略慌张，也不等对方开口，走几步把水果放到桌子上。

“谢谢，太客气了，你随便坐吧。”林森心里也很慌乱，疯女人怎么带了个同事过来，还是男的，难道是男朋友。他突然患得患失，危机感骤然到来，血液循环加速。

“你这是怎么撞的，没事儿吧?”李实问道。

“流年不利，十字路口遇到闯红灯的，撞断了两根肋骨。”

“还不算严重，没事儿，大难不死必有后福!”

听到对方这句，林森心想，不严重你撞试试啊，感情疼的不是你，听着就不舒服。幼青在整理买来的饭菜，袋子打开，米饭分成了三份。

“我运气一向不错，这不有青青嘛，忙前忙后，体贴周到，帮了——怎么样，能吃饭了吧?”

林森刚想说帮了不少忙，但帮忙这个词有距离感，临时改口，故意刺激一下对方，扰乱敌方的阵脚。同时，温柔地顶上幼青凶狠的目光。

一声“青青”，确实让李实一愣，面色开始不自然。转过头看幼青在桌子旁摆弄碗筷，走过去帮忙。

“吃！就知道吃，晚吃一会儿也饿不死你!”幼青硬梆梆地说，情绪不满，今天带人来可能不是件好事，不知道这家伙又要上演哪一出。

可是，她硬梆梆的语气，在李实听起来却理解出了不少亲近，只有关系亲近的两个人之间才会不用顾忌。

“我这不是想早日康复，好给你减轻负担，整天这么照顾我太辛苦了，瞧瞧你最近好像瘦了，不到一百斤了吧。”

“赶紧吃吧，啰里啰嗦，平时怎么不见你这么好心呢！李实你也吃，别听他胡言乱语。”说着，递出一双筷子。

“你——”

“你——”

林森和李实两个人各怀心思，本来都想开口说话，从对方嘴里捕捉点相关的信息，结果撞到一起。接着缓了一秒钟的样子再开口，再次撞车。

“不就说个话，抢什么抢，还挺默契，李实你先来。”幼青笑着说。

“也没什么，想说的忘了！”李实显得有点儿拘束。

“那我说了，我想问——奇怪，我想说什么也忘了！”

“正好，都忘了就吃饭，看来人要是饿肚子大脑都变得迟钝了。”

三个人低头吃饭，空气的流动不那么顺畅。林森夹了一块豆腐给幼青，不等她做出反应，又快速补了一块大的。

“你不是爱吃豆腐嘛，多吃点儿，看你瘦的！”林森说道，看向幼青的眼神满是宠溺，尽量像阳光洒向大地那么温柔，那么炽热。

“筷子干净不干净，就给我夹！”幼青眉头一皱，当着李实的面，她也不好把话说重了。

“哥们儿你随意啊，我就不给你夹了，多吃点儿。”一招避重就轻，林森不接话，转头对李实说道。

“不用麻烦，我自己来。”看对方给幼青夹菜，他心里不是滋味。

“谁也别给谁夹，自己吃自己的，不够麻烦的！”趁着李实低头吃饭，又用目光狠狠地瞪一眼林森，警告的意味十足。

“哥们儿你哪里人，来北京多久了？”林森的嘴不闲着。

“噢，我就是本地的，在北京，算起来二十多年了。”

“原来是北京土著，失敬失敬，很多妹子都想嫁你这样的，何况还这么帅，前途无量！”

“千万别这么说，我还单着，好几年了。”李实连忙说。

“别谦虚嘛，家里几套房子？随便拿出来一套，妹子还不投怀送抱！”

“这个好像没那么简单。”

“喂！有你那么问的嘛，人家几套房子跟你有什么关系，下辈子你做了女人再说，别把人想那么不堪！”幼青不满地说。

“有房子好啊，你不懂，北京本地人不少都两三套房子，我认识好几个妹子只看条件不看人，有房子的就嫁，相当疯狂。”

“问题是这样的我也不敢娶，何况北京本地人也有不少没房子的，人口太多，资源紧张。”

“这我承认，外来人口太多了，抢了不少本地人的资源，换我是本地人也会有意见，干什么都要排队，满大街的外地人。”林森说道。

“我不是这个意思，我是说——”李实想要开口解释。

“明白！你是谦虚，谦虚是个美德，我就喜欢谦虚谨慎的人。”

“那倒也不是，我刚才想说——”

“对了，你想找什么样的姑娘，说说你筛选条件，身高、体重、三围之类的，我认识一些，说不定能帮你提供几个。”林森再次打断说。

“不用了，介绍的太刻意，我还是喜欢自己碰运气。”

“客气了不是，别人介绍也是你的缘分，为什么你就遇见了介绍人，为什么介绍人偏偏把某个人介绍给你，都是命中注定的，想躲也躲不掉。”

“这么说好像也是，但我还是不习惯，总能遇见的。”说完，有意无意看了幼青一眼。

话说到这里，林森已经完全把握了当前的形势。眼前这哥们儿喜欢疯女人，但是看样子还在努力当中，能死皮赖脸贴到医院来，应该追得相当有诚意，平时不一定怎么卖力表现呢。哥们儿人还算老实，不知道真老实还是装模作样，布袋里面藏标枪。但意图追疯女人，自己不会让他如愿。

一来嘛，这哥们肯定不知道疯女人的实际情况，他必须保护疯女人多年铸就的硬壳不受酸性物质损害，一切男人都是酸属性；二来嘛，他感觉李实的行为对疯女人和他之间的某种关系构成侵犯，一个公猪要找对自己的猪圈，不能在不明情况的时候，去其它的领地乱闯。

再说了，两个巴掌能拍响，三个肯定不行，同时拍一起角度不对，分别拍要拍上三次，费时费力，不环保。三个人一起吃晚饭也别扭，说什么、做什么都要有所顾忌，无法眉来眼去，郎情妾意！当然，仅限于幻想。

“吃完了，先吃完不管，后吃完刷碗，你俩看谁刷碗。”林森放下了碗筷，拿起床头的杯子漱口。

“本来也没指望你刷碗，何必还说出来讨人嫌，人要笨没得救。”幼青抬头看看，目光带着鄙夷。

“没事儿，我来刷，在家经常刷，不会做饭，刷碗的活儿常干。”李实放慢速度，小口吃菜，试图最后一个吃完。

“看看人家，多好的人，抢着刷碗，热爱劳动！”林森恭维着。

“是啊，看看人家，多好的人，不像有的人不劳动还说风凉话！”幼青接着林森的话，顶出来一句。

“哥们儿，我是真心想给你介绍几个好的，你等我找找微信照片，过过眼，也许就有看上的。”

“真不用，别麻烦你了，我对陌生人不感兴趣！”李实推脱说。

“人得想开点儿！女人想开了就可以拿男人当免费的饭票、电影票、话剧票和泄欲工具，男人想开了能把女人当泄欲工具，突然反应过来，怪不得你不愿意，这事儿好像是男人吃亏。”

“那个——为什么说想开了就是饭票和工具之类的东西?”

“简单啊，很多女孩儿你请她吃饭看电影从来不拒绝，就是不掏腰包，也不跟你谈恋爱，男人起到的作用是买单，还有的偶尔跟你上上床，也不跟你谈恋爱，男人不就是泄欲工具嘛!”

“虽然没遇到过，但能理解，反过来男人混蛋的也不少。”

“没错，其实也不分男人女人，人性就是爱占便宜不吃亏，少惹麻烦多省事，利己行为人人都有，区别在于吃相难看还是不难看。”

“我没想那么多，只是单纯的不想通过介绍去认识女朋友。”

“那就随你，反正姑娘常有，韭菜一样割了一茬又一茬，一茬比一茬茁壮，想开了随时找我。”

“这个不着急，到时候再说。”遇到热心过度的，李实疲于应付，他也隐约察觉到林森的针对性，忍着不快。

吃完饭收工，李实拿着几副碗筷去卫生间洗，幼青剥开一个火龙果，水果刀切成小块，刀工差强人意，大小区别明显，果肉有压碎痕迹，戳几个牙签上去，手法生硬迟滞，像在小孩屁股上扎针的实习护士。

如果幼青知道林森在用挑剔流水线生产一样苛刻的眼光，在每一个支端末节毫不客气地吹毛求疵，肯定不介意用牙签戳他受伤的一截肋骨，掐着表戳，并且很乐意做到频率均匀，深浅适度。

“来，哥们儿!坐会儿吃水果，辛苦，看你累得都出汗了。”

“谢谢，但出汗不是累得，屋里太热，稍微动几下就冒汗。”

“是你买的水果吗，是你动手切的吗?说起来倒挺轻巧，吃得怎么那么仗义，说谢谢了吗?”幼青埋怨。

“对不起，我错了!谢谢，万分感谢!在此特别鸣谢，蓝幼青同志劳苦功高，卧薪尝胆，忍辱负重，十分辛苦!”

“行了打住，糖多太腻，回归现实，请像正常人那么说话!”

李实的心里很憋屈，他宁可被挖苦讽刺的人是自己。听着自己喜欢的女孩跟另一个男人说话这么熟络，满满一水缸的陈年老醋，一口一口抿下去。心情不好自然就脸色发苦，嘴角抽搐。

幼青看到了。林森看得更清楚，奸计得逞之后的快意水漫金山，火龙果吃得一块比一块甜，咬一口拉长了丝，节能灯下，丝线晶莹，每一根丝都是一个笔画，连起来叫做——吨位差距，以力破法！

吃了几口水果，难以下咽，李实起身告辞。客气了两句，林森用目光推送，幼青送到电梯口。

生活中有很多靠解数学题的逻辑解决不了的难题，靠努力也不会得到改善，李实遭遇了，一个画面破了。按下电梯按键，他第一次想尽快从幼青面前消失。狼狈，尽快逃离！

幼青开门进屋，坐在凳子上，盯着林森。

林森迎着目光，靠在病床上，回看幼青。

"你今天什么意思，有聊无聊！"幼青率先开口讨伐。

"他不适合你，何必白费力气，我索性帮你一个小忙，不收劳务费。"

"他不适合我，跟你有什么关系，自作多情，自作主张，自讨没趣！"

"你就那么善良，我看可不见得吧，好一招借刀杀人！"说完，林森用挑衅的眼神看着对方，等待下文。

"你——"幼青想反驳，中途又咽了回去。"我本来没想到，但事实确实是按照这个情况发生的。"

"所以我说我帮你一个忙，自愿配合，不求回报，合作愉快！"

"其实他挺好的，北京土著，父母大学教授，人也老实本分。"

"那又怎么样呢！不适合就是不适合，前边没有一个1，后边0再多又能怎么样，再摇旗呐喊都属于白费劲。"

“他不适合我，谁还能适合我，我都快三十了，我也想有一个家。”

幼青低头，左脚尖磕着右脚跟，右脚尖再磕着左脚跟，往复交替。说这句话的时候，整个人突然变得脆弱而透明。月落大地，万籁俱寂。一句话在心里面憋久了，发酵之后再变酸，说出来的时候会带有强烈腐蚀性，腐蚀胸腔，腐蚀口腔，接着腐蚀空气，腐蚀动脉，腐蚀人心。

听话的人，转过头去。千里之堤，瞬间溃退。指甲扣着肉，用右手。他甚至想一句话说出来，石头一样砸到地板，砸出一个坑——老子想跟你在一起！管他七情六欲，七大姑八大姨。老子愿意为你用一辈子左手。老子肉身庸俗，但情趣高尚，愿意反复去验证左手定则和法拉第电磁感应定律。

但林森犹豫了。地点不对，来苏水的氛围中，人头脑清醒，嘴里还残留蒜味，不适合大脑充血，执手相看和山盟海誓。身体不便，即使立刻泪崩得一塌糊涂，也不能起身拥抱，双臂交叉，用把脊柱要勒断的力度。时机不对，想做一锅牛肉汤，还差一点儿火候，或者最后一味料。

在北京的日子，有一个家，每个月不交房租，下班回家有饭吃，都属于相对较奢侈事件。而无数的男男女女，为此付出了月经失调、排便不畅、连夜加班、身体肥胖、坐骨疼痛、回家无望等代价。

两个人在沉默，一个沉默在征服，一个沉默在溃退。征服的人不知道自己正在征服，溃退的人不愿意相信自己正在溃退。

暖气烧得很热，空间存在局限性，有灰尘被烤干的味道。屋里的空气发烫，手掌和脸都在发烫，一个人烫不过来，两个人一起烫。

林森拿着一本书掩护，眼睛盯一页盯了很久，没意识到应该适当翻页。目光直直杵着，像被绳子挂在某一个词上，大脑运转缓慢，读不过去。盖瑞·斯耐德的诗集——《收工以后》。

小木屋和几棵树，在雾中飘浮
揭开你的罩衫，我冰凉的手
在你的胸脯上暖着
你一边笑，一边发抖
在烧热的铁炉边，剥大蒜
把斧子、草耙和木柴拿到屋里
我们将依偎在一起，靠在墙上
食物在炉火上炖着
天黑了，我们一起喝酒

这样简陋的氛围里，人却能很满足，片叶不压身。老木匠用个铁锤，一个字、一个字敲在墙壁上。温暖的感觉来自两个人。一个人，在这样的场景里只能成全孤独。虽然在不好的关系里，孤独也来自两个人。

林森偷瞄一眼幼青，然后一个字也看不下去。合上书，起身去卫生间洗漱，回来蒙被子打算睡觉。幼青跟着接管卫生间，小便，冲水，洗澡，洗漱，吹头发，关灯。展开放在床头的粉色被子，履行睡觉程序。

"你好多了，明天我不来了。"

蒙着被子，被子很厚的那种，隔音性好，呼吸声被放大。加上正天人交战，林森听到幼青讲话，但并不清楚。

"你说什么？刚才我没听清。"

"你好多了，明天我不来了！"

犹豫一会儿，林森蹦出一个字："行！"

第十一章　迎风猛跑 遇水而荣

三天后，林森出院。

距离春节还有两天。

有家不能回去，编造一个公司要上市，春节要加班加点的借口，好说歹说，总算把老妈蒙混过去。熟悉一遍台词之后，然后对付老爸。给家里的兄弟打三千块钱，嘱咐给二位老人置办点儿年货。

虽然差几天到出院时间，但林森在医院呆得实在憋闷。回到结伴之家，顿时感觉公寓无限美好，大厅宽敞，地板妖娆，每一扇门都能卖弄风骚。人头攒动，腰肢滚滚，活色生香，熟悉的地方自在多了。

开门进屋，疯女人不在。鞋架整洁，客厅利落，窗户明亮，地板反光，墙壁干净得像被扒一层皮，卫生间散发着好闻的茉莉香。小便的过程中，做一件错事一样，负罪感骤然加身。

回到自己房间，发现门后包藏脏衣服的收纳箱空了，衣服整齐被码放在床上。分成四摞，外套如大叔沉稳，衬衫如少年纯情，毛衣如少女娴静，内衣内裤乖巧地敬陪末座。再仔细看，唯有纯棉的内裤洗后晾干变硬，板结，可见从晾衣架收下来之后，没有习惯用手细搓，而后温柔抚平。唯一的一点儿瑕疵完全能够理解，也必须要理解，事儿逼会惹人厌而活不长久。

衣服上的味道，来自疯女人一直用的蓝月亮洗衣液。月亮为什么是蓝色的呢？月亮是淀粉做的吗？遇到碘酒变蓝！衣服上面的味道清香妥帖，不会香得浓烈，闻了一次还想再闻。

这个味道里有疯女人洗衣服的心思，倒洗衣液用量的控制，手搓起沫的发力，拧干挂上晾衣绳胳膊上肌肉的紧缩和张弛，晾干后折叠时的小心翼翼。也许洗的时候头发掉进去一根，外加几块脸部皮肤角质层的薄皮，水分子欢欣鼓舞，水质因此柔和多情，洗涤能力得到改善。污渍清除，异味消散，任谁穿上此衣服都会得到尘世幸福。

客厅桌子上果盘有苹果，皇冠梨，两根香蕉。苹果和梨上带着水珠，可见刚洗没多久，洗它们的人没走远。林森拿起梨，想象着它被洗的过程，一双手捧着，就着水流，温柔抚摸。

想多了，喉咙发干，张嘴咬下去，果香满口，好吃！

门响了，锁孔机簧弹动，幼青走进来，换鞋，放好。

“你怎么还没回家？”林森开口说。

“天啊，吓我一跳！你怎么回来了，不是还有几天才能出院吗？”幼青惊了一下，先前没注意到沙发上有人。

“我先问的问题，请这位女士优先回答。”

“女士优先说的是女士拥有优先选择权，不是什么都先来。女人把什么事都先做了男人还有什么用？”

“行啊，牙尖嘴利不饶人。你说你不去，我一个人在医院能活活憋死，为了不英年早逝，就回来了。”

“还英年早逝，姿势太高，您就不怕闪了老腰？”

“也是为你着想，你说你年纪轻轻的，不去医院陪护，导致朋友抑郁而死，人生刚开始就摊上一条人命，不太合适。”

“这么说我还要谢谢你，摆脱官司，救我一命？”

“不用太感谢，不是外人。话说你怎么不回家？这位女士！”

“我这不在家呢吗，刚刚回来，跟一个自作聪明的人说话。”

“不是说这个，你应该懂我的意思！”

“我不懂，别说得像咱们很熟似的，跟你不熟！”幼青倒退一步，像是要跟眼前的人保持一定距离。

“你的意思是咱们俩生——疏！”林森把生字拉长了音说。

“说话说全了，舌头长了我这里有剪刀，王麻子、张小泉的都挺齐全，可以帮你剪掉一截。”

“不劳费心，刚才舌头它突然抽筋，现在好了。”

“捋平了就好，话说你怎么不回家，医院闲混！”

“我这副模样怎么回家，春运的人山人海，还不把我挤碎！”

“还是不想回，你完全可以坐飞机。”

“你听说手术没多久的人有坐飞机的吗，女士，医学常识！”

“你这是以后不打算求着我了，敢跟我放肆了？这位先生？”

“我哪敢呢，这不知道您胸怀宽广，所以故意犯个错让您包容嘛！”

“抱歉，胸一向不大，勉强有 A。”

“不大好啊！节省布料节省粮食，跑步时候节省衣服，出门节省男士注意力，相当环保！暗合国家政策！”

“最近走路多了，腿有点儿变粗的趋势。”幼青站在镜子前，照镜子，转身，再照镜子，接着转身。

“您够苗条的了，不用太苗条。再说腿粗了很好啊，蹬地有力，站得平稳，能跑能跳，不易摔倒！”

“脸上起了几个痘痘，最近好像变丑了。”幼青对着镜子捧脸。

“变丑了好啊！坐地铁全程无忧，不会被揩油，走夜路的安全性直线飙高，不太会轻易被强奸！”

“好像很有道理，你怎么不去做心理咨询师？有自杀倾向的人找你聊聊肯定能恢复信心，从此热爱生活。”

“谢谢夸奖，愧不敢当，一个萝卜一个坑，自己几斤几两有数！”

“什么意思，意思是你现在的水平也就能敷衍下我这样的是吧？”

“没有没有，我充分尊重那些不想活的，他们轻生肯定有不得不这样的理由，恰当或者不恰当，起码在他们自己看来很恰当。”

“心狠手辣！你的思想怎么这么冷酷无情！”幼青撇嘴。

“不是我心狠手辣，是人性太复杂，大家总习惯用自己的标准去衡量别人，太过骄傲。”

“你不会得了抑郁症吧，看来真的有点儿想自我了断。到时候需要什么道具，绳子、毒药、菜刀，你说一声我帮你准备好，保证结实耐用。”

“结实耐用，就一条小命，您还想让我死几次？”

“惹人厌的人都命大，你看黑帮片里大反派总是死不了。”

“谢谢夸奖，借您吉言，我还想多活几年享受人世繁华。”

“人世可能不太适合你，早死早超生，下辈子投胎——你之前说下辈子投胎要做牛做马，结草衔环报答我是吧？”

“额——那个，那些都是虚指，温良恭俭让，谦虚说法。”

“别说那么好听，你的意思是花言巧语，没有一句真话！”

“您别太较真儿了，报答是真心，但是方式方法咱们再研究研究。”

哐地一声，幼青关上房间门，甩脸而去，木门隔断。

翻脸像翻书，翻了几页，突然一把扣上。林森没想到疯女人对他下辈子投胎做牛做马如此看重，不过这辈子得去犯多少罪孽，下辈子才能顺利进入畜生道，这事儿不太好说，操作起来难度系数可不小。或者是一个九世善人，做了九辈子好事，活人无数，发大宏愿，咒他入畜生道。问题是这么善良一个人，何必要去没事找抽，诅咒别人。从善如登，从恶如崩，不值得！

肚子饿了，午饭还没吃，下午三点半，还没到晚饭时间。下电梯，去好利来面包店找东西垫底。他是好利来的老客户，从大一开始就吃，多年过来，面包的品种换了不少，最喜欢的椰蓉那款不做了。一起吃椰蓉面包的人不知道滚哪里去，物不是了，人也非了。

像有面包刚出烤箱，店里香气四溢。三五个人，拿着托盘寻觅。他挑了一个蛋黄手撕包，分量十足，在犹豫加一个蔓越莓切片还是牛角面包作为储粮，心意未决。旁边一个大哥和服务员的对话传进耳朵。

“服务员，你这蛋糕上抹的花花绿绿的是什么东西？”

“先生您好，是奶油，颜色有很多种，是可食用的。”

“奶油啊，都是什么奶做的，麻烦你给我简单说说。”

“先生，我们的奶油是从新西兰原装进口的，总部经理专门订购的。”

“你别说那些东西，好像多高档，我只想知道是什么奶！”

“我们的奶油都是纯天然的，绝对不含人工添加剂，您放心食用。”

“防腐剂谁知道加没加，我也检测不出来，你还没说是什么奶的！”大哥已经很不耐烦。

“农场产奶程序都是严格控制的，高温消毒，然后经过层层工序——”

“你这姑娘有问题吧，我只想知道是什么奶做的，是牛奶、羊奶，还是人奶？你说那么多也没回答到点子上！”大哥提高声调，很是不满。

“对不起，先生，这个我也不知道，要不我给您问问我们店经理。”服务员满脸通红，连忙道歉。

“你不知道就说不知道，扯那么远干什么，耽误我时间！”

大哥十分不满，摆摆手示意算了，继续巡视。完全找回了不认识奶油的一点劣势，步履昂扬。服务员跟同事小声嘀咕，偶尔看大哥几眼。

林森在一边听得乐呵，大哥立意高超，服务员回答奇妙。出院就是好，回到人世，起码不用为无聊担心。最后他选了蔓越莓切片，准备配合冰箱里库存已久的鸡蛋来吃。付款，走人。

附耳贴门，疯女人貌似在讲电话。钥匙进锁孔，压着手腕，逐渐发力，小心转动，打定悄悄进屋的心思，轻轻开门，然后缓缓合上，尽量压低机簧入库声响。慢动作进屋，换鞋，侧耳。

“我已经说了很多遍了，我不回去。”“我为什么不回去你也很清楚，不要再逼我。”“我就是想不开，也不想想明白，也想不明白。”……“妈！你是我妈，你永远都是，你来北京我欢迎，但他不是我爸，就算生理上勉强是，实际上也不是。”“我只有一个妈，其他人都不认识。”“好了，不要再说了，既然您执迷不悟，也别劝我了！”……“你们过年买年货跟我无关，我之前快递的几个包裹收到了吧？”“我自己好着呢，朋友很多，工作愉快。”“你自己注意身体，别跟我生气，反正我不会接受。”

林森坐在沙发上，摆弄手机做掩护。原来疯女人过年不回家的症结在这里，情况有点不妙，比他受伤不方便回家的问题严重得多，妹子跟她爸爸矛盾很深，甚至两人有父女成仇的架势。

幼青气势汹汹地走进客厅，见林森坐在沙发上吃手撕包，几步过去，一把从他手里夺过，恶狠狠塞两口，嘴塞得满满登登，咀嚼因为空间狭小而受到阻碍，缓慢不畅。脸上鼓两个大包，像馅儿塞多了的肉包子。

“干嘛抢我面包，都是文明人！你跟我要也不是不给你。”

牙床发力，内压外挤，脸皮高高低低，幼青好不容易倒腾下去一大口，口腔终于恢复自由。

“怎么，有什么问题，吃你面包是看得起你。”

“这个，您也不用太看得起我，经常看得起我可能损失惨重。”

“你一个男人，能不能别那么小气，吃你一块面包就心疼了？”

“倒也不是小气，只是热爱粮食，人家面包师烤块面包不容易，您苦大仇深地塞几口，还没尝出来味儿就往下咽，多浪费啊！”

“小时候我妈跟我说，吃到肚子里的就没有浪费的，不劳费心！”

“不由自主啊，牵肠挂肚的，你不来医院这几天我一直惦记你。”

“惦记我什么，我警告你，你少在我身上打主意。”幼青警惕。

“惦记你睡得一床好觉，打得一手好呼噜，不听你呼噜声我就失眠啊。”

“鬼才信，我睡觉从来不打呼噜，你别污蔑好人！”

林森笑了笑，掏出手机，语音备忘录，打开叫“呼噜 1”的文件，声音调到最大限度。

一阵细密均匀的呼噜声传来，中间配着解说——大家晚上好，我叫蓝幼青，现在是2014年1月23日深夜，我在医院护理朋友，我睡觉爱打呼噜，虽然清醒的时候我从来不承认，请替我保守秘密……当然，解说是林森的配音。

“肯定是你在网上下载的，肯定不是我！”幼青脸瞬间挂不住了。

“嗯，对！就是在网上下载的，不是你。”林森难得配合对方说。

“真够无聊，你没事闲的吧，赶紧把它删了！”

“我网上下载，自己闹着玩的，干嘛要删呢？”

“里面提到了我名字，你这是诽谤，属于侮辱他人名誉。”

“世界上叫蓝幼青的人多了，不只你一个，这是我自由。”

“看样子你以后不打算求我帮忙了是吧，有人做事要想清楚后果!”

“别！咱们凡事好商量嘛，没什么大不了的，删！马上就删。”说完，林森当着幼青的面，把录音删除。

“你怎么能那么无聊，大半夜拿手机给人家录音，真是处心积虑。”

“哪儿能呢，我是在网上下载的，然后自己配了音玩玩。肯定不是您打呼噜，您从来不打呼噜，必然不是!”

情况随时发生改变，皮球在两个人中间踢来踢去。开始你说是，我说不是；后来你说不是，我说是。幼青哼了一声，欲言又止，话头就此打住。

见对方放下战斗姿态，林森倒是感到没劲了，打开电视，手撕着面包，一绺一绺慢慢吃。面包这东西，满足了懒人的无限可能。不用买菜，不用做菜，不用刷锅洗碗，吃完包装袋一扔，一了百了。

电视中放的科教纪录片，介绍的是戈壁植物，当说到风滚草，林森想到公寓建筑上巨大的彩绘，顿时来了兴趣。无论多么干旱的条件下，风滚草都不会干枯而死。在旱季来临的时候，它的叶子和根系便开始卷曲、收缩，从土壤里解脱，团成球状。

借着风势，风滚草开始了自己的旅程，趟过滚烫的黄沙，断裂的戈壁，利如刀尖的悬崖，无人的公路，寻找能够生存的区域。一旦遇到水分和湿润的土壤，它便会扎下根，吸收阳光和养分，成长生发。

原来，即使渺小如植物，也真的可以独立行走，浪迹天涯！即使卑微如植物，在生活的强力压迫之下，也绝不会选择放弃！它们蜷缩成一团，干枯着，躁动！迎风猛跑，遇水而荣!

第十二章　姑娘不老 切片面包

大年夜，幼青跟林森坐在沙发上包饺子。春晚不至于太无聊，但有的主持人幼青看着实在别扭。人要是能对自己的幽默感任命就好了，也都长得漂漂亮亮的，平时主持的节目也还凑合，何苦太过为难自己。

春晚主持人心声：虽然我非常没有幽默感，但我一定会努力表现得轻松愉快并且一字不差地把笑话背完。尤其是某个女主持，一段对白大概能消耗1000卡！所有要减肥的女人都应该报名争取做春晚主持。

九点钟整，饺子包完了，春晚作为背景音还在继续。幼青提议俩人斗地主。但是斗地主有输有赢，不能白玩。跟女人赌钱没意思，脱衣服估计对方不同意，林森提议每输一次，穿一件衣服。主意还不错，幼青没有反对。

开战前，林森脱了袜子和外套，只剩秋衣秋裤。幼青见对方严阵以待，挖苦几句，自己也脱了袜子，但一套家居服还套着。

开战不利，林森连输三局，两只袜子穿回，外加一个羊绒马甲。玩牌这东西除了技巧，运气也占很大成分，一方牌技再好，对方运气爆棚也没辙，一副烂牌，发挥的余地有限。忍气吞声，心中默念佛祖保佑期待转运。

第四战林森以微弱劣势告负，穿上长裤。第五局，幼青出现重大失误，打出三个6带一个5，手里没有货回牌，被林森用三个9压住，接连甩出几个长龙，最后一个炸弹，打完收工。

牌理繁多，其中有一条是“天与不取，反受其咎”。上天赐予的东西不接受，必然会遭到惩罚。抓得一手好牌的幼青，明明能赢的反而输掉，在这次失误之后，运气一泻千里，接连战败。袜子穿回，帽子戴上，再多穿了两条裤子一件毛衣，一件外套。

打牌的魅力之一是风水轮流转，人人平等。林森在作弊藏起一张4后，再次陷入苦战。一个小时后，他身上配备了三件夹克一件风衣，一个马甲，四条长裤，裤子最外面套一个宽松的运动短裤，穿了三层袜子，扎三条腰带。

幼青也没好到哪去。两顶帽子，三条围巾，四件外套，一件大衣，五条长裤，裤子外面有两条裙子，袜子三双，两副墨镜，一只手上戴了两只手套。本来想要戴首饰充数，被林森强力反对作罢。

暖气的温度，加上神经兴奋，衣服臃肿，行动需要克服一堆衣服紧箍的障碍，两个人都热得汗流浃背。

幼青首先坚持不住，眼看一把牌又要输了，牌一扔声称去煮饺子。却因为膝盖弯曲受限僵硬，脚一滑绊倒，面朝上砸在牌堆上，砸在林森怀里。身体僵硬，沙发瘫软，挣扎着一时爬不起来。如果形容一下，像极了翻壳的乌龟。

林森自然不会去扶，他身上有伤不能用力，再说了，居高临下欣赏一番对方的窘境毕竟是一件赏心乐事，怎么能放过。妹子眼睛真大，两汪湖水；睫毛真长，挣扎时候在颤抖；皮肤真白，情急的时候粉嫩剔透。

谁想乐极生悲，幼青用力一顶，脑袋顶在了他的根茎处，球体受挤压变形，变形后两个球体争夺空间，胀痛感瞬间汹涌澎湃……

饺子煮好，菜上桌。三菜一汤，这次幼青没玩花样，中规中矩做了四道菜，芹菜炒肉、醋溜白菜、红烧猪手、莲藕排骨汤。中规中矩做的味道也不怎么样，芹菜应该是炒之前没用热水焯，太硬；白菜肉厚块大，醋放多；猪手味道偏淡，时间短筋头死硬；排骨汤盐重了，八角和茴香味太浓。

饺子还不错，皮厚馅儿少，是他喜欢的类型，有饺子吃就是好生活。菜多吃几口也还凑合了，几千年来普通百姓繁衍生息的精髓在于逆来顺受，白吃坐等的精髓在于口蜜腹剑。

“辛苦了，菜做得相当好吃，都有名字吗?”

“菜就是菜，还要什么名字，有的吃就不错了!”幼青甩出一句，心情不爽，几道菜又失败了。

“这么好吃的菜怎么能没名字呢，要不我给几位爱妃赐名?”

“想说就说，爱妃好，一会儿吃不了你可以抱进被窝一起睡。”

“这道菜赐名为‘离心离德’。”林森手指芹菜炒肉的一盘。

“怎么就离心离德了，解释解释?”

“芹菜支棱八角，拒人于千里之外，肉片紧缩打卷，明显包藏祸心。”

“接着说下去，还能有什么花样?”

“没问题，花样很多，但咱俩得边喝边说，电视柜里有瓶红酒，上个月打开还没喝，今天消灭它。”

“毛病真不少，你伤口不能喝酒。”话虽这样，幼青还是起身拿酒。

“白菜这个简单，就叫‘失恋的少女’，特别合适。”

“人家怎么就失恋了，还少女，不都是说老白菜帮子嘛！”

“你看看人家，白的部分白白嫩嫩，绿的部分青翠欲滴，还酸溜溜的，少女失恋了不就这样，看酸文唱酸歌吐酸水。”

“哈哈，有点儿意思，勉强说得过去吧。”幼青笑出声。

两人碰杯，杯里红酒一饮而尽。

“第三个嘛，没说的，就叫‘我不是配角’，没问题吧！”

“红烧猪手，猪脚，不是配角，这个简单，马马虎虎算你过关了。”

林森倒酒，举杯碰杯，干掉第二杯！

“最后一个就厉害了，咱们得再喝一杯，不然对不起我想的名字。”

“虚张声势！喝酒可以，名字说的不好我戳你肋骨，挑受伤的那两个。”

话落倒酒，杯壁轻撞，第三杯下肚。

“最后一道菜就叫‘你到底爱不爱我’，怎么样，是不是很牛逼？”

“名字是很厉害，但什么意思呢，怎么跟这道菜联系在一起？”

“那我可直说了，这道菜吧，实在难吃，盐和八角放多了。如果是做给情人，那么多难吃他都应该屁颠屁颠地猛吃，边吃边说好吃。爱我你就多吃点儿，不吃你就滚蛋！一拍两散！”

“哈哈，虽然在贬低我的菜，但被你说得这么厉害我就不计较了。你应该去五星饭店混，专门给他们起菜名，一个菜名一万，绝对物有所值。”

“谢谢，不过收那么多钱五星饭店也雇不起我。”

“哎！认识这么长时间，第一次对你完全认同，突然感到很悲哀。”

“额——怎么就悲哀了，悲哀是怎么一个情绪?”

“悲哀就是我根本不想认同你，但又不得不认同，还是发自肺腑的，你说我难受不难受?”

“再次感谢，我就当你是夸我，还是发自肺腑的。”

“你说你说话为什么那么讨厌，看你我就想抽你!”

“额——这个，可能是我长得有亲和力。别人一看见我就会有亲切感，但是过了一会儿理性思维立即出来反对，这人怎么长得这么有欺骗性，还没怎么着呢，我都快想跟他抱在一起了，肯定不是好人，然后就讨厌了。”

“对了，还漏一条，臭不要脸到登峰造极，无人能比。”

“来，接着喝！谢谢你一如既往地夸奖，相当地感动。”

“不！这一杯我敬你，敬你无论什么话都打击不了你，你太适合生存在北京，我以后应该向你学习。”

“您客气了，我诚惶诚恐，还是我敬你。”酒入喉咙，伤口开始发痒。

一杯喝尽，幼青主动倒酒。她的酒量很差，跟人品完全不成比例，喝了四杯，脸似火烧，心如碳烤，手脚发麻，舌头打飘。一个平时从来不喝酒的人，这会儿咬牙逞强。

“你要是不能喝就少喝，喝醉了我这残障人士抬不动。”

“谁要你抬，生活不能自理的人少在这啰嗦，今天我就喝了，反正是在家，就你也不能把我怎么着。”幼青用目光上下扫一遍眼前人。

“那倒也是，咱俩关系谁跟谁!”

“蓝幼青和林森，简单明了，黑白分明，我跟你不熟!”

“你的意思是跟我生，我说的没错吧!”

“你要是哪天不在嘴上占别人便宜了，说不定我高看你一眼。”

“不用等哪天，”边说林森在沙发上卧倒，“你现在就在高处看我，很多眼，持续看，你看，还在看呢！”

“狗改不了吃屎，江山易改本性难移！你算是没救了。”

“人家狗吃屎吃得热乎，吃得香着呢，为什么要改？这世界上的人，太喜欢用自己的标准去衡量别人，愚蠢的人类啊！”

“那你现在就开始吃屎，吃饭菜浪费，来！喝口酒漱漱，别塞牙！”

俩人就吃屎的问题展开限制级讨论，不大功夫，一瓶酒眼看见底，幼青已经口齿不清。林森拿过来酒瓶，均匀倒出两份，每人将近半杯的量。

“你怎么就那么讨厌呢，平时说话不能让让我，懂得怜香惜玉吗？”

“懂啊！这你就不懂了，我是太尊重你，不把你当胸大无脑——不是，那个胸小无脑的一般人，才拿出真实水平的一半跟你聊，一般人我顶多用三分力气，你还不知足！”

“按你的说法，那我——好像又——要谢谢你了？”

“别啊，真男人不想轻易言谢，我还想天长地久。”

喝完最后一口，幼青脑袋仿佛灌了铅，一头栽到桌子上。失去意识前，感觉全身在经受细密电流的洗礼，酥酥麻麻，脚下的地板塌陷，踩一脚就会陷下去，弹不回来。

“你——跟谁天长地久？我跟——天长地什么久？”

身体直接瘫软，舌头沦为僵硬。耳旁的声音混杂不清，像从远处传来，对方喉咙塞了棉花，自己的喉咙塞了棉花，耳朵也塞了棉花，棉花浸水，水势漫延，分布不均。

“我跟你呀，疯女人！我背地里一直管你叫疯女人，你不知道吧，你这个疯女人，你会跟我天长地久。”

林森不至于喝醉，但也带四五分醉意。眼看着幼青趴到桌子上，眼看着她的眼睛不再聚焦，眼看着对方的脸蛋起火，火势旺盛，烧到耳根，烧到脖子，胸口，再往下看不着。

他拿起幼青的手，在脸上贴一下，不是热，是烫的。

“你知道吗，我曾经想离开这个城市，我想带着心爱的女孩跑去非洲，不做什么惊天动地的事业，就是去投奔一个奴隶主，白天给奴隶主卖力干活，晚上跟女孩死命交配。”

“直到后来，我遇见了你，你这疯女人！你那么与众不同，那么美啊，美得简直不像话！我认识的所有女孩加起来都比不上你。但我不服啊，我跟你对着干，你有什么了不起！你这疯婆子！”

“再后来，我知道了你身体的秘密，特别意外，特别伤心。我多想抱抱你，告诉你没什么，你还有我，咱们不是他妈的老伴儿嘛，老伴儿，就应该天长地久，日月同辉！再后来，我发现爱上你了。”

“我知道，爱你会经受一些目光，一些所谓的考验，一些让我很不爽的东西，七大姑八大姨，各路神仙都可能跳出来表演，告诉我如何如何，说你如何如何。但我爱你啊，我就爱你，我只爱你！我爱上你，无话可说。我爱你，爱到这里，别无选择，什么都阻挡不了我去爱你！”

“你肯定要问我多爱你，那你可要听好了。我爱你，祸起萧墙，紧锣密鼓；我爱你，山河倒卷，蚊虫叮咬；我爱你，石头生花，蚂蚁上树；我就爱定你了，孤注一掷，罪不容诛！”

这一切，幼青听不到了。睡过去是一件太无能为力的事，身体还在，思维却去了另外一个世界。一个人，两个世界里出场。

床太远，选择放弃，林森用左胳膊费力地把幼青搀到沙发上，去房间拿被子盖好。好在酒精的作用，伤口发麻，痛感迟钝。

他安顿好幼青，关灯。趴在桌子上面，侧着脸看去，躺在那里的人那么美好。突然想烂俗地感谢命运，命运！果然爱开严肃的玩笑。

电视节目在播放，声音混杂。窗外的鞭炮和烟花一直在响着，喧嚣而热烈，红的，黄的，绿的，紫的，蓝的，钻进窗户，映在墙壁上。光是什么，光是最有窥视欲望的复合体，剥开黑暗，试图看尽世间的一切。

春节过后，天气渐暖。一个多月过去了，已是立春。为表示感谢两个月来的不细心外加带有情绪的照顾，林森开车带着幼青去香山游荡，并许诺爬山之后海底捞放开吃。

俩人对路线不熟悉，随兴选择跟着登山健身的大爷大妈们从东线作战。爬到了一半，汗流浃背，叫苦连天。虽然香山海拔只有500多米，但事实上台阶超多，远没有想象中的轻松，爬完一段还有一段，谈笑风生绝对不可能。

看着大爷大妈们的轻松劲儿，幼青一边埋怨地沟油和雾霾吃多了损伤身体，降低体能，一边咬牙发狠，誓要爬到山顶。林森当然不反对，有一件事，只有在山顶才方便做，也只有在山顶能做。

后半段，连歇带爬，补了两次水，俩人踉踉跄跄终于爬到山顶香炉峰。看着对方的狼狈样，大口喘气配呲牙笑。

“这山真的是五百多米吗，我爬过几个一千多米的也没这么累。”

“这时候我想起我爸说过一句话——人老屁股松，干啥都不中。”林森气息不稳地回答。

“你的意思是你老了是吧，我可还年轻！我是太年轻才感觉累，还需要成长，我还要像山上的这些树一样进行光合作用。”

幼青说着，站起身来，站到一块岩石上，张开手臂，闭上眼睛。再往上边，天气晴好，蓝天配着白云。

林森看得有点儿呆，这一刻，他感觉幼青的指缝里有万道霞光，勾魂摄魄，生杀予夺。

“如果要做一棵树，你要做这些里面哪一棵?”林森手指附近。

“做树的话肯定是柏树，梭罗说它是‘阿扎德’，自由之树，柏树不随季节改变而改变，四季长青。”

“好，那我做松树！你跟我来，我要做这一棵。”说完，林森迈步向着一个方向前进，到一棵树前停下。

“就这棵吗，有什么不同的吗，看起来很普通。”幼青看着眼前的一颗松树，不高不矮，毫不出众。

“看见那块红转头了吗，下面土里有我给你的一个礼物，你挖出来就知道了，埋得不算深。”

“砖头？啊！看见了。什么礼物，有礼物啊，还大老远地埋到这里，那我可就不客气了。”

幼青兴冲冲地踢开砖头，找了一截树枝开挖。十厘米左右的深度，出现一块报纸，手上加紧速度，纸团的轮廓露出来，用树枝扩大周边，没几下把纸团挑了出来。

“找到了，就是这个纸团吧，包得这么严实。”

“就是它，打开吧，东西就在它里面。”林森很是紧张，声音发涩，左胸处心脏噗通乱跳。

幼青怀着好奇，撕开报纸，里面是一个白色布袋。解开布袋上的绳子，里面是一个小盒。打开小盒，她愣住了，紧接着像受到惊吓一样，扔在地上，不解地看向眼前的人。

林森走近，拿起盒子，打开，拿出里面的戒指。再走近，拉起幼青的右手。幼青转过身，挣扎着不让。林森用蛮力强行把戒指带到手上，紧紧地抱着幼青，不松开。

“你想要干什么！你疯了吧！你疯了！”幼青委屈地说，哭了。

“别说话，听我说！那天心情小屋那个人是我，你以为我不知道，其实我早就知道了。”

“你个混蛋，我恨你，我讨厌你，没有谁比你更混蛋了！”幼青边哭边挣扎，拍打林森后背。

“你必须嫁给混蛋，混蛋只要你，混蛋只要抱着你就天地重开。”

听到这句话，幼青稍微止住了哭声，一股热流从胸膛一直冲到脚跟，人生中第一次，她终于知道了什么叫做热血在沸腾。

嘟嘟——嘟嘟，俩人皮肤接触超过十秒钟，伴侣手环发出警报音，不合时宜地响起来。幼青缓过神儿，再次挣扎。

“不行，你从来都不说你喜欢我，你爱我，跟我天荒地老，一句表白都没有，就想蒙骗过关！不行！”

“好，我说我说，这是你逼我的。”林森看着对方的脸。

“说！我等着呢，用心好好说，这辈子也许就这一次了。”

“我，咳咳——我愿意为你用一辈子左手！”

一声滚——滚！音调激昂，回荡在天地间。白云悠悠，没有飞鸟。天空湛蓝，没有玫瑰。凉风阵阵，只有潮湿的外套。

“姓林的，我要跟你同归于尽——”

尾　声

两个小时后，没有去海底捞胡吃海塞，由于心神剧震，体力耗尽，两个人都想早点回家，难得达成一致。

桌子上，分坐两人。切片面包，一盘煎鸡蛋，一瓶蛋黄酱。客厅大灯没开，只开着夜灯。幼青面色不善。

“吃吧，面包都要凉了。”林森开口说。

幼青不说话，眼神如刀。

“吃吧，凉了可不好吃。”

幼青还是不说话，只顾着瞪眼。

“来，信不信你拿起一片面包，我立马能让它热起来。”

幼青依旧沉默，手上倒是配合。

林森掏出打火机，啪地一声脆响！火苗冲出，包围了面包的一角。一分一秒过去，白色部分失水，开始变得焦黄。接着再继续烧，香味儿冒出来，填满整个房间……